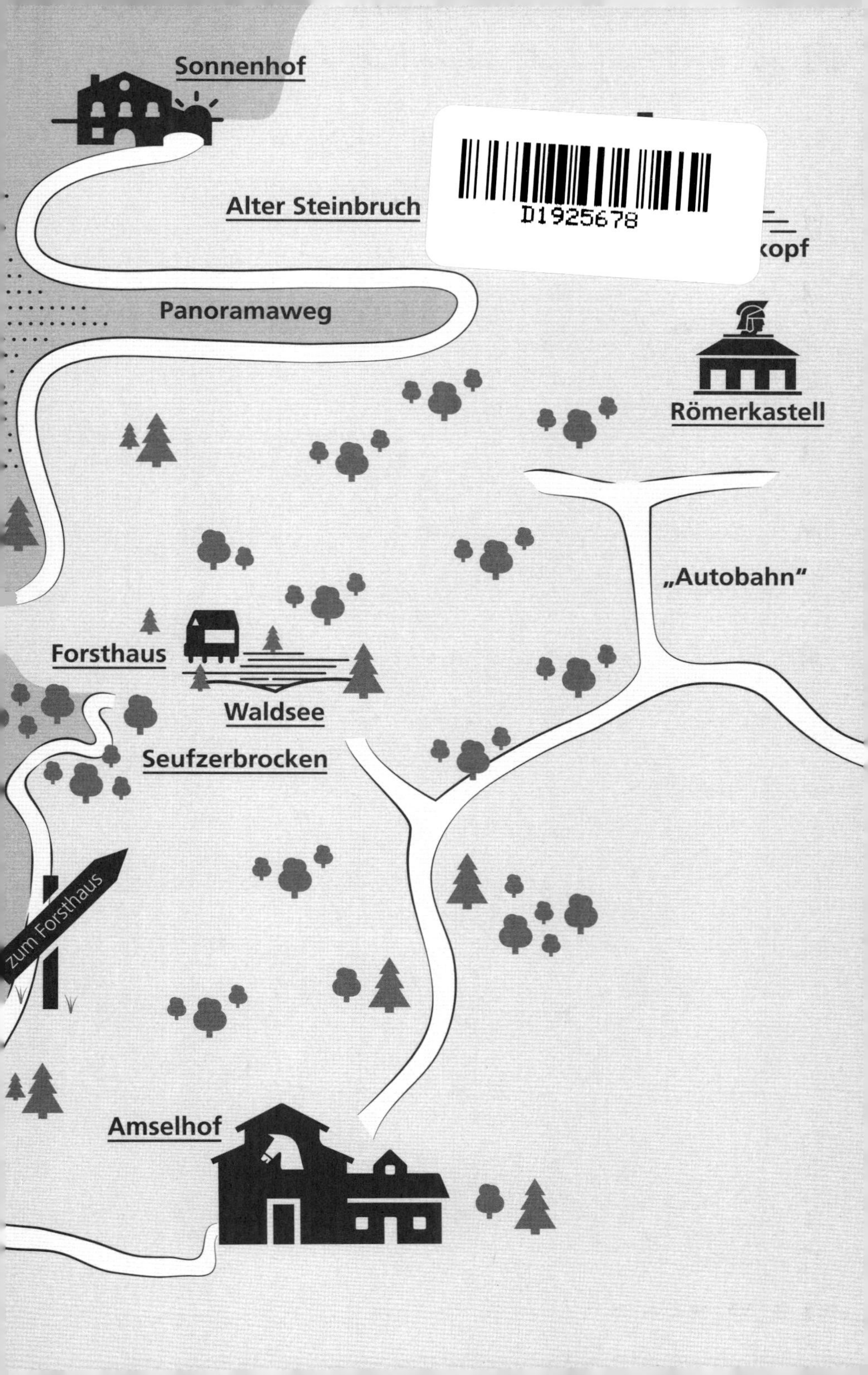
Sonnenhof
Alter Steinbruch
Panoramaweg
Römerkastell
„Autobahn“
Forsthaus
Waldsee
Seufzerbrocken
zum Forsthaus
Amselhof

Elena – Ein Leben für Pferde

Gegen alle Hindernisse

Nele Neuhaus, geboren 1967 in Münster/Westfalen, lebt heute im Taunus. Sie reitet seit ihrer Kindheit und schreibt bereits ebenso lange. Nach ihrem Jurastudium arbeitete sie zunächst in einer Werbeagentur, bevor sie begann, Erwachsenenkrimis zu schreiben. Mit diesen schaffte sie es auf die Bestsellerlisten und verbindet nun ihre zwei größten Leidenschaften: Schreiben und Pferde. Ihre eigenen Pferde Fritzi und Won Da Pie standen dabei Pate für die gleichnamigen vierbeinigen Romanfiguren. Von Nele Neuhaus ist auch die Reihe „Charlottes Traumpferd" bei Planet! erhältlich. **www.neleneuhaus.de**

Elena – Ein Leben für Pferde bei Planet!:

Elena – Ein Leben für Pferde
Bd. 1: Gegen alle Hindernisse

Elena – Ein Leben für Pferde
Bd. 2: Sommer der Entscheidung

Elena – Ein Leben für Pferde
Bd. 3: Schatten über dem Turnier

Elena – Ein Leben für Pferde
Bd. 4: Das Geheimnis der Oaktree-Farm

Elena – Ein Leben für Pferde
Bd. 5: Ihr größter Sieg

Elena – Ein Leben für Pferde
Bd. 6: Eine falsche Fährte

Nele Neuhaus

Elena

Gegen alle Hindernisse

PLANET!

Für meine Nichte Clara

Prolog

Der Regen hatte aufgehört, die dicke graue Wolkendecke riss auf und Elena Weiland beschloss nach einem kritischen Blick von der Stalltür aus zum Himmel, die regenfreie Stunde für einen Ausritt zu nutzen, auch wenn es bereits später Nachmittag war. Der Sommer war vorüber und in den kommenden Monaten würde sie häufig genug in der Reithalle reiten müssen.

Das Mädchen stellte den Fuß in den Steigbügel und schwang sich in den Sattel ihres Schimmelponys. Sirius spitzte die Ohren, als er merkte, dass es hinaus in die Felder und zum Wald ging und nicht in die Reitbahn. Im flotten Trab trug er seine junge Reiterin den sandigen Weg Richtung Waldrand, aber Elena lenkte ihn nach links, zu den abgeernteten Feldern und Wiesen. Sie hob den Kopf und beobachtete die Kraniche, die in V-Formation über den blassgrauen Oktoberhimmel gen Süden zogen, ihr vielstimmiges Trompeten war wie ein wehmütiger Abschiedsgruß des plötzlich so fernen Sommers. Die bunten Farben der Blätter an den Bäumen waren über Nacht blass geworden, leuchtendes Gold und Rot hatten sich in fahles Gelb und knisterndes Braun verwandelt, die Natur verlor ihre Kraft.

Elena wandte ihr Gesicht vom Wind ab und stellte mit einer Hand den Kragen ihrer Jacke auf. In den heftigen Böen, die an den Blättern zerrten, die Bäume schüttelten und den freundlichen Altweibersommer davonjagten, lag eine Ahnung von frostiger Kälte.

Sirius galoppierte an und Elena ließ ihn gewähren. Erst oben auf dem Hügelkamm parierte sie das Pony durch und wandte sich im Sattel um. Sie liebte die Aussicht hinunter auf den Amselhof, der von hier oben so klein aussah wie ein Spielzeugbauernhof. Elena stellte sich in den Steigbügeln auf und ließ ihren Blick schweifen. Rings um die Reithalle drängten sich die verschiedenen Stallgebäude, daneben wie helle, kahle Flecken die Reitplätze. Auf dem Parkplatz zwischen Reithalle, Gaststätte und dem Wohnhaus standen ein paar Autos und weiter vorn, zwischen der Scheune und den zwei großen Kastanien, kroch emsig der Traktor hin und her wie ein glänzend roter Käfer. Wenn sie sich konzentrierte, konnte sie über das Sirren des Windes hinweg Motorengebrumm hören.

Elena war auf dem Amselhof geboren und aufgewachsen, er war ihre Heimat und sie versäumte es nur selten, sich hier an dieser Stelle umzudrehen.

Aber nun wurde Sirius ungeduldig, er wollte weiter. Das Pony kannte jeden Feldweg und jede Galoppstrecke und es mochte einen schnellen Galopp genauso wie Elena.

Nach einer Weile erreichten Pony und Reiterin den Waldrand und tauchten in das dichte Meer aus Bäumen ein. Zwischen den Baumstämmen war es beinahe windstill, nur die Wipfel regten sich im Wind und das Laub auf dem schmalen Pfad dämpfte das Geräusch der Ponyhufe. Lautlos sprang ein Reh auf, schaute erstaunt, verharrte ein paar Sekunden und verschwand mit graziösen Sprüngen im Dunkel des Waldes. Sirius tat, als hätte er sich erschreckt, und galoppierte los. Elena grinste nur und ließ den grauen Wallach laufen.

An einer Wegkreuzung bremste sie seinen wilden Galopp. In Kürze würde die Dämmerung hereinbrechen, zu weit durfte sie nicht reiten. Sie lenkte Sirius nach rechts und parierte durch zum Schritt. Das dichte Fell, das sich das Pony bereits zugelegt hatte, dampfte in der kühlen Luft. Die hohen düsteren Fichten und Douglasien links und rechts der Schneise, die ein heftiger Sturm im letzten Frühjahr in den Wald geschlagen hatte, glichen einer gotischen Kathedrale, wie Elena sie auf der letzten Klassenfahrt besichtigt hatte, und versetzten sie in eine andächtige Stimmung. Ein paar Hundert Meter weiter hatte sie den Waldrand erreicht.

Vor ihr lag die große Koppel, auf der die Herde der Jungpferde graste, die hier einen unbeschwerten Sommer verbracht hatten. Schon bald würden die Nächte zu kalt werden und man würde sie hinunter auf den Hof holen, wo sie in großen Laufboxen mit dicker Stroheinstreu den Winter über blieben.

Der Abendnebel stieg aus den Wiesen und es sah so aus, als ob die Pferde schwebten. Eines der jungen Pferde, ein heller Fuchs mit einer breiten Blesse, hob den Kopf, blickte neugierig zu Elena und ihrem Pony herüber und stieß ein helles Wiehern aus. Die anderen taten es ihm nach und schließlich kamen sie näher, erst im Schritt, dann im Trab. Elena kannte jedes Pferd seit seiner Geburt und rief ihre Namen. Sie folgten ihr auf der anderen Seite des Zauns, dann mussten sie zurückbleiben und blickten ihr nach, wie sie den schmalen Feldweg hinab zum Amselhof entlangritt.

Elena wusste, dass die Pferde noch eine Weile dort stehen würden, sich dann aber wieder dem Gras zuwenden und allmählich auf der großen Wiese verteilen würden. Unten, auf dem Hof, waren die ersten Lichter angegangen.

Elena lächelte bei dem vertrauten Anblick des Amselhofes. Wie schön es doch war, hier leben zu können!

1. Kapitel

Wie immer, wenn im Leben etwas wirklich Schlimmes passiert, geschieht es meistens ohne jede Vorwarnung und manchmal merkt man es erst gar nicht. An diesem Freitag im Oktober hatte ich auf jeden Fall keine Ahnung, welche Katastrophe der Tag mit sich bringen sollte, ganz im Gegenteil. Zuerst fing alles sogar richtig gut an, denn in der zweiten Stunde bekamen wir die Deutscharbeiten zurück.

»Eine sehr gute Leistung, Elena! Sprachlich und inhaltlich hervorragend und wirklich spannend«, sagte Frau Wernke, unsere Klassenlehrerin, und mir klappte fast der Mund auf, als ich das Heft aufschlug und eine fette rote Eins unter meinem Aufsatz sah. Deutsch war neben Erdkunde und Bio mein Lieblingsfach, aber eine Eins hatte ich noch nie geschrieben.

»Was hast 'n du?« Ariane war sonst nicht besonders scharf darauf, mit mir zu reden, doch jetzt konnte sie ihre Neugier nicht länger bezähmen und drehte sich zu mir um.

»Eine Eins«, erwiderte ich so bescheiden wie möglich.

»Glückwunsch«, brachte sie mühsam hervor und ihre babyblauen Augen funkelten feindselig. Sie warf ihr langes blondes Haar mit einer lässigen Bewegung über ihre Schulter und wandte mir wieder den Rücken zu.

Ariane konnte es nicht leiden, wenn jemand besser war als sie, und schon gar nicht ich. Früher, in der Grundschule in Steinau, waren wir mal Freundinnen gewesen, aber das war lange her.

Außer mir hatte niemand eine Eins gekriegt, Ariane also auch nicht, und das wurmte sie. Mir war klar, dass sie nur auf eine Gelegenheit lauern würde, mir eins auszuwischen, und damit musste sie nicht lange warten.

In der vierten Stunde rief unser Mathelehrer Herr Graubner ausgerechnet mich an die Tafel, obwohl ich betont unbeteiligt in mein Mathebuch geguckt hatte. Ich hasste es, vor der ganzen Klasse zu stehen und von allen angeglotzt zu werden.

»Dividiere das Produkt von 11 und 7 durch die Differenz von 12 und 5 und subtrahiere diesen Quotienten von 15.«

Äh – was? Ich stand mit der Kreide in der Hand da, starrte dämlich auf die leere Tafel und merkte, wie mir das Blut ins Gesicht stieg. Hinter mir kicherte jemand und das machte es auch nicht besser. Mir schoss alles Mögliche durch den Kopf, nur nicht die Lösung für die Aufgabe.

»Schscht!«, zischte Herr Graubner in Richtung Klasse. »Was ist, Elena? Weißt du es nicht?«

»Nee«, gab ich zu.

Er zog Unheil verkündend die Augenbrauen hoch und streckte stumm die Hand nach der Kreide aus.

»Wer von euch weiß es?«, fragte er, ohne mich weiter zu beachten.

Keiner rührte sich, nur Ariane grinste breit und feixte, als ich mit feuerrotem Kopf an ihr vorbei zu meinem Platz ging.

»Eins in Deutsch, sechs in Mathe«, flüsterte sie vernehmlich und ihre beiden treuesten Anhängerinnen Tessa und Ricky kicherten gehorsam.

»Ariane?« Herr Graubner rief sie auf, genau wie sie es beabsichtigt hatte.

»Wer? Ich?« Sie riss ungläubig die Augen auf und deutete mit dem Finger auf sich. Alles nur Schau. In Mathe war Ariane unbestritten die Klassenbeste, sogar besser als alle Jungs.

»Ja, du, wenn's recht ist.« Unser Mathelehrer hielt ihr grinsend die Kreide hin und glaubte wohl, er hätte sie endlich einmal drangekriegt.

Ariane tänzelte also nach vorn, warf ihre blonde Mähne zurück und löste die Aufgabe in weniger als zehn Sekunden.

»Sehr gut«, sagte Herr Graubner mit leichter Enttäuschung, weil er jetzt wohl begriffen hatte, dass er reingefallen war.

»War doch total leicht.« Ariane grinste triumphierend in meine Richtung. »Kinderkram.«

Nach der sechsten Stunde wartete ich ungeduldig auf meine beste Freundin Melike, die in die neunte Klasse ging. Der Regen prasselte auf das Dach der Pausenhalle und sammelte sich in großen Pfützen auf dem Schulhof. Pünktlich mit den Herbstferien hatte sich der Sommer endgültig verabschiedet – seit einer Woche regnete es fast ohne Unterbrechung.

Der Bus fuhr um fünf nach eins und wir hatten nur knappe zehn Minuten, um den Busbahnhof zu erreichen. Hunderte von Schülern strömten aus dem Schulgebäude und liefen an mir vorbei. Endlich tauchte Melike auf, als eine der Letzten.

»Der Wilhelm wollte noch mit mir reden.« Sie rollte die Augen. »Ich hab die Lateinarbeit wieder total verhauen, so ein Mist. Stell dir vor, er wollte wissen, ob ich *verliebt* bin!« Meine Freundin kicherte belustigt.

»Quatsch! Echt? Und was hast du gesagt?« Ich musste grinsen.

»Nichts.« Melike zuckte mit den Schultern und grinste auch. »Aber ich glaube, er denkt, es wäre so. In echt hab ich einfach keinen Bock auf Latein. Wer braucht denn so was?«

Ich zog mir die Kapuze meiner blauen Windjacke über den Kopf. Beeilen mussten wir uns jetzt nicht mehr, der Bus war sowieso weg.

Vorn, am Schultor, standen Ariane und ihre Busenfreundin Laura Baumgarten Arm in Arm unter einem riesigen knallgelben Regenschirm, wie siamesische Zwillinge, die der Länge nach aneinander festgewachsen waren. Ariane musste nie mit dem Bus fahren wie das gewöhnliche Fußvolk, auf das sie verächtlich hinabzusehen pflegte; ihre Mutter oder eines der ständig wechselnden Au-pair-Mädchen der Familie Teichert brachte sie morgens in die Schule und holte sie jeden Mittag wieder ab.

In dem Augenblick, als wir an ihnen vorbeigingen, hielt der schneeweiße Geländewagen von Arianes Mutter am Straßenrand gegenüber.

»Hey, Ariane!«, rief Melike, bevor ich sie davon abhalten konnte. »Wir haben den Bus verpasst! Meinst du, ihr könnt uns mitnehmen?«

»Oh, leider nicht! Wir fahren zum Mittagessen ins La Strada«, antwortete Ariane, die arrogante Pute, ohne uns auch nur anzusehen. »Tut mir *echt* leid!«

Sie und Laura warfen sich einen kurzen Blick zu, kicherten und stiegen in den protzigen Jeep. Türen knallten, das Auto schoss röhrend davon.

»Blöde Ziege!«, schimpfte Melike wütend und äffte Arianes gezierte Sprechweise nach. »Wir gehen ins La Strada! Vielleicht esse ich ein gaaanz winziges Rinderfilet oder besser Riesengarnelen! Puh!«

Das La Strada war eines der nobelsten Restaurants in Königshofen. Mama war mit Papa einmal dort essen gewesen und hatte erzählt, es sei so vornehm, dass auf der Speisekarte nicht mal die Preise stünden.

»Hätte ich dir vorher sagen können«, bemerkte ich. »Wir haben heute die Deutscharbeit zurückgekriegt und ich hatte die einzige Eins. Ariane kocht vor Wut!«

»Echt? Das ist ja cool!«

Wir trabten durch den Regen Richtung Busbahnhof und ich grinste vor mich hin, während Melike noch eine Weile auf Ariane, Laura und ihren Lateinlehrer schimpfte. Mir war es ziemlich egal, ich freute mich auf Mamas Gesicht, wenn ich ihr gleich das Heft mit der Deutscharbeit unter die Nase halten würde. Ganz lässig natürlich. Die meisten meiner Klassenkameraden hatten sich zu der Reportage »Der aufregendste Tag meines Lebens« etwas ausgedacht, aber ich hatte nicht lange überlegen müssen und die dramatische Geschichte vom Unfall meines Fohlens Fritzi von vor drei Jahren aufgeschrieben.

Als wir am Busbahnhof ankamen, war Melikes Ärger verraucht. Wir holten uns an der Imbissbude jeweils eine Tüte Pommes – Melike mit Ketchup und ich mit Mayo – und setzten uns auf die Stufen der Eisdiele.

»Kommst du heute Nachmittag in den Stall?«, fragte ich und leckte mir die Mayo von den Fingern.

»Ja, klar.« Melike nickte kauend. »Ich weiß zwar nicht, ob meine Mutter heute Morgen schon geritten ist, aber es schadet Dicky nicht, wenn er zweimal rauskommt.«

Dicky, der eigentlich Jasper hieß, gehörte Melikes Mutter, doch die hatte nur selten Zeit für ihr Pferd und war froh, wenn meine Freundin ihn ritt.

»Papa fährt aufs Turnier.« Ich klaubte die letzten Pommes aus der fettigen Tüte. »Wir können also in die große Halle und ein paar Hindernisse aufbauen.«

Papa war von Beruf Springreiter und an beinahe jedem Wochenende auf einem Turnier irgendwo in Deutschland, manchmal sogar im Ausland. Christian, mein älterer Bruder, und ich waren mit Pferden aufgewachsen und ritten natürlich auch beide.

Genau genommen gehörte der Amselhof meinem Opa, der Reitunterricht mit seinen Schulpferden gab und dafür sorgte, dass der ganze Betrieb lief. Oma war die Chefin der Gaststätte »Zur Pferdetränke«, die nicht nur bei Reitern beliebt war und im Sommer einen großen Biergarten hatte.

»Hm, das war gut.« Melike zerknüllte die Pommestüte und schnippte sie in den Mülleimer neben der Treppe. »Ariane wird heute wohl kaum im Stall auftauchen.«

»Glaub ich auch nicht«, erwiderte ich und verzog das Gesicht. »Christian fährt mit aufs Turnier und dann ist keiner da, vor dem sie eine Schau abziehen kann.«

Arianes Vater besaß drei Pferde, die auf dem Amselhof standen, von Papa trainiert und auf Turnieren vorgestellt wurden. Herr Teichert war Börsenmakler oder so etwas Ähnliches und hatte Geld wie Heu. Er und seine aufgebrezelte Frau hatten zwar keinen blassen Schimmer von Pferden, aber sie waren gute Kunden.

Melikes Klassenkameradin Laura hatte ebenfalls ein Pferd bei uns stehen, allerdings ein Dressurpferd.

Ich hatte meine Pommes inzwischen auch aufgegessen und betrachtete unser Spiegelbild im Schaufenster der Eisdiele. Gegen die zierliche Melike mit ihrem braunen Teint, den sie dem Erbe der türkischen Vorfahren ihres Vaters verdankte, ihren großen dunkelbraunen Augen, schneeweißen Zähnen und dem glänzenden schwarzen Haar kam ich mir vor wie eine hässliche bleiche Bohnenstange. Ich beneidete meine Freundin glühend um ihr Äußeres. Ich sehnte den Tag herbei, an dem ich meine Zahnspange und die Pickel los sein würde. Das Einzige, das ich an mir mochte, waren meine Haare. Wie Mama war ich blond. Überhaupt sah ich ihr auf Fotos von früher ziemlich ähnlich und deshalb hegte ich noch einen Rest Hoffnung, dass ich eines Tages so aussehen würde wie sie.

Während ich über mein Äußeres nachdachte, bremste direkt vor uns ein schmutziger dunkelgrüner Jeep.

»Ach du Schande, Tim Jungblut und sein Vater«, sagte ich und zog die Kapuze bis in mein Gesicht. »Bloß nicht hingucken!«

Mich hätten sie vielleicht nicht bemerkt, aber es war völlig unmöglich, Melike mit ihrer knallgelben Jacke zu übersehen. Sie strahlte an diesem grauen Tag wie ein Leuchtturm im Nebel.

Die Scheibe des Jeeps wurde heruntergelassen und ein dunkelblonder Junge beugte sich heraus. »Habt ihr den Bus verpasst?«, fragte er grinsend.

»Nee, wir sitzen nur so aus Spaß im Regen rum«, entgegnete Melike bissig.

»Na los, steigt ein!« Der Junge sprang aus dem Auto und hielt einladend die Tür auf. »Wir fahren sowieso durch Steinau.«

»Das kann ich nicht machen«, raunte ich meiner Freundin zu. »Wenn Papa rauskriegt, dass ich mit Jungbluts mitgefahren bin, bringt er mich um.«

»Das erfährt er schon nicht.« Melike zog mich einfach mit. »Besser, als noch eine Stunde im Regen herumhocken.«

Das fand ich schließlich auch. Und irgendwie war es aufregend, gerade weil es so absolut verboten war, mit einem Mitglied der Familie Jungblut auch nur ein Wort zu wechseln. Ich murmelte »Hallo« und quetschte mich neben Melike auf die Rückbank zwischen einen Sattel und einen Stapel Pferdedecken.

»Tach, die Damen.« Tims Vater musterte uns kurz und brauste los.

Richard Jungblut war Pferdehändler und auch Springreiter wie Papa. Ihm gehörte der Sonnenhof in Hettenbach, einem Örtchen auf der anderen Seite des Waldes. Die Feindschaft mit den Jungbluts hatte in unserer Familie Tradition und beruhte auf Gegenseitigkeit. Besonders die Männer konnten sich nicht ausstehen. Woher dieser Hass stammte, wusste ich nicht und hatte nie darüber nachgedacht. Es war eben so.

Natürlich kannte ich Tim von klein auf, schließlich waren wir auf derselben Schule und begegneten uns beinahe jedes Wochenende auf irgendeinem Reitturnier, aber es wäre mir niemals auch nur im Traum eingefallen, mit ihm zu reden, denn er war eben der Sohn von Richard Jungblut und somit ein Feind. Er ging in die Zehnte, in

Christians Parallelklasse, und konnte zweifellos göttlich reiten. Mit den Verkaufspferden seines Vaters hatte er im letzten Sommer zahlreiche M-Springen und sogar drei S-Springen gewonnen.

Richard Jungblut sprach während der ganzen Fahrt kein Wort. Zweimal begegnete ich seinem forschenden Blick aus stechend blauen Augen im Rückspiegel und guckte sofort woandershin. Ob er wusste, wer ich war? Wahrscheinlich nicht, sonst hätte er mich wohl mitten auf der Strecke aus dem Auto geworfen. Ich saß wie auf glühenden Kohlen. Noch nie waren mir die zwölf Kilometer nach Steinau so lang vorgekommen, obwohl Tims Vater wie der Teufel durch Königshofen und die Landstraße entlangbrauste.

Melike quatschte fröhlich drauflos, so wie es ihre Art war, aber ich brachte keinen Ton über die Lippen. Was hätte ich auch schon sagen können? Also sprach außer Melike niemand und nach einer Weile fiel auch ihr nichts mehr ein. Ich war heilfroh, als der grüne Jeep an der Bushaltestelle vor dem Rathaus bremste.

»Danke fürs Mitnehmen«, murmelte ich und schlüpfte wie der Blitz hinaus in den Regen.

Herr Jungblut nickte, Tim rief uns noch »Tschüss!« nach, dann knallte die Autotür zu und der Jeep verschwand mit aufheulendem Motor.

Ich kramte in den Taschen meiner Jacke nach dem Schlüssel für das Schloss, mit dem ich jeden Morgen mein Fahrrad an den Fahrradständer neben der Bushaltestelle kettete. Melike wohnte nur ein paar Straßen vom Rathaus entfernt, sie konnte zu Fuß nach Hause laufen, aber ich hatte ungefähr zwei Kilometer zu fahren, denn der Amselhof lag außerhalb von Steinau am Waldrand, umgeben von Feldern und Wiesen.

»Also bis später!«, rief ich meiner Freundin zu.

»Ich bin um drei da!«, rief sie zurück.

2. Kapitel

Ich setzte mir die Kapuze auf und radelte die Wiesenstraße entlang, vorbei am Sportplatz und an der Mehrzweckhalle, und versuchte, nicht in den schlammigen Traktorspuren auszurutschen. Der trostlose Winter stand vor der Tür, bald konnte nur noch in der Halle geritten werden und abends würde es um fünf Uhr dunkel sein. Die Pferde mussten geschoren und mit dicken Decken gegen die Kälte geschützt werden. Wir Menschen würden trotz Daunenjacken, Schals und Handschuhen im Stall und in der Reithalle frieren.

Hinter mir hupte es. Ich warf einen Blick über die Schulter und wich auf den schmalen, aufgeweichten Grasstreifen aus, damit der große Pferdetransporter mich überholen konnte. »PFERDE – CHEVAUX – HORSES« stand in fetten Buchstaben auf der Rückseite des Lkw, und darunter »Pferdehandlung Nötzli – Adliswil, Schweiz«. Ich trat kräftiger in die Pedale. Vielleicht kamen neue Pferde auf den Amselhof!

Als ich auf den Hof gelangte, manövrierte der Lkw-Fahrer geschickt das riesige Ungetüm am Misthaufen vorbei. Im Lauf der Jahre war auf dem Amselhof viel an- und umgebaut worden; dadurch waren verschiedene Stalltrakte, Sattel- und Futterkammern und verwinkelte Höfe entstanden, in denen sich Fremde und neue Einsteller oft verirrten. Das Zentrum bildete die große Reithalle, an die sich der Schulpferdestall und die Putzhalle anschlossen. Ganz vorn, an der kurzen Seite der Reithalle, befand sich der ehemalige Hengststall, in dem heute Einsteller ihre Pferde untergebracht hatten. Dann gab es den Mittelstall, den langen Stall, den kleinen Stall und ganz hinten den alten Stall, der ausschließlich Papas Turnierpferden vorbehalten war. Während die meisten Stallungen modern und zweckmäßig waren, hatte Papas Stall etwas ganz Besonderes. Er war hoch und luftig, die Pferde hatten Fenster nach draußen mit Blick auf den Springplatz und die Galoppierbahn und konnten gleichzeitig auf die breite Stallgasse schauen.

Der Fahrer von Herrn Nötzli hielt am Vordereingang des alten Stalls und sprang aus dem Fahrerhaus.

»Hallo!«, rief ich atemlos und lehnte mein Fahrrad an die Wand des Stalls.

»Hi«, erwiderte der Fahrer. Ich kannte ihn, denn er brachte öfter Pferde auf den Amselhof. Der Schweizer Pferdehändler Gerhard Nötzli machte regelmäßig Geschäfte mit Papa. Er schickte immer wieder junge talentierte Pferde her, damit Papa sie ausbildete und auf Turnieren vorstellte. Dann wurden sie verkauft und Papa bekam eine Verkaufsprovision. Allerdings kamen auch manchmal Pferde, die auf Turnieren nicht mehr so recht springen wollten, die stiegen oder andere Unarten hatten. Diese Pferde mussten korrigiert werden, bis auch sie wieder verkäuflich waren. Das war meistens ziemlich schwierig.

»Ich habe zwei Pferde für euch dabei«, sagte der Fahrer und warf einen Blick auf seine Uhr. »Ich muss heute noch bis nach Holland fahren. Fragst du mal jemanden, wo ich die Pferde hinstellen kann?«

»Ich weiß, wo Boxen frei sind«, antwortete ich und betrat den Stall. Der würzige Geruch von Pferden und Heu schlug mir entgegen und wie immer atmete ich den vertrauten Duft tief ein.

Von Jens, unserem Bereiter, war weit und breit nichts zu sehen, dafür lag ein Sattel auf dem Boden, daneben hing eine schmutzige Trense und die Tür von der Sattelkammer stand weit offen. Typisch, dachte ich bei mir, ergriff den Sattel und hängte ihn in die Sattelkammer. Sobald Papa den Stall verlassen hatte, ließ Jens alles stehen und liegen, fing an zu telefonieren oder verdrückte sich in sein Zimmer. Ich fand eine leere Box neben meinem Pony Sirius im kleinen Stall und eine weitere im langen Stall. Dort konnten die Pferde bleiben, bis Papa anders entschied.

Der Fahrer hatte mittlerweile einen hübschen Kastanienbraunen mit einer schmalen Blesse abgeladen. Das Pferd tänzelte und wieherte aufgeregt. Seine Ohren zuckten vor und zurück, die fremde Umgebung machte es nervös, aber das war bei neuen Pferden oft der Fall. Ich streckte die Hand nach dem Führstrick aus.

»Nimm lieber den anderen«, sagte der Fahrer. »Der hier ist ein bisschen speziell.«

Ich konnte es nicht ausstehen, wenn Erwachsene mich wie ein dummes kleines Kind behandelten, immerhin war ich dreizehn und nicht fünf.

»Ich kriege das schon hin«, versicherte ich ihm und da reichte er mir endlich den Führstrick, wenn auch widerstrebend.

»Sei aber vorsichtig!«, rief er mir zu. Prompt machte das Pferd einen erschrockenen Satz, riss den Kopf hoch und stellte den Schweif auf. Aber es war nicht das erste Mal, dass ich ein nervöses Pferd führte.

»Du musst keine Angst haben«, sagte ich freundlich und klopfte ihm mit meiner freien Hand den Hals. Das Pferd sah mich aus flackernden Augen zweifelnd an und schnaubte.

»Na, komm schon. Benimm dich ein bisschen. Dir passiert nichts.«

Tatsächlich beruhigte sich der Braune und folgte mir gehorsam in den Stall.

Als auch das zweite Pferd untergebracht war, gab der Fahrer mir die Mappe mit den Frachtpapieren und Pferdepässen der beiden Pferde. Ich sah zu, wie er die Verladerampe des großen Lkw schloss und überlegte, wohin er wohl die anderen Pferde bringen würde und woher sie kamen.

Wie schön wäre es, den ganzen Tag mit Pferden zu verbringen, anstatt in der Schule herumzusitzen! Die Arbeit mit den Pferden war immer aufregend und abwechslungsreich. Natürlich war es kein Zuckerschlecken, jeden Tag Boxen auszumisten, Pferde und Sattelzeug zu pflegen und all die vielen Kleinigkeiten drum herum zu erledigen. Viele Mädchen träumten davon, Bereiterin zu werden; die wenigsten wussten, was auf sie zukam, und gaben schnell wieder auf. Ich selbst wusste genau, dass ich nach der Schule etwas mit Pferden machen würde. Es war spannend zu beobachten, wie sich die Pferde entwickelten, ob sie einen guten oder schlechten Tag hatten. Jedes Pferd hatte eine ganz eigene Persönlichkeit und Vorlieben oder Abneigungen, wie die Menschen auch. Manche waren neugierig oder verspielt, andere wollten die ganze Zeit schmusen, und wieder andere brauchten eine festere Hand, weil sie ziemlich frech sein konnten. Es gab Pferde, die lernten schnell, und andere mussten immer wieder dasselbe üben, bis sie endlich begriffen.

Gerade als der Lkw durch die großen Pfützen vom Hof gerollt war, tauchte Jens auf. Er gähnte und streckte sich.

»Werwarndas?«, nuschelte er verschlafen und kramte ein zerknautschtes Päckchen Zigaretten aus seiner Hosentasche.

»Der Fahrer von Herrn Nötzli«, erwiderte ich. »Er hat zwei Pferde gebracht und ich hab ihm zwei leere Boxen gezeigt. Ich wollte dich nicht wecken.«

Jens war sofort angesäuert. »Man darf ja wohl noch Mittagspause machen«, sagte er gereizt.

»Klar.« Ich drehte mich um. Der qualmende Jens mit seinen Froschaugen, den Aknenarben und den fettigen Haaren war nicht mein Fall. Er war ungeduldig und oft grob mit den Pferden, aber Papa brauchte ihn, denn allein konnte er die Arbeit mit den vielen Pferden nicht schaffen. Es war schwer, einen zuverlässigen Mann zu finden, der die jungen Pferde auf Turnieren gut vorstellte. Und das konnte Jens. Deshalb hielt ich den Mund und ging ihm möglichst aus dem Weg.

»Du hast übrigens vergessen, die Sattelkammer abzuschließen. Und in der Stallgasse lag einer von den guten Sätteln auf dem Boden.« Das konnte ich mir dann aber doch nicht verkneifen.

»Dann räum ihn weg«, entgegnete Jens bissig.

»Hab ich schon gemacht.«

»Erzähl's doch Papi«, murmelte er mürrisch und trat die Zigarette vor der Stalltür mit dem Absatz aus. »Du dummes Kind.«

»Blöder Aknefrosch«, erwiderte ich.

So endeten die meisten Gespräche zwischen Jens und mir. Dummes Kind war noch relativ nett, er hatte weitaus weniger schmeichelhafte Namen für mich auf Lager, aber ich wusste mich zu revanchieren.

Ich holte mein Fahrrad und schob es durch den Stall. Um die Mittagszeit war nicht viel los, die Pferde dösten in ihren Boxen oder knabberten am Stroh. Vorn an der geöffneten Stalltür lag Robbie, unser Berner Sennenhund, auf seiner karierten Decke. Als er mich kommen sah, richtete er sich auf und wedelte freudig mit dem Schwanz. Sobald ich mich jedoch auf mein Fahrrad setzte, um zum Haus hinüberzuradeln, legte er sich mit einem Seufzer wieder hin und schlief weiter.

3. Kapitel

Auf dem leeren Parkplatz vor der Gaststätte stand einsam ein silberner Opel, den ich nicht kannte. Ein Mann mit Glatze und Brille stand neben dem Auto und blickte sich suchend und ein bisschen hilflos auf dem menschenleeren Hof um. Der Mann sah freundlich und harmlos aus und ich hatte keine blasse Ahnung, dass durch ihn eine Katastrophe über alle Menschen auf dem Amselhof hereinbrechen würde, als ich mit dem Fahrrad neben ihm stoppte und ihn höflich grüßte.

»Kann ich Ihnen helfen?«, fragte ich. Vielleicht war er auf der Suche nach einem neuen Stall für sein Pferd. Neue Kundschaft war auf dem Amselhof immer erwünscht.

»Ich suche Herrn Ludwig Weiland«, sagte der Mann nun. »Weißt du, wo ich ihn finden kann?«

»Das ist mein Opa«, erwiderte ich. »Kommen Sie mit.«

Mittags, wenn die Gaststätte offiziell noch geschlossen war, kochte Oma für die Familie, für Jens und die Mitarbeiter, wie Mama unsere beiden Stallarbeiter Heinrich und Stani nannte.

Ich schob mein Fahrrad die Rollstuhlfahrerrampe hoch zur Tür der Gaststätte und betrat dieselbe durch die Nebentür, die auch in die Wohnung von Opa und Oma führte.

Twix, mein braun-weiß gefleckter Jack-Russell-Terrier, hatte mich natürlich längst kommen hören und erwartete mich ungeduldig. Er jaulte vor Glück und hopste wie ein Flummi, als ich den Flur zwischen Gaststätte und Opas und Omas Wohnung betrat, in dem sein Tagsüberkorb stand. Seitdem ich ihn im vorletzten Sommer halb verhungert und ziemlich übel verletzt auf einem Waldparkplatz gefunden hatte, wo ihn seine Besitzer einfach angebunden zurückgelassen hatten, liebte er mich und folgte mir auf Schritt und Tritt.

Die Gaststätte war dunkel, die Stühle standen noch auf den Tischen. Kein gutes Zeichen. Oma war in der Küche, wo sie am Herd herumhantierte und leise vor sich hin schimpfte.

»Hallo, Oma«, sagte ich.

Der Mann blieb in der Tür stehen.

»Wo kommst du denn jetzt her?«, brummte Oma missgelaunt. »Heute gibt's nichts Warmes zu essen. Der Herd ist kaputt.«

»Ich hab den Bus verpasst«, erwiderte ich. »Weißt du, wo Opa ist?«

»Irgendwo auf dem Hof. Sie wollten das Stroh abdecken.« Oma drehte sich um. Ihr Blick fiel auf den Mann mit der Aktentasche. Sie stemmte ihre kräftigen Arme in die Seiten und zog eine finstere Miene. »Sind Sie der Servicemann für den Herd, den man mir schon vor drei Stunden herschicken wollte?«

»Äh … nein«, stotterte der Mann, machte einen Schritt nach hinten und trat dabei auf Twix' Schwanz. Mein Hund stieß einen markerschütternden Schrei aus, woraufhin der Mann vor Schreck schneeweiß im Gesicht wurde.

»Herrgott, können Sie nicht aufpassen?«, herrschte Oma den armen Mann an.

Eigentlich war Oma eine Seele von Mensch, aber oft genug stand sie allein auf weiter Flur mit der ganzen Arbeit, deshalb hatte sie meistens schlechte Laune.

»Sie können hier warten oder mitkommen«, bot ich dem freundlichen Herrn an, und als er sich eilig für letztere Möglichkeit entschied, ließ ich das Fahrrad stehen und ging, gefolgt von Twix, zu Fuß neben ihm her.

Der Amselhof war ziemlich groß, deshalb war das Fahrrad mein bevorzugtes Fortbewegungsmittel. Auch Opa, Jens und Papa waren vorwiegend mit dem Fahrrad zwischen Ställen, Koppeln, Haus, Reithallen und Gaststätte unterwegs, Christian neuerdings mit einem Minimoped, das Papa vor ein paar Monaten als Ehrenpreis bei einem Turnier gewonnen hatte.

Viele Jahre bevor ich geboren wurde, waren Opa und Oma »ausgesiedelt«. Sie hatten im Tausch gegen ihren kleinen Bauernhof mitten in Steinau ein großes Grundstück am Waldrand bekommen und dort den Amselhof gebaut. Nach und nach waren zum Haus, zur Scheune und den Stallungen die erste Reithalle mit der Gaststätte und noch mehr Ställe gekommen. Als Papa und Mama geheiratet hatten, wurde das Haus gebaut, in dem wir wohnten, und später noch eine größere Reithalle und die Reitplätze.

Auf der Wiese hinter der großen Scheune waren Opa und Heinrich damit beschäftigt, die großen Rundballen Stroh mit Planen abzudecken.

»Opa!«, rief ich. »Hier ist jemand, der dich sucht!«

Der Mann hatte offenbar nicht damit gerechnet, über den ganzen Hof marschieren zu müssen. Sein hellgrauer

Anzug war vom Regen mittlerweile dunkelgrau geworden.

»Das ist mein Opa«, erklärte ich dem Mann.

»Vielen Dank«, erwiderte er höflich.

Opa kletterte von den Rundballen herunter. Er trug wie üblich seine blaue Arbeitshose, ein altes kariertes Hemd und eine Weste, dazu auf dem Kopf eine ausgeblichene Baseballkappe. Als er nun näher kam, klopfte er Strohhalme und Staub von seinen Kleidern und wischte sich seine Hand an der Arbeitshose ab. Den Mann überragte er um einen ganzen Kopf.

»Sind Sie Ludwig Weiland?«, fragte der Mann überflüssigerweise, denn ich hatte es ihm ja schon gesagt.

Opa konnte es nicht leiden, bei einer Arbeit unterbrochen zu werden, aber er nickte und lächelte sogar ein bisschen. Potenzielle neue Kunden waren wichtig, deshalb ließ er sich seine Verärgerung nicht anmerken.

»Moser«, stellte sich der Mann vor. »Obergerichtsvollzieher.«

Opa hörte auf zu lächeln. »Moment«, sagte er knapp, wandte sich zu Heinrich um und gab ihm noch ein paar Anweisungen, bevor er mit Herrn Moser verschwand und mich einfach stehen ließ.

4. Kapitel

»Hi, Mama, ich bin wieder da!« Ich streifte mir im Windfang die schmutzigen Schuhe von den Füßen und erwischte Twix gerade noch rechtzeitig am Halsband, bevor er ins Wohnzimmer sausen und auf die Couch springen konnte.

»Hiergeblieben!«, flüsterte ich und deutete auf die Fußmatte. Twix ließ die Ohren hängen, setzte sich aber gehorsam.

Mama saß am Küchentisch und öffnete die Post. »Na, mein Schatz.« Sie blickte kurz auf und lächelte mich an, dann wandte sie sich wieder den Briefen zu. »Es ist noch Kartoffelsalat im Kühlschrank. Wie war es in der Schule?«

»Och, wie immer«, sagte ich betont gelangweilt. Gleich würde ich Mama mit der Eins überraschen. Ich öffnete meinen Rucksack, nahm das Deutschheft heraus und setzte mich zu Mama an den Tisch. »Melike und ich haben den Bus verpasst, und rate mal, wer uns mitgenommen hat!«

Ich konnte nicht anders, ich musste einfach mit jemandem über diese merkwürdige Begegnung sprechen.

»Du wirst es mir gleich verraten.«

»Tim Jungblut und sein Vater!« Ich senkte die Stimme und kicherte. »Der hat kein Wort geredet und mich nur im Rückspiegel angestarrt.«

»Wie kommst du dazu, zu diesen Leuten ins Auto zu steigen?«

Ich zuckte erschrocken zusammen, als ich Papas Stimme direkt hinter mir vernahm.

»Elena!«

Ich drehte mich um. Es fiel mir schwer, Papas Blick standzuhalten. Wenn er mich so anschaute, wie er es jetzt tat, dann hatte ich immer das Gefühl, wieder sechs Jahre alt zu sein und alles falsch zu machen.

»Ich … wir … hatten den Bus verpasst«, stotterte ich verlegen. »Und Melike meinte …«

»Ich wünsche nicht, dass du mit *denen* sprichst. Das weißt du genau«, unterbrach Papa mich scharf. »Du hättest die paar Minuten warten und den nächsten Bus nehmen können.«

Ich senkte den Kopf und rollte das Deutschheft in meinen Fingern zu einer Wurst zusammen. Schlechter Zeitpunkt, um mit einer Eins zu kommen.

»Hast du mein rotes Jackett aus der Reinigung geholt?«, wandte Papa sich nun an Mama. Ich war schon wieder vergessen. »Wir müssen in einer halben Stunde los, sonst kommen wir zu spät zum Turnier.«

»Ich habe es vorhin in den großen Lkw gehängt«, erwiderte Mama, die wie immer alles bestens im Griff hatte. »Die Stiefel und die Hemden sind auch schon drin, und die Pferdepässe habe ich Jens gegeben.«

»Gut. Danke.«

Papa wollte gerade wieder die Küche verlassen, als mir die neuen Pferde einfielen.

»Ach Papa«, sagte ich zaghaft, »der Fahrer von Herrn Nötzli war da und hat zwei Pferde gebracht. Ich hab ihm gesagt, er soll sie in die leere Box neben Sirius und in den langen Stall neben Dimitri stellen.«

Er nickte nur. Offensichtlich war ich bei ihm in Ungnade gefallen, denn er würdigte mich keines Blickes mehr und ging an mir vorbei, als wäre ich durchsichtig. Die Haustür fiel krachend hinter ihm ins Schloss.

»Ich geh hoch«, sagte ich zu Mama. »Hausaufgaben machen.«

»Ja, tu das«, erwiderte sie leise, in Gedanken ganz woanders.

Ich wartete darauf, dass sie noch etwas zu mir sagte, aber es kam nichts mehr, deshalb gab ich Twix einen Wink. Auf den hatte er nur gewartet. Lautlos huschte er an der Küchentür vorbei und sprang vor mir die Treppe hoch.

Ich ergriff meinen Rucksack und steckte das Deutschheft zurück. Vom Fenster meines Zimmers aus konnte ich über die Parkplätze und die Grünfläche im Hof bis zur Reithalle schauen. Der silberne Opel war nicht mehr da. Christian kam gerade mit dem Minimoped aus der Stalltür gekurvt. Papa und er wechselten ein paar Worte und verschwanden dann gemeinsam im Stall. Mit einem Seufzer ließ ich mich auf mein Bett fallen und zog meinen Hund in die Arme.

»Ich bin froh, dass Papa aufs Turnier fährt«, sagte ich zu Twix, der die Ohren spitzte, den Kopf schief legte und mich ansah, als ob er jedes Wort verstünde. »Hoffentlich gewinnt er das Springen und vergisst, dass er sauer auf mich ist.«

Ich konnte mich nicht dazu aufraffen, meinen Schulkram aus dem Rucksack zu holen und mich an die Hausaufgaben zu setzen. Als kurz vor drei die beiden Lkws mit Papa, Christian und Jens vom Hof rollten, schlüpfte ich in meine Reithose und machte mich auf den Weg zu Fritzi.

Twix und ich liefen durch den prasselnden Regen über den Hof, vorbei an der überdachten Führmaschine und der kleinen Reithalle, vor der sich eine riesengroße Pfütze gebildet hatte. Die Scheune lag ein ganzes Stück vom Hof entfernt. Unter dem Heuboden, auf dem sich bis unter das Dach die duftenden Heuballen stapelten, gab es zehn große Laufboxen, die zwar nicht so schön und hell, dafür aber billiger waren als die Boxen in den anderen Ställen. Hier waren ein paar alte Pferde untergebracht, die von ihren Besitzern das Gnadenbrot bekamen. Und in einer der Boxen stand mein Liebling, der dunkelbraune Hengst Fritzi.

Er hatte mich natürlich längst kommen hören, streckte erwartungsvoll seinen Kopf über die Trennwand und wieherte ungeduldig, als ich nun das große Tor zur Seite schob.

»Hey, Fritzi!« Ich nestelte ein zerbröseltes Zuckerstück aus meiner Jackentasche und gab es ihm, dann ergriff ich Halfter und Strick, die an einem Haken vor der Box hingen. Obwohl er erst vier Jahre alt war, hatte Fritzi schon eine tragische Lebensgeschichte. Im Mai vor vier Jahren war er genau an meinem neunten Geburtstag auf die Welt gekommen. Papa und Mama hatten große Hoffnungen in das Hengstfohlen mit dem großen Stern und den vier weißen Fesseln gesetzt, denn seine Mutter war Gretna, Mamas alte Stute, die ein tolles Springpferd gewesen war, und sein Vater der berühmte Fuchshengst For Pleasure, der auf Olympiaden und Weltmeisterschaften unzählige Goldmedaillen gewonnen hatte. Mein Geburtstag war durch Fritzis Geburt zu kurz gekommen, alles hatte sich um das Fohlen gedreht.

»Weißt du was«, hatte Papa zu mir gesagt, als sie zusammen mit dem Tierarzt und ein paar Leuten im Stall

Sekt getrunken hatten, »wir schenken dir das Fohlen zum Geburtstag, Elena. Dann ist es in guten Händen.«

Ich war zunächst sprachlos gewesen. »Du meinst, es gehört ganz richtig mir? Mir ganz allein?«, hatte ich mich dann ungläubig vergewissert.

»Na ja«, hatte Papa gesagt und mir zugezwinkert, »vielleicht lässt du mich später mal auf ihm reiten.«

Alle hatten gelacht und es hatte noch mehr Sekt gegeben. Seit diesem Tag hatte ich mich sehr um Gretna und ihren kleinen Sohn gekümmert. Fritzi folgte mir bald auf Schritt und Tritt, und als er im Oktober von seiner Mutter getrennt und mit drei gleichaltrigen Hengstfohlen in einen Laufstall gebracht wurde, hatte er kaum getrauert.

Doch kurz nach seinem ersten Geburtstag war etwas Schreckliches geschehen. Zusammen mit seinen drei Kumpeln war Fritzi auf die große Waldkoppel mit dem stabilen Holzzaun gebracht worden, wo sie den ganzen Sommer draußen verbringen konnten. Niemand hatte sich später erklären können, wie es den vier jungen Hengsten gelungen war, aus der Koppel auszubrechen. Neugierig und übermütig waren sie in den Feldern herumgaloppiert und ausgerechnet Fritzi war bei diesem Ausflug auf die Straße geraten und von einem Auto erwischt worden.

Die Polizei war auf den Amselhof gekommen und hatte Papa gefragt, ob es eines von seinen Pferden sein könnte, das auf der Straße zwischen Steinau und Königshofen angefahren worden war. Papa hatte sämtliche Koppeln kontrolliert und dabei feststellen müssen, dass die Jährlinge fehlten. Drei von ihnen hatte man auf einer Wiese gefunden, aber Fritzi war verschwunden geblieben.

Eine große Suchaktion hatte begonnen und am späten

Abend hatten die Männer das Pferd im Steinauer Moor gefunden – schwer verletzt und halb verrückt vor Angst! Fritzi hatte nicht mehr auf sein linkes Hinterbein auftreten können, hatte aus tiefen Wunden geblutet; aber das Schlimmste war gewesen, dass er sich von niemandem mehr hatte anfassen lassen. Schließlich hatte Papa mich geholt und tatsächlich war es mir gelungen, an Fritzi heranzukommen, ihm ein Halfter anzulegen und ihn auf den Pferdeanhänger zu führen.

»Am besten erschießen wir ihn gleich hier«, hatte Papa düster gesagt.

»Nein, Papa, nein!«, hatte ich entsetzt geschrien. »Das kannst du nicht tun! Fritzi gehört mir! Du hast ihn mir geschenkt!«

»Das Pferd wird wahrscheinlich nie mehr zu etwas zu gebrauchen sein«, hatte Papa streng gesagt. »Schau ihn dir doch an!«

Das hatte ich getan und es war ein furchtbarer Anblick gewesen.

»Bitte, Papa, bring ihn in die Klinik!«, hatte ich gebettelt. »Bitte, bitte, bitte!«

Papa hatte geseufzt, aber dann war er doch mit Fritzi in die Tierklinik gefahren. Dort hatten die Tierärzte die kaputten Sehnen und Bänder des verletzten Beins kunstvoll zusammengeflickt, aber mehr hatten sie nicht tun können. Den Rest, so hatten sie gesagt, müsse die Natur machen.

Papa hatte versucht, mich davon zu überzeugen, dass es für Fritzi das Beste sei, ihn von seinem Leiden zu erlösen, doch ich war hartnäckig geblieben. Fritzi war mein Pferd und mir war es herzlich egal gewesen, ob er später springen konnte oder nicht.

In der Schule hatte ich mich nicht mehr konzentrieren können, vor lauter Angst, Fritzis Zustand könnte sich verschlechtern. Nach drei Wochen wurde Fritzi endlich aus der Klinik geholt.

»Eins sage ich dir«, hatte Papa zu mir gesagt, »ich bezahle keinen Cent mehr an irgendeinen Tierarzt. Entweder wird es jetzt was oder nicht. Wenn es noch mal Probleme gibt, dann kommt er weg, verstanden?«

Ich hatte genickt, überglücklich und fest entschlossen, allen das Gegenteil zu beweisen. Geduldig hatte ich Fritzi jeden Tag gepflegt, seine Wunden behandelt und die Verbände gewechselt. Niemand hatte mir dabei helfen können, denn Fritzi bekam Panik, sobald ihn jemand anfasste. Aber es störte ihn nicht, wenn ich ihn berührte. Ganz im Gegenteil, es schien ihm sogar zu gefallen.

Damals hatte ich zum ersten Mal gemerkt, dass ich Fritzis Schmerzen mit meinen Händen *fühlen* konnte. Zuerst hatte ich es für Einbildung gehalten, aber Melike behauptete steif und fest, Fritzi würde es regelrecht genießen, wenn ich sein krankes Bein, an das er keinen Tierarzt ließ, massierte.

Gezwungenermaßen hatte ich zudem lernen müssen, wie man einem Pferd die Hufe raspelt. Nur mit viel Geduld war es mir in zwei Jahren gelungen, Fritzi davon zu überzeugen, dass ihn weder der Hufschmied noch unsere Stallarbeiter ermorden wollten, und irgendwann hatte er auch Melike und Mama akzeptiert.

Papa hatte nur noch selten nach Fritzi gesehen und ich war heilfroh, dass mein Pferd bei den Gnadenbrotpferden untergebracht war, weit weg von den anderen Ställen. Ich fürchtete diese Augenblicke, wenn Papa am Koppelzaun oder an der Boxentür stand, die Arme in die Seiten gestemmt, Fritzi mit grimmiger Miene musterte und sich kopfschüttelnd abwandte. Ein lahmes Pferd mit einem psychischen Knacks war in seinen Augen völlig wertlos. Papa hatte Fritzi abgehakt.

»Was für eine Schande!«, pflegte er zu sagen. »Verschwendete Zeit.«

Auch wenn Fritzi Fremden im Allgemeinen und Männern im Besonderen von Herzen misstraute, so war er doch durch und durch gutmütig. In Steinau hatte man sich längst an den Anblick gewöhnt, wenn ich mit Fritzi und Twix auf den Feldwegen und den Straßen im Ort spazieren ging. Melike und ich ließen ihn neben unseren Fahrrädern hertraben, er begleitete uns, wenn wir im Wald herumliefen, und ich konnte ihn ohne Bedenken vor der Bäckerei, dem Supermarkt oder dem Metzgerladen anbinden, wenn ich dort für Mama einkaufen ging.

Als Fritzi drei Jahre alt war, hörte er auf zu lahmen und lief so makellos, als hätte er nie einen Unfall und eine Operation gehabt. Im vergangenen Frühsommer hatte ich mich zum ersten Mal auf seinen bloßen Rücken geschwungen und war mit ihm seitdem oft durch die Gegend gestreift, im Waldsee schwimmen gegangen oder gemeinsam mit Melike ausgeritten. Jetzt, mit vier Jahren, war Fritzi alt genug für ernsthafte Arbeit, deshalb hatte ich vor ein paar Wochen damit begonnen, ihn regelmäßig zu reiten.

Nun führte ich Fritzi durch den Nieselregen und band ihn am Putzplatz zwischen dem Turnierpferdestall und dem langen Stall an. Das tat ich nur, wenn Papa nicht auf dem Hof war, sonst ritt ich ins Gelände, in der kleinen Halle oder auf dem Dressurplatz, der ein wenig abgelegen hinter einer hohen Hecke lag. Auf diese Weise war es mir seit Monaten gelungen, die Fortschritte des Pferdes vor Papa zu verstecken. Nicht, dass er doch noch auf die Idee kam, Fritzi zu verkaufen, um einen unnützen Fresser im Stall weniger zu haben.

Ich holte meinen Putzkasten aus der Sattelkammer im kleinen Stall. Hier stand Sirius, mein schneeweißes New-Forest-Pony, das freudig wieherte, als es mich sah. Leider wurde Sirius allmählich zu klein für mich. Als ich ihn bekommen hatte, war er mir noch groß vorgekommen.

»Tut mir leid, mein Süßer. Du musst noch warten«, vertröstete ich das Pony, das den Kopf über die Boxentür geschoben hatte und mich erwartungsvoll mit gespitzten Ohren anblickte. In den vergangenen Jahren hatten Sirius und ich viele Schleifen in E- und A-Springen gewonnen. Papa mochte die Ponyreiterei nicht, denn er war der Meinung, dass Kinder lieber gleich auf Großpferden reiten lernen sollten. Mir war es egal. Ich ritt Sirius gern und hatte mich längst damit abgefunden, dass Papas Interesse hauptsächlich meinem Bruder galt, der in der letzten Saison mit Grandino und Ronalda sehr erfolgreich L- und M-Springen geritten war.

Melike war mittlerweile auch eingetroffen und band Jasper neben Fritzi an. Wir begannen, unsere Pferde zu putzen. Nach kurzer Zeit schimmerte Fritzis Fell in einem leuchtenden Schokoladenbraun. Die regelmäßige Arbeit in den vergangenen Monaten hatte ihm gutgetan. Er war nun beinahe ausgewachsen und hatte ein Stockmaß von 165 Zentimetern. Der Hengst drehte den Kopf immer so, dass er mich im Blick hatte, und lauschte mit gespitzten Ohren jedem Wort, das ich sagte.

»Ich bin so was von oberdämlich«, sagte ich zu Melike, als

wir in der Sattelkammer unser Sattelzeug holten. »Ich hab Mama erzählt, dass wir mit den Jungbluts mitgefahren sind, und ausgerechnet in dem Moment kam mein Vater rein.«

»Und?«

»Kannst du dir ja denken. Der hat mich voll angemeckert.«

»Ich kapiere nicht, was so schlimm daran ist.« Melike hängte sich Jaspers Trense über die Schulter und ergriff den Sattel.

»Ehrlich gesagt, ich auch nicht.« Ich zuckte mit den Schultern. »Aber es war schon immer so.«

»Der Tim ist doch voll süß«, meinte meine Freundin.

Dazu konnte ich nichts sagen, denn so genau hatte ich mir Tim Jungblut noch nie angesehen. Außerdem hatte ein simples »Süß« bei Melike nicht viel zu bedeuten. Interessant wurde es erst, wenn sie etwas oder jemanden »supersüß« oder »total süß« fand. »Mega-Hammer-süß« war dann die ultimative Steigerung, die ihr aber bisher nur Robert Pattinson, der Hauptdarsteller aus »Twilight«, wert gewesen war.

Wir sattelten und trensten unsere Pferde, gurteten nach und saßen noch in der Stallgasse auf. Twix sprang von dem Strohballen, auf dem er gesessen hatte, und lief voraus. In der Reithalle bog er nach rechts ab und suchte sich einen Platz auf der Tribüne, von dem aus er mich im Auge behalten konnte.

Melike und ich hatten die ganze große Reithalle für uns. Es war wundervoll, allein in der Halle zu reiten. Der Regen rauschte auf das Dach, nur der dumpfe Hufschlag unserer Pferde war zu hören und hin und wieder ein Schnauben. Wie so häufig, wenn ich Fritzi ritt, überkam mich ein warmes Glücksgefühl. Er war mir so vertraut wie kein anderes Pferd. Ich liebte seine geschmeidigen, schwungvollen Bewegungen und genoss jede Minute auf seinem Rücken. Fritzi begriff immer schnell, was ich von ihm verlangte, auch beim Springen hatte er sich gleich sehr geschickt angestellt. Die bunten Stangen, über die er heute springen sollte, waren zwar etwas anderes als die Baumstämme, über die er schon früher im Gelände hatte hüpfen müssen, aber das Prinzip war das gleiche. Ich ließ ihn über die Stangen traben, die auf dem Boden lagen. Ein kleiner Steilsprung stand in der Mitte des unteren Zirkels. Abwechselnd ließen Melike und ich unsere Pferde über das kleine Hindernis hüpfen, mal aus dem Links-, dann aus dem Rechtsgalopp. So brachte auch Papa jungen Pferden den fliegenden Galoppwechsel bei, der für Springpferde wichtig war.

»Ich mache euch mal etwas Licht, ihr beiden!«, ertönte auf einmal Opas Stimme. Er drückte auf den Lichtschalter und die großen Deckenscheinwerfer tauchten die Reitbahn in helles Licht. Ich zwinkerte Opa zu, als ich an ihm vorbeiritt. Wie jedem auf dem Amselhof hatte ich auch ihm das Versprechen abgenommen, Papa nichts von Fritzi zu erzählen. Opa hatte sein Wort gehalten und noch nie einen Ton über Fritzis Fortschritte verloren. Jens war es sowieso egal. Ihm war es nur recht, dass er nicht noch ein Pferd mehr reiten musste, und Christian grinste nur verächtlich, wenn er mich ohne Sattel auf meinem Pferd reiten sah. Kinderkram.

5. Kapitel

Am Samstagmorgen fuhren Melike und ich mit Papa, Jens und Christian aufs Turnier. Um acht Uhr würde die Springpferdeprüfung beginnen, deshalb mussten wir schon um halb sieben losfahren. Papa war wieder guter Laune und schien vergessen zu haben, dass er auf mich sauer gewesen war. Er gewann mit Lady Gaga von Teicherts eine der beiden Abteilungen und auch Jens und Christian konnten sich mit ihren Pferden gut platzieren.

Zwischen der Springpferdeprüfung und dem M-Springen war eine Pause von einer halben Stunde. Die freiwilligen Helfer des Reitvereins beeilten sich, unter der Regie des Parcourschefs den Parcours umzubauen. Stangen wurden hin und her getragen, die Entfernungen zwischen Oxern, Steilsprüngen und Kombinationen ausgemessen. Alles musste auf den Zentimeter genau stimmen. Melike und ich hatten die Pferde nach der Siegerehrung der Springpferdeprüfung trockengeführt und später auf den Lkw verladen. Papa war mit Christian und Jens in die Halle gegangen, um den Parcours abzugehen. Wir standen im Lkw und wickelten Bandagen auf, als auf dem Transporterparkplatz ein Tumult losbrach.

Ein paar Leute schrien aufgeregt durcheinander, dann

ertönte lautes Poltern und wilder Hufschlag. Ich blickte hinaus und sah ein dunkelbraunes Pferd, das kopflos zwischen den geparkten Lastern und Hängern umhergaloppierte. Die Trense baumelte zerrissen um seinen Hals. Besorgt kletterte ich aus dem Lkw. In seiner Panik konnte sich das Pferd schwer verletzen, wenn es in einer offen stehenden Autotür hängen blieb oder versuchte, über eine Anhängerkupplung zu springen.

In diesem Augenblick änderte das Pferd seine Richtung und kam direkt auf mich zu. Ich spürte, wie mein Herz aufgeregt klopfte, aber ich hatte von Kindesbeinen an gelernt, in brenzligen Situationen, wie sie mit Pferden immer wieder vorkommen, ruhig zu bleiben.

»Hoho, ganz ruhig!« Ich breitete die Arme aus. Das dunkelbraune Pferd bremste ein paar Meter vor mir und schlitterte in dem aufgeweichten Boden noch ein ganzes Stück weiter. Die Ohren zuckten, es verdrehte ängstlich die Augen.

»Ist ja gut.« Ich sprach mehr mit mir selbst als mit dem nervösen Tier. »Ich tu dir nichts. Hoho …«

Das Pferd blieb unentschlossen stehen. Ich schnappte den schleifenden Zügel und zog ihn dem Dunkelbraunen über den Hals.

Zwei Männer kamen angelaufen. Ich zitterte innerlich noch ein bisschen, aber nun fuhr mir richtig der Schreck in die Glieder, als ich ausgerechnet Richard Jungblut und Tim erkannte.

»Gut gemacht, Mädchen!«, rief Richard Jungblut. »Halt ihn schön fest, den verrückten Gaul! Springt doch glatt rückwärts aus dem Hänger, also so was!«

Er nahm mir die Zügel aus der Hand.

»Dass du auch nicht aufpassen kannst, Tim!«, fuhr er seinen Sohn mit scharfer Stimme an. »Du hast nicht für fünf Cent Verstand in deiner Birne!«

»Aber du hast doch die Klappe aufgemacht«, versuchte Tim sich zu rechtfertigen.

»Hüte deine Zunge, Freundchen!«, erwiderte sein Vater.

Er warf mir einen raschen Blick zu und schien zu überlegen, woher er mich kannte.

»Du bist doch die kleine Weiland, oder?«

Ich nickte unsicher.

»Gut gemacht«, wiederholte er. »Schönen Dank auch.«

»B... Bitte«, stotterte ich und vermied es, Tim anzusehen.

Dessen Vater zog mit dem gebändigten Pferd ab. Tim blickte ihm mit einem grimmigen Gesichtsausdruck nach, aber dann wandte er sich mir zu. Er lächelte verlegen, suchte nach Worten, und mir verschlug es völlig die Sprache, als ich dem Blick aus seinen blauen Augen begegnete. So blau konnten keine Augen sein! Wahnsinn! Mir wurde abwechselnd heiß und kalt.

»Vielen Dank«, sagte Tim. »Mein Alter hätte mich glatt umgebracht, wenn dem Pferd was passiert wäre. Es war ganz schön teuer und sein Besitzer hat es erst letzten Monat bei uns in Beritt gegeben.«

»Schon okay«, nuschelte ich, starrte auf den Boden und verfluchte innerlich meine blöde Befangenheit.

»Na, Tim.« Melike kam herangeschlendert. »Hast wohl nicht aufgepasst, was?«

Ach, ich wünschte, ich könnte auch so locker mit der Situation umgehen wie meine Freundin! Zwar musste ich nicht im Mittelpunkt stehen, aber normalerweise war ich nicht eben schüchtern. Doch jetzt war ich stumm wie ein

Fisch und knallrot wie ein Stoppschild. Lag es daran, dass ich mit Tim Jungblut nicht sprechen durfte?

»Mein Vater hat mit irgendwem gequatscht und die Klappe vom Hänger aufgemacht, bevor ich Flipper die Trense draufgemacht hatte«, verteidigte er sich gerade. »Aber ich bin ja immer an allem schuld.«

Seitdem Melike aufgetaucht war, hatte sich Tims Verlegenheit verflüchtigt.

»Darf ich dir eine Cola ausgeben?«, fragte er mich plötzlich. »Als Dankeschön für die Rettung?«

Ich erschrak. Ja! Nein, bloß nicht! Wenn Christian oder Papa mich zusammen mit Tim Jungblut sahen, war der Teufel los.

»Ich … ich weiß nicht. Lieber nicht«, murmelte ich, aber Melike sagte gleichzeitig zum Todfeind meiner Familie: »Klar doch. Ich hab einen Riesendurst!«

»Okay, dann auch eine Cola für dich«, entgegnete Tim gutmütig.

Ich folgte den beiden mit einem absolut unguten Gefühl. In der Pause zwischen den Springprüfungen war in dem Zelt neben der großen Halle viel los. Tim stellte sich an, um die Getränke zu holen.

»Bist du verrückt?«, zischte ich Melike zu. »Wenn mein Bruder oder mein Vater uns mit Tim sehen, gibt's einen Riesenärger!«

»Ach was, die sind doch in der Halle.« Melike grinste sorglos. »Komm, da drüben ist was frei.«

Sie schob mich an einen Tisch ganz hinten in der Ecke und ich versuchte, mich etwas zu beruhigen. Ich ertappte mich dabei, wie ich Tim beobachtete. Obwohl ich ihn sicher schon hundert Mal gesehen hatte, war mir bisher nie aufgefallen, wie verdammt gut er aussah. In meiner Klasse gab es ein paar Mädchen, die ihn toll fanden. Ich hatte das nie so ganz nachvollziehen können. Früher hatte Tim immer ganz kurz geschorene Haare gehabt und das Gesicht voller Pickel, aber das war nicht mehr der Fall. Und diese Augen! Sie leuchteten richtig. Er schien kein bisschen arrogant zu sein, auch wenn er so gut reiten konnte. Ob er wohl eine Freundin hatte? Natürlich gab es Gerüchte, aber wenn ich genau überlegte, dann hatte ich ihn noch nie zusammen mit einem Mädchen gesehen, weder auf einem Turnier noch in der Schule.

Genau in diesem Moment blickte er zu mir herüber. Ich spürte, wie mir sofort wieder die Röte ins Gesicht schoss, und senkte den Blick. Verflixt, er hatte genau gesehen, wie ich ihn angestarrt hatte!

Wenig später kam er mit drei Bechern Cola an unseren Tisch und setzte sich uns gegenüber hin.

»Danke für deine Hilfe!« Er hob seinen Becher und lächelte mich an. Im Bruchteil einer Sekunde bemerkte ich in seinem Gesicht Dinge, die mir bisher auch nie aufgefallen waren: die schmale Narbe, die sich wie ein weißlicher Strich von seiner Nase bis zur Oberlippe zog, und das Grübchen im Kinn. An einem seiner Schneidezähne fehlte eine winzige Ecke, und das machte sein perfektes Aussehen irgendwie erträglicher. »Du hast mir das Leben gerettet!«

»Übertreib mal nicht«, murmelte ich verlegen und trank einen Schluck.

»Reitest du auch hier auf dem Turnier?«, erkundigte Tim sich.

»Nee«, antwortete ich lahm. »Ich bin nur der Turniertrottel.«

Sofort ärgerte ich mich. Was redete ich für einen Quatsch daher? Tim musste mich für total bescheuert halten.

»Ach so, na ja«, sagte er.

Wahrscheinlich bereute er längst, dass er mich zu einer Cola eingeladen hatte. Ich wäre am liebsten im Erdboden versunken, so blöd kam ich mir vor.

Plötzlich stand Christian am Tisch. Sein Blick flog zwischen uns und Tim hin und her und wurde kalt.

»Hier hockt ihr also rum«, blaffte er uns an. »In zwanzig Minuten geht das Springen los. Ich bin achter Starter.«

»Warte, ich komme mit!« Melike sprang auf, aber ich blieb aus Trotz sitzen. Was fiel meinem Bruder ein, in so einem Ton mit mir zu reden? Ich war seine Schwester, nicht seine Sklavin!

»Elena«, sagte Christian. »Kommst du?«

»Ich hab meine Cola noch nicht getrunken«, erwiderte ich.

»Ich warte draußen auf dich.« Seine Stimme klang drohend. »Genau eine Minute. Sonst gibt's Ärger.«

Ich wartete, bis mein Bruder und Melike verschwunden waren.

»Ich glaube, ich geh wohl besser auch.« Ich lächelte Tim verlegen an. »Danke für die Cola.«

»Keine Ursache.« Er grinste und zwinkerte mir zu. »Wir sehen uns später noch.«

Das klang wie ein Versprechen! Mir wurde abwechselnd heiß und kalt. Ich spürte, dass er mir nachblickte, und konzentrierte mich darauf, nicht vor lauter Aufregung zu stolpern oder jemanden umzurennen.

Christian lauerte mir draußen vor der Tür auf. »Du hast wohl nicht mehr alle Tassen im Schrank!«, fiel er über mich her und packte mich hart am Arm. »Wie kommst du dazu, mit diesem Arsch an einem Tisch zu sitzen?«

»Aua! Lass mich sofort los!«, erwiderte ich wütend. »Du hast mir überhaupt nichts zu sagen!«

Christian ließ meinen Arm los, versetzte mir aber noch einen Stoß.

»Du weißt genau, dass wir uns nicht mit *denen* abgeben«, erinnerte er mich unnötigerweise. »Wenn Papa davon erfährt, wird er stinksauer.«

»Wie soll er es erfahren, wenn du es ihm nicht petzt?« Ich rieb meinen Arm. Das würde sicher einen fetten blauen Fleck geben. »Außerdem hat Tim uns nur zum Dank dafür, dass ich eben eines von seinen Pferden eingefangen habe, eine Cola ausgegeben.«

»Wie kommst du dazu …«, brauste Christian sofort wieder auf.

»Das Pferd rannte auf dem Parkplatz herum«, unterbrach ich ihn. »Es hatte nicht im Gesicht stehen, dass es eins von Jungbluts Pferden ist, okay?«

Weil Melike Christian half und der Aknefrosch allein klarkam, hatte ich nichts zu tun. Papa hatte in dieser Prüfung kein Pferd zu reiten, denn das M-Springen war nur für Reiter der Leistungsklassen drei und vier ausgeschrieben. Die besseren Reiter waren nicht startberechtigt. Ich fand Papa mit ein paar anderen Reitern auf der Tribüne und setzte mich neben ihn.

»Wann ist Christian dran?«, fragte er mich.

»Achter. Melike und Jens sind bei ihm.«

»Na, dann gehe ich mal nach ihm schauen. Kommst du mit?«

»Nee, ich bleib hier.«

Papa erhob sich und machte sich auf den Weg in die Abreitehalle. Ich verspürte einen leisen Stich der Eifersucht. Wenn ich mit Sirius auf einem Turnier startete, kam es nur äußerst selten vor, dass er mir überhaupt zuschaute. Meistens fuhr nur Mama mit mir hin. Bei Christian dagegen war Papa immer dabei, baute die Sprünge auf dem Abreiteplatz für ihn rauf und runter, gab ihm Tipps und ging mit ihm den Parcours ab.

»Na, und du bist zum Zuschauen mitgekommen?« Einer der anderen Reiter drehte sich mit einem gönnerhaften Grinsen zu mir um.

»Zugucken und Daumendrücken.« Sein Nachbar zog an seiner Zigarette. »Das Beste, was kleine Mädchen machen können.«

»Ab und zu darf ich mal ein Pferd festhalten«, entgegnete ich schnippisch. »Aber nur ein ganz braves!«

Die Reiterin im Parcours gab gerade nach vier Abwürfen und zwei Verweigerungen ihres Pferdes auf.

»Die Weiber haben einfach keinen Mumm, wenn's mal etwas höher wird«, kommentierte einer der Reiter. »Dabei ist das ein echt guter Gaul. Der hat ihren Vater ein Vermögen gekostet.«

»So einen könnte ich brauchen«, bemerkte ein anderer. »Noch ein paar solche Runden und das Pferd ist sauer.«

»Und dann ist es ein Fall für deinen Papa, was?«, wandte sich einer der Reiter an mich. »Der ist ja ein Spezialist dafür, solche Sauerkocher wieder zum Laufen zu bringen.«

Die anderen lachten. Ich begann innerlich zu brodeln und hätte ihnen am liebsten die Zunge rausgestreckt, aber das erschien mir dann doch zu kindisch. Mit einem Ohr hörte ich zu, wie Papas Reiterkollegen über Mädchen lästerten, die M- und S-Springen ritten. Tatsache war, dass die Starterfelder in A- und L-Springen beinahe zu achtzig Prozent aus Mädchen bestanden; in schweren Springen waren allerdings kaum noch Reiterinnen zu finden.

Ich sah Melike durch die leeren Reihen der Tribüne gehen und winkte ihr zu. An einem Vormittag zog es nur wenige Zuschauer auf ein Turnier, die meisten kamen erst abends zu den schwereren Springprüfungen. Melike ließ sich neben mir auf die Bank fallen.

Im gleichen Moment kam Christian in die Bahn getrabt und parierte seine Stute vor dem Richterturm durch. Während er grüßte, sah er sich noch einmal im Parcours um. Papa hatte ihm sicherlich Ratschläge gegeben, wo er abkürzen und dadurch Zeit einsparen konnte.

Die Glocke ertönte zum Zeichen, dass der Start frei war, und Christian begann seinen Ritt sehr schnell und sicher. Die braune Oldenburger Stute Ronalda war mit ihren dreizehn Jahren ein routiniertes Springpferd. Nach dem Oxer Nummer sechs waren bisher alle Reiter mit vier Galoppsprüngen zur darauf folgenden Kombination geritten, aber Christian versuchte es mit drei Galoppsprüngen. Er und seine Stute waren ein eingespieltes Team und meisterten diesen kritischen Moment fehlerfrei. Wie nicht anders erwartet, ging Christian in Führung.

»Super!« Melike klatschte erfreut in die Hände.

Ich sagte nichts, aber insgeheim hätte ich meinem Bruder von Herzen einen oder zwei Fehler gegönnt. Die Reiter in der Reihe vor uns hatten offenbar genug vom Thema »Mädchen im Springsport« und sprachen über einen Pferdediebstahl in Harlingen. Letzte Woche war eine tragende

Stute aus dem Stall eines Pferdezüchters gestohlen worden, und vierzehn Tage zuvor war ein Junghengst, der für die Körung vorbereitet werden sollte, in Leidersdorf spurlos aus dem Stall verschwunden.

Ich erinnerte mich dunkel daran, dass Mama darüber in der Zeitung gelesen und Papa davon erzählt hatte. Sie machte sich Sorgen, weil Harlingen und Leidersdorf nur ein paar Kilometer von Steinau entfernt waren.

»Wie soll den jemand Fremdes nachts bei uns auf den Hof kommen?«, hatte Papa nur entgegnet. »Wir schließen jeden Abend die Tore ab und der Hund läuft in den Ställen herum.«

Die Anwesenheit von Robbie hatte Mama etwas beruhigt. So gutmütig der Hund tagsüber war, nachts duldete er keinen Fremden auf dem Hof. Schon öfter hatten uns Einsteller, die spät vom Turnier nach Hause kamen, zu Hilfe gerufen, weil sie sich nicht in den Stall trauten.

Melike und ich sahen uns das Springen an. Christian lag weiterhin in Führung. Als vorletzter Starter kam Tim in die Bahn.

»Das ist das Pferd, das du vorhin eingefangen hast«, sagte Melike.

»Hm«, murmelte ich nur. Ich spitzte die Ohren, weil die Reiter vor uns jetzt über Tim sprachen.

»Ein ganz großes Talent, der Junge«, sagte einer der Männer. »Würde mich nicht wundern, wenn er das Springen gewinnt.«

»Der reitet schon eine Klasse besser als die anderen hier«, stimmte ihm ein anderer zu. »Kein Wunder, er muss schließlich zu Hause alle Pferde reiten, weil der Richard ständig unterwegs ist. Und das mit fünfzehn Jahren!«

Aha. Äußerst interessant. Hatte Tim vielleicht deshalb nie eine Freundin, weil er einfach keine Zeit hatte? Begierig nach mehr Informationen über Tim Jungblut beugte ich mich vor, aber die Männer sagten nichts mehr, sondern verfolgten schweigend Tims Ritt. Und der war gut. Flüssig und ohne Umwege lenkte er das Pferd über den ziemlich anspruchsvollen Parcours und schaffte es, eine Sekunde schneller als Christian zu sein.

»Ach, schade«, sagte Melike neben mir enttäuscht, aber ich grinste stumm in mich hinein. Das geschah Christian nur recht!

Wir standen auf, gingen hinunter und lehnten uns neben dem Einritt an die Bande. Der letzte Starter hatte zwei Fehler, damit hatte Tim das Springen gewonnen.

Ein großer Traktor tuckerte in die Bahn, um den Sandboden glatt zu ziehen. Einige Helfer bauten mit großem Gepolter die Hindernisse um. Die wenigen Zuschauer erhoben sich von ihren Plätzen und gingen in das Zelt, um in der Pause bis zum nächsten Springen etwas zu essen oder zu trinken. Eine Siegerehrung in einem Nachmittagswettbewerb war immer etwas würdelos, fand ich. Kaum einer blieb da, um dem Sieger und den Platzierten zu applaudieren.

Melike und ich sahen zu, wie die platzierten Reiter mit ihren Pferden in die Halle einritten, um ihre Schleifen in Empfang zu nehmen. Christian zog ein grimmiges Gesicht und blickte starr und wütend geradeaus. Ausgerechnet Tim Jungblut hatte ihm die goldene Schleife weggeschnappt!

Tim ließ sein Pferd am langen Zügel gehen und ritt hinter meinem Bruder her. Unsere Blicke trafen sich, und plötzlich lächelte er und zwinkerte mir zu. Schon das zweite Mal heute! Ich blickte schnell weg, aber mein Herz klopfte wie verrückt.

»Puh«, dachte ich. »Der ist wirklich süß …«

6. Kapitel

Um achtzehn Uhr begann dann das S-Springen. Für die zweite Qualifikation der großen Tour hatten sich zweiundvierzig Reiter in die Starterliste eingetragen. Papa war im Stress, denn er hatte drei Pferde am Start: zuerst Cornado, dann Intermezzo und als drittes Pferd Mister Magic.

Mama war zusammen mit Opa gekommen und ging in die Gaststätte, um von dort aus zusammen mit Bödickers, den Besitzern von Cornado und Intermezzo, durch die großen Glasscheiben das Springen zu verfolgen, aber Melike und ich zogen es vor, draußen auf der Tribüne zu sitzen.

Papa gelang mit Cornado ein Null-Fehler-Ritt, einige Reiter nach ihm waren allerdings schneller als er. Intermezzo bekam einen Springfehler beim Aussprung aus der dreifachen Kombination.

Wir schlenderten durch die Halle hinüber zur Abreitehalle und sahen Papa zu, wie er Mister Magic für das Springen abritt. Insgeheim hielt ich Ausschau nach Tim, aber offenbar waren er und sein Vater nach dem M-Springen am Nachmittag schon gefahren.

»Am Start ist die Nummer 263, Mister Magic!« Die Stimme des Ansagers schallte aus den Lautsprechern, die unter der Hallendecke befestigt waren. »Im Sattel Michael Weiland vom Reitverein Steinau.«

Ich stand neben Melike, Christian und Jens auf der Tribüne oberhalb der Einreiteschneise. Wie immer, wenn Papa in den Parcours ritt, war ich schrecklich aufgeregt und drückte ihm beide Daumen. Ich sah gespannt zu, wie er nun vor dem Richterturm durchparierte und die Richter grüßte.

Mister Magic, den Christian und Jens der Einfachheit halber nur »MM« nannten, war ein großer Brauner, ein sehr schwieriges Pferd, der mit einer Hackamore und einer Trense gezäumt war. Herr Nötzli hatte ihn vor ein paar Monaten auf den Amselhof geschickt. Damals wollte der Wallach nicht einmal mehr über ein Cavaletto springen, so verdorben war er. Papa hatte geduldig mit dem Pferd gearbeitet, weil Mister Magic viel Springvermögen hatte und früher schon sehr erfolgreich gewesen war.

Das Pferd machte seine Sache gut. Selbst das typische Samstagabend-Turnierpublikum, das vorwiegend aus sachkundigen Reitern, Händlern und Pferdebesitzern und weniger aus Zuschauern bestand, murmelte beeindruckt. Der braune Wallach zögerte nur kurz vor dem Oxer mit der blauen Plane darunter, aber Papa besaß nicht umsonst einen Ruf als erstklassiger Reiter. Mit einem gewaltigen Satz überwand MM den Sprung. An seinem Hals zeigte sich schon weißer Schaum. Ich hatte beide Daumen fest gedrückt und presste gespannt meine Fäuste vor den Mund. Wenn er doch nur gewinnen würde!

»Jetzt kommen nur noch der blaue Oxer und die Zweifache.« Christian starrte gespannt auf Pferd und Reiter. »Er hat eine Superzeit!«

Das Pferd schlug unwillig mit dem Kopf, aber Papa gab etwas mehr Druck mit dem Schenkel und Mister Magic gehorchte. Es passte ideal und alle Stangen blieben unberührt in ihren Halterungen liegen. Ich machte einen Luftsprung und platzte fast vor Stolz. Melike strahlte und wir umarmten uns.

»Ohne Fehler in der bisher besten Zeit von 53,7 Sekunden«, sagte der Sprecher. »Damit geht die Nummer 263 in Führung in dieser Springprüfung der Klasse S. Wir erwarten noch vier Starter.«

Christian sprang über das Geländer und wartete, bis Papa aus dem Parcours kam. Er warf dem Pferd die Decke über die Kruppe und folgte, gemeinsam mit Jens, Pferd und Reiter hinaus in die Dunkelheit.

»Der Bock hat alles drin«, hörte ich einen Mann zwei Reihen weiter zu einem anderen sagen, »aber der ist nicht leicht zu bedienen. Zum Wasser und zur Zweifachen musste Weiland den richtig hinquetschen.«

»Ein anderer Reiter würde den Esel nicht mal über ein L-Springen kriegen«, erwiderte der Nachbar des Mannes.

Ich freute mich immer, wenn ich so etwas hörte. Die Leute schätzten Papa als guten Reiter. Die noch folgenden vier Reiter hatten alle Fehler, sodass Papa mit Mister Magic das Springen tatsächlich gewann.

Während in der Halle die Siegerehrung stattfand, ging ich auf der Suche nach Mama die Tribüne entlang. Melike wollte mit Christian und Jens im kleinen Lkw nach Hause fahren. Ab und zu sah ich Bekannte, die mich grüßten und denen ich höflich zunickte. Seitdem ich denken konnte, waren wir beinahe jedes Wochenende auf irgendeinem Reitturnier, deshalb kannten wir viele Leute.

Ich fand Mama im Gespräch mit Herrn Dr. Bödicker und seiner Frau. Mit ihren beiden Pferden Cornado und Intermezzo hatte Papa seit Jahren viel Erfolg. Ich gab den beiden die Hand. Sie waren extra nach Viernheim gekommen, um ihre Pferde zu sehen, die immerhin noch beide platziert waren. Im Gegensatz zu den blöden Teicherts besaßen Bödickers genug Pferdeverstand, um zu akzeptieren, dass ihre Pferde nicht jedes Springen gewinnen konnten. Sie freuten sich, selbst wenn sie mal Fehler hatten, sonst aber gut gesprungen waren.

Die Siegerehrung war inzwischen vorbei, die Ehrenrunde geritten. Die Musik verklang und die Pferde verließen die Halle.

»Komm, Elena«, sagte Mama, »wir gehen besser gleich zum Lkw, bevor Papa uns suchen muss.«

Sie spannte den Schirm auf, als wir aus der Halle in die Dunkelheit traten. Es war nasskalt und ich fröstelte. Der Transporterparkplatz war schon so gut wie leer, die Reifen der Lkws und Pferdehänger hatten den matschigen Boden zerpflügt und wir mussten aufpassen, dass wir nicht ausrutschten.

Papa wartete im großen Lkw mit laufendem Motor. Jens, Christian und Melike waren schon weg und Opa würde mit Mamas Golf nach Hause fahren. Ich kletterte ins Fahrerhaus des großen Lkw und setzte mich auf die hintere Bank. Mama nahm auf dem Beifahrersitz Platz. Papa löste die Bremse und gleich darauf rollte das große Fahrzeug von der Wiese. Geschickt lenkte er den Lastwagen auf die Straße.

Papa und Mama schwiegen und ich war damit beschäftigt, über Tim Jungblut nachzudenken. Er hatte mich angelächelt und mir zugezwinkert! Und auch er hatte immerhin riskiert, von seinem Vater überrascht zu werden, als er mir die Cola ausgegeben hatte.

Nach ein paar Minuten war es im Fahrerhaus durch die Heizung angenehm warm. Ich spürte, wie müde ich nach dem langen Tag auf dem Turnier war, und kuschelte mich auf der Rückbank zusammen.

»Mister Magic sprang doch ganz gut heute Abend«, brach Mama schließlich das angespannte Schweigen.

»Er sprang absolut beschissen«, antwortete Papa zu meiner Überraschung. »Ich weiß gar nicht, was Nötzli glaubt, an wen ich so ein Pferd verkaufen soll! Ein etwas schwächerer Reiter als ich hätte ihn überhaupt nicht zum Wassergraben hingebracht. Die Leute sind ja nicht von gestern. Die wissen auch, dass ein Pferd, das selbst ich nur mit Mühe und Not durch den Parcours bekomme, mit einem anderen Reiter wahrscheinlich nicht bis ins Ziel gelangt.«

»Stimmt«, mischte ich mich ein. »Ich habe gehört, wie ein Mann gesagt hat, dass ein anderer Reiter ihn nicht mal durch ein L-Springen gekriegt hätte.«

»Na bitte«, sagte Papa bitter und mir dämmerte, dass es nicht unbedingt positiv gemeint war, was die beiden Männer auf der Tribüne gesagt hatten.

»Wir müssen sowieso bald mal mit Nötzli sprechen«, meinte Mama nun. »Er bezahlt keinen Cent und wir haben alle Kosten am Hals. Futter, Hufschmied, Eintragungskosten, Nennungen und womöglich noch den Tierarzt. Wenn ein Pferd wie Mister Magic ein Jahr bei uns steht und du kriegst beim Verkauf nur zehn Prozent, dann haben wir sogar noch draufgezahlt.«

»Was soll denn das heißen?«, fuhr Papa sie an. Ich fand es grässlich, wenn er in diesem aggressiven Tonfall sprach, und wünschte, ich wäre mit Opa zurückgefahren. »Willst du damit sagen, dass ich es nicht hinbekomme, ein Pferd zu verkaufen?«

»Nein, natürlich nicht«, beeilte Mama sich zu sagen. »Es ist aber nicht leicht, ein schwieriges Pferd wieder so hinzukriegen, dass es andere Leute für viel Geld kaufen. Und Nötzli will immer gleich eine Menge Geld haben. Du hast doch selbst schon gesagt, dass es leichter wäre, wenn er weniger verlangen würde.«

»Und was schlägst du vor, was ich machen soll?«, erwiderte Papa ein bisschen zu laut. »Soll ich ihn bitten, mir keine Pferde mehr zu bringen? Auch nicht, wenn es wieder einmal ein richtig gutes ist, so wie Lados, Billy Balou oder Gloria, die ich ja auch alle zu einem guten Preis verkauft habe? Es gibt genug Reiter, die sich alle zehn Finger danach lecken, mit Nötzli Geschäfte zu machen, sogar jemand ganz Bestimmtes direkt in der Nachbarschaft. Wenn ich mich beschwere, dann bin ich raus, kapierst du das nicht?«

»Du brauchst überhaupt nicht so zu schreien«, gab Mama kühl zurück. »Ich will damit nur sagen, dass wir bei der ganzen Sache unterm Strich nichts verdienen.«

Papa presste die Lippen zusammen und schwieg. Auch Mama sagte nichts mehr und ich schloss die Augen. Was war nur los? Früher war Papa nach einem erfolgreichen Tag auf dem Turnier guter Laune gewesen, oft waren wir danach noch alle zusammen essen gegangen. Aber in der letzten Zeit konnte selbst ein Sieg in einem S-Springen seine Gereiztheit und seinen Zorn nicht mildern.

Als wir auf dem Amselhof eintrafen, waren Christian und Jens schon im Stall, Melike hatten sie wohl am Rathaus rausgelassen. Rasch wurden die Pferde abgeladen und für die Nacht versorgt. Ich sah kurz nach Sirius, der heute leider einen Stehtag gehabt hatte. Zu Fritzi konnte ich nicht mehr gehen, denn Papa und Mama warteten auf mich, um den Stall abschließen zu können. Schweigend gingen wir hinüber zum Haus. Vor der Gaststätte standen noch ein paar Autos.

»Ach, Axel und Manfred sind da«, bemerkte Papa. »Ich geh noch rein, einen mit ihnen trinken.«

»Darf ich mitkommen?«, bat ich.

»Hast du mal auf die Uhr geschaut?« Mama schüttelte den Kopf. »Etwas zu spät, um mit dreizehn Jahren in einer Kneipe zu sitzen.«

»Aber Christian und Jens sind auch noch …«

»Dein Bruder wird bald fünfzehn«, schnitt Mama mir das Wort ab. »Keine Widerrede!«

Mir entging nicht der Blick, den Mama Papa zuwarf, aber der beachtete sie nicht.

»Brauchst nicht auf mich zu warten, Susanne«, sagte er über die Schulter und verschwand in der Gaststätte.

Ich gab Mama einen Gutenachtkuss und ging hoch in mein Zimmer. Im Badezimmer war es mollig warm. Ich stellte mich unter die Dusche, zog mir danach den Schlafanzug an und schlüpfte in mein Bett. Morgen war Sonntag und damit keine Schule. Vielleicht würde ich wieder mit aufs Turnier fahren, und vielleicht würde ich Tim sehen … Sofort hatte ich ein schlechtes Gewissen. Egal, ob Tim mich angelächelt oder mir zugezwinkert hatte, ich sollte gar nicht über ihn nachdenken. Papa und Mama würden schon einen Grund haben, weshalb sie die Jungbluts nicht mochten.

Twix saß neben meinem Bett und wedelte mit dem Schwanz. Ich hob die Bettdecke und mit einem Satz war er bei mir.

»Das ist zwar auch verboten, aber egal.« Ich knipste das Licht aus und zog die Decke über mich. Twix kuschelte sich dicht an mich, warm wie ein Heizkissen, und stieß einen tiefen, zufriedenen Seufzer aus.

»Verboten, verboten, verboten«, murmelte ich und kraulte Twix' seidiges Fell. »Alles ist verboten.«

7. Kapitel

Christian stand vor dem Spiegel und zupfte sorgfältig seine Haare zurecht, als ich am nächsten Morgen verschlafen ins Badezimmer kam.

»Raus!«, sagte er, ohne mich anzusehen.

»Beeil dich gefälligst ein bisschen«, murmelte ich und machte wieder kehrt. Mein Bruder brauchte morgens im Bad länger als jeder andere Mensch, den ich kannte, so eitel, wie er war. Dabei war es reine Zeit- und Haargelverschwendung, denn spätestens auf dem Turnier würde die Reitkappe seine Bemühungen zunichtemachen.

Ich wartete also, bis Christian die Treppe hinuntergepoltert war. Gerade, als ich die Hand auf die Türklinke des Badezimmers legte, hörte ich Papas zornige Stimme von unten. Was hatte ihn wohl um sieben Uhr morgens so auf die Palme gebracht? Ich schlich auf Zehenspitzen bis zur Treppe und lauschte.

»… kann nicht verstehen, was mein Vater mit dem ganzen Geld gemacht hat. Vierhunderttausend Euro Kredite und dazu die angelaufenen Zinsen! Seit Jahren hat er keine Zinsen mehr bezahlt, geschweige denn einen Cent getilgt! Wie konnte er mit so einem Berg Schulden überhaupt noch ruhig schlafen?«

»Du kennst ihn doch«, erwiderte Mama etwas leiser. »Er ist zu stolz, sich eine Niederlage einzugestehen.«

»Zu stolz!« Papa spuckte das Wort verächtlich aus. »Na toll! Die Leute werden sich das Maul über uns zerreißen! Ich dachte, mich trifft der Schlag, als er mir das gestern Abend einfach so erzählt hat.«

»Reg dich nicht auf, Micha«, sagte Mama. »Nächste Woche reden wir mit dem Steuerberater und hören uns mal an, was er vorschlägt. Ich kann mir nicht vorstellen, dass es wirklich so hoffnungslos sein kann.«

»Doch, das ist es! Verdammt, keiner hat etwas gewusst, bis plötzlich der Gerichtsvollzieher auf dem Hof steht und mit Zwangsversteigerung droht! Was für eine Blamage! *Ich* will auf jeden Fall nicht mit dem Hut in der Hand wegen irgendwelcher Kredite oder Fristverlängerungen von Bank zu Bank schleichen. Ich hätte nicht schlecht Lust, den ganzen Mist einfach hinzuschmeißen und den Hof versteigern zu lassen!«

Ich stand wie erstarrt auf der obersten Treppenstufe und verstand kein Wort.

»Es ist aber von der Bank auch nicht richtig, dass sie ihm immer wieder Geld gegeben haben«, hörte ich Mamas Stimme. »Sie mussten doch wissen, dass er es niemals mehr zurückzahlen kann.«

»Das ist doch genau ihre Masche! Immer weiter Geld geben – Herr Weiland hinten und vorn, Sie sind so ein guter Kunde! Jahrelang kassieren sie und kassieren!« Papa schrie mittlerweile vor Zorn. »Und dann drehen sie eiskalt den Hahn zu und schnappen sich den ganzen Hof billig. Die lachen sich doch ins Fäustchen, weil wir so blöde Bauern sind, die das nicht kapieren!«

»Aber vielleicht haben wir doch noch eine andere Möglichkeit, als den Hof abzugeben.« Mama blieb erstaunlich ruhig. »Wir müssen uns etwas einschränken. Und mit ein wenig Glück können wir das eine oder andere Pferd verkaufen.«

»Und welches, bitte schön? Vielleicht Lagunas oder Calvador? Mit denen stehe ich zufällig auf der Longlist für die Europameisterschaften und bin für die Nationenpreismannschaft nominiert. Du hast doch keine Ahnung, was du da redest, Susanne!«

Lautlos zog ich mich zurück und ging ins Bad. Was, um Himmels willen, war denn bloß passiert? Nach einer Katzenwäsche huschte ich zurück in mein Zimmer, zog mich an und scheuchte Twix aus dem Bett. Schnell kehrte ich ein paar Hundehaare vom Bettlaken und machte das Bett so ordentlich, wie es in der Eile möglich war. Mein Herz klopfte, als ich nach unten ging.

Als ich die Küche betrat und Mama weinend am Frühstückstisch sitzen sah, veränderte sich mein Leben. Das hört sich ganz schön pathetisch an, ich weiß, aber es ist so. Bis dahin hatte ich Mama nie weinen sehen, auf jeden Fall nicht so. Sie hatte das Gesicht in beiden Händen verborgen und schluchzte.

»Mama«, flüsterte ich beklommen, »was hast du denn?«

Sie hob den Kopf und fuhr sich mit dem Handrücken über die Augen. »Ach Elena. Ich dachte, du schläfst noch.«

Ich hätte schon tot sein müssen, um bei Papas Gebrüll nicht aufzuwachen, dachte ich. Aber das sagte ich nicht laut.

»Was ist denn passiert?«, fragte ich leise.

»Am Freitag war der Gerichtsvollzieher da«, sagte Mama. Noch nie hatte ich sie so deprimiert gesehen wie jetzt.

Sie saß einfach nur da, blass, mit hängenden Schultern, und starrte vor sich hin.

»Und warum?«, erkundigte ich mich zaghaft. Eigentlich wollte ich es gar nicht wissen. Ich wollte nicht, dass Mama weinte. Das machte mir Angst. Mama ist eigentlich immer guter Laune, im Gegensatz zu Papa schreit sie nie herum und bleibt ruhig, egal was passiert.

»Setz dich mal her«, sagte sie und ich zögerte einen Moment, bevor ich gehorchte. Stocksteif saß ich auf dem Küchenstuhl und hoffte, dass sie gleich lächeln und mich in den Arm nehmen würde, so wie sonst auch. Aber das tat sie nicht.

»Also«, begann Mama. »Du weißt ja, dass der Amselhof Opa und Oma gehört.«

Ich nickte.

»Für alles, was Opa in den letzten Jahren auf dem Hof angeschafft oder gebaut hat, hat er sich bei der Bank Geld geliehen«, fuhr Mama fort. »Das nennt man Darlehen.«

Ja, das Wort hatte ich schon gehört.

»Er hat sich allerdings sehr viel mehr Geld geliehen, als er der Bank zurückbezahlen konnte. Und deshalb hat er Schulden.« Mama seufzte wieder. »Ziemlich viele Schulden. Und jetzt will die Bank ihr Geld zurückhaben und hat den Gerichtsvollzieher geschickt, um es zu holen.«

Das Gute an Mama war, dass sie immer die Wahrheit sagte und nie so etwas wie: »Dazu bist du noch zu klein« oder: »Das verstehst du noch nicht.«

Nun stand sie auf und ging zum Kühlschrank, nahm eine Flasche Wasser heraus, schenkte sich ein Glas ein und trank einen Schluck.

»Das Einzige, was Opa besitzt, ist der Amselhof«, sagte sie nach einer Weile. »Und wenn er nun das Geld für die Bank nicht bis Ende des Monats auftreibt, dann soll der Amselhof zwangsversteigert werden.«

»Was bedeutet das?«, fragte ich. Meine Stimme klang, als hätte ich einen Frosch im Hals. Irgendwie ahnte ich, dass es nichts Gutes bedeuten konnte. Aber Mama fand wohl, sie sei aufrichtig genug zu mir gewesen.

»Ach, jetzt mach dir nicht so viele Gedanken«, sagte sie und straffte die Schultern. Obwohl ihre Augen noch ganz rot vom Weinen waren, gelang ihr sogar ein Lächeln. »Papa und ich werden gleich morgen mit den Leuten von der Bank sprechen und schauen, was sich machen lässt.«

Das beruhigte mich nicht im Geringsten. Ich dachte an das Geld in meinem Sparpferd, das ich eigentlich für andere Zwecke gespart hatte, für ein Handy, eine Trense für Fritzi oder einen MP3-Player. Es war mittlerweile eine ganze Menge.

»Wie viel Geld schuldet Opa denn der Bank?«, flüsterte ich.

»Nach allem, was wir bisher wissen, sechshunderttausend Euro«, sagte Mama.

Ich war erwiesenermaßen keine Leuchte in Mathe, aber ich verstand, dass die Lage ernst war, sogar sehr ernst. In meinem Sparpferd befanden sich laut meinem gestrigen Kassensturz gerade einmal hundertzwölf Euro und sechzehn Cent.

Die Stallungen lagen noch im Dunkeln, nur im Turnierstall brannte das Licht. Christian hatte das Radio angestellt und sang halblaut mit, während er seine Stute striegelte. Alles war wie immer an einem frühen Morgen im Stall und doch war alles anders.

»Hey«, sagte er, als er mich sah. »Kannst du vielleicht Paradiso putzen?«

»Klar.« Ich nahm ein Halfter vom Haken und holte den Fuchswallach aus seiner Box. Mähne und Schweif waren voller Strohhalme und ein paar Zöpfchen hatten sich gelöst. Ich zog ihm die Stalldecke aus und begann damit, die Strohhalme aus dem Schweif zu lesen.

»Wo ist Papa?«, fragte er.

»Wohl frühstücken«, erwiderte ich wortkarg. Ich war ihm im Hof begegnet, aber er war einfach stumm an mir vorbeimarschiert.

»Ziemliche Scheißstimmung«, stellte Christian fest. »Ist ja kein Wunder. Komm, geh rum, du alte Kuh.«

Er klopfte Ronalda gegen die Flanke und das Pferd trat gehorsam einen Schritt zu Seite. Eine Weile arbeiteten wir schweigend, aber ich war nicht richtig bei der Sache. Ich ließ Striegel und Kardätsche sinken.

»Mama hat eben geweint«, sagte ich leise.

»Es ist ja auch zum Heulen.« Christian begutachtete sein Werk mit einem kritischen Blick und legte Ronalda eine Decke über. »Opa und Oma haben den Hof total heruntergewirtschaftet und Papa muss jetzt wohl zusehen, dass er irgendwie die Schulden abbezahlt. Er hatte bis gestern Abend keinen blassen Schimmer davon, wie viel Geld Opa plattgemacht hat.«

Ich konnte nicht verstehen, wie mein Bruder so cool sein konnte. Oder tat er nur so?

»Können wir nicht irgendetwas unternehmen?«, fragte ich.

»Was denn?« Er schüttelte den Kopf und grinste. »Willst du einen Flohmarkt machen oder deine alten Pferdebücher verkaufen?«

Ich überhörte den Spott in seiner Stimme.

»Ich verstehe das alles nicht«, sagte ich und wehrte Paradiso ab, der unbedingt meine Jacke ablecken wollte. »Opa hat doch immer Geld verdient, mit dem Schulbetrieb und den ganzen Einstellern, den Turnieren und der Gaststätte.«

»Tja, das ist das große Rätsel.« Christian zupfte an seinen Haaren herum. »Opa hat einfach nicht gerechnet und geglaubt, dass es irgendwie gehen würde. Aber jetzt haben die von der Bank keine Lust mehr und wollen ihre Kohle. Und wenn Opa keine hat, wird der Hof versteigert und wir können hier unseren Kram packen.«

»Aber … aber du sagst das so, als wäre es dir ganz egal.« Ich war schockiert. »Würde es dir überhaupt nichts ausmachen, wenn wir hier wegziehen müssten?«

»Ich bereite mich seelisch auf diese Möglichkeit vor«, antwortete Christian und band sein Pferd los. »Außerdem sehe ich meine Zukunft sowieso nicht hier auf dem Hof. Nach dem Abi studiere ich Jura und werde Anwalt. Oder Börsenmakler, wie Fritz Teichert. Oder Rockstar. Da kann man richtig Kohle verdienen. Ich hab echt keinen Bock, mich so sinnlos abzurackern wie Papa.«

Er brachte Ronalda in ihre Box, um das nächste Pferd zu putzen. Mir hatte es die Sprache verschlagen. Ich hatte es immer für eine Selbstverständlichkeit gehalten, dass Christian eines Tages den Amselhof übernehmen und weiterführen würde.

»Aber … aber du … du reitest doch auch gern«, stotterte ich. »Du hast doch Spaß an den Turnieren.«

Christian blieb vor mir stehen und musterte mich. Ihn schien das alles tatsächlich nicht im Geringsten zu beängstigen.

»Deshalb muss ich mir doch nicht so einen Haufen Arbeit und Ärger aufladen«, sagte er verächtlich. »Wenn ich genug Geld verdiene, kann ich mir ein Pferd leisten, um Turniere zu reiten. Dafür brauche ich ganz sicher keinen eigenen Hof.«

8. Kapitel

Papa, Christian und Jens fuhren um kurz vor neun aufs Turnier. Ich hatte beim Verladen geholfen und darauf gewartet, dass Papa mich fragen würde, ob ich mitfahren wolle. Aber das hatte er nicht getan und ich hatte auch nicht darum gebeten, mitfahren zu dürfen. Ich hatte keine Lust, zurück ins Haus zu Mama zu gehen; stattdessen beschloss ich, einen Ausritt mit Fritzi zu unternehmen. Es gab so viel, über das ich in Ruhe nachdenken musste.

Wenig später trabte ich den sandigen Weg entlang, der zwischen dem großen Reitplatz und den Koppeln zum Wald führte. Es nieselte noch leicht, aber es war nicht kalt und das dichte Blätterwerk der Bäume im Wald würde den Regen abhalten. Ich musste Fritzi kaum lenken. Er kannte meine Lieblingswege und schlug von selbst die Richtung ein. Spaziergänger würden um diese frühe Uhrzeit an einem Sonntagmorgen nicht unterwegs sein und die Wege, die durch den Regen der letzten Tage aufgeweicht und nicht mehr so knochentrocken wie im Sommer waren, luden zu einem herrlichen Galopp ein.

»Vielleicht müssen wir vom Amselhof weg«, sagte ich zu Fritzi, der sofort seine Ohren nach hinten drehte. »Das wäre echt schrecklich!«

Allein die Vorstellung, nie mehr mit Fritzi durch den Wald reiten zu können, trieb mir die Tränen in die Augen. Und überhaupt – was würde dann aus Fritzi werden? Nein, nein, das durfte einfach nicht passieren!

Plötzlich blieb Fritzi stehen und wandte den Kopf. Ich drehte mich im Sattel um und musste wider Willen grinsen. Eigentlich hatte ich Twix in Fritzis Box eingesperrt, aber irgendwie war es dem Hund gelungen zu entkommen. Wie eine kleine braun-weiße Kanonenkugel kam er nun mit seinen kurzen Beinchen den Weg entlanggefegt und bellte begeistert, als er uns erreicht hatte.

»Du bist ein böser Hund, weißt du das?«, schimpfte ich, aber Twix freute sich wie ein Plätzchen und umkreiste Fritzi hechelnd und schwanzwedelnd, sodass ich ihm nicht böse sein konnte. Er liebte Ausritte mindestens so sehr wie mein Pferd.

»Na gut.« Ich fasste die Zügel kürzer. »Dann pass aber auf, dass du nicht unter die Hufe kommst. Jetzt wird nämlich galoppiert!«

Fritzi brauchte keine Galopphilfe mehr. Er zischte los wie ein Rennpferd und ich ging in den leichten Sitz. Ein paar Meter konnte Twix noch mithalten, aber dann fiel er zurück und ich hörte an seinem empörten Kläffen, dass ihm das überhaupt nicht passte.

Dumpf trommelten Fritzis Hufe auf dem Waldboden. Ich musste ihn noch ein wenig zurückhalten, damit er in den Kurven nicht ausrutschte, aber schließlich erreichten wir die lange Gerade, die Melike und ich »die Autobahn« nannten, weil sie zwei Kilometer lang und schnurgerade war – für Wettrennen geradezu geschaffen. Fritzis Ohren zuckten nach vorn und er legte mächtig zu, als ich ihm die Zügel etwas länger ließ. Ich duckte mich über seinen Hals und ließ ihn rennen. Am Ende der Strecke parierte ich durch und wartete auf Twix.

Der schnelle Galopp hatte meine trüben Gedanken vertrieben und ganz plötzlich zuckte die Erinnerung an Tims Lächeln durch meinen Kopf. So hatte mich noch nie ein Junge angelächelt, so … nett. Oder bildete ich mir das nur ein? Vielleicht lächelte er jeden so an. Zu Melike war er auch nett gewesen.

»Hör endlich auf, an den Typ zu denken, Elena Weiland!«, schalt ich mich selbst. Auch wenn er mit Nachnamen nicht ausgerechnet Jungblut heißen würde, wäre er doch absolut unerreichbar für mich. Auf dem Turnier hatte ich kaum übersehen können, wie die Mädchen ihm nachschauten. Warum sollte jemand, der so gut aussah und so genial reiten konnte wie Tim Jungblut, ein Pickelgesicht mit Zahnspange, wie ich es war, gut finden? Schluss mit den blöden Träumereien! Punkt. Aus. Ende.

Ich ließ Fritzi antraben. Versuchte, mich auf irgendetwas anderes zu konzentrieren, aber hinter jedem gedanklichen Ablenkungsmanöver lauerte unweigerlich Tim Jungbluts Lächeln, das Grübchen in seinem Kinn und die süße kleine Narbe. Ob er jetzt auf dem Turnier war? Wie weit war es bis zum Sonnenhof nach Hettenbach? Quer durchs Steinauer Moor höchstens eine Dreiviertelstunde. Sollte ich …? Fritzi spürte meine Unentschlossenheit und fiel in Schritt. Papa würde mich killen, sollte er erfahren, dass ich durchs Moor geritten war. Das war mindestens so verboten, wie mit Tim Jungblut eine Cola zu trinken.

Ich ritt um eine Wegbiegung und sah den Waldsee durch die Bäume schimmern. Hier, tief im Wald, lag mein

Lieblingsort, an den ich mich immer zurückzog, wenn ich mal allein sein oder in Ruhe nachdenken wollte. Im Sommer hatte ich Fritzi ab und zu im Waldsee schwimmen lassen, denn auf der einen Seite gab es eine Art Strand, von dem aus man prima ins Wasser reiten konnte. Ein paarmal waren Fritzi, Twix und ich bis zu der kleinen Insel in der Mitte des Sees geschwommen und ich hatte mich dort in die Sonne gelegt. Nur selten verirrte sich mal jemand bis hierher.

Das alte Forsthaus stand seit vielen Jahren verlassen da, es wirkte düster und ein bisschen unheimlich mit den vernagelten Fensterläden. Der Wald hatte sich langsam den Hof und das ehemalige Gemüsegärtchen zurückerobert und Efeu überwucherte die ganze rückwärtige Seite des kleinen Hauses. Gelegentlich kam Melike mit, dann banden wir unsere Pferde an der Veranda an, setzten uns auf die verwitterte Holzbank und ließen unserer Fantasie freien Lauf. Mal stellten wir uns vor, wir seien als Vorhut für einen Wagentreck im Wilden Westen unterwegs, dann wieder waren wir Ausreißerinnen auf der Flucht vor der Polizei. Manchmal planten wir, mit unseren Pferden einmal rund um die ganze Welt zu reiten, später, wenn wir achtzehn waren. Ich lenkte Fritzi im Schritt durch die Bäume zum Seeufer.

»Was ist das denn?«

Ich zog die Zügel an. Die zugenagelten Schlagläden des Forsthauses waren geöffnet und aus dem Kamin quoll Rauch! Fritzi spitzte die Ohren und wieherte laut. Sekunden später ertönte eine Antwort. Ein Pferd, hier mitten im Wald?

»Das gibt's doch nicht«, murmelte ich. Natürlich wusste

ich, dass das Forsthaus nicht mir gehörte, aber trotzdem kam es mir so vor, als ob irgendjemand einfach und ungefragt in mein privates Reich eingedrungen sei.

Ich ritt im Schutz der Bäume weiter um den See herum und näherte mich dem Forsthaus von hinten. Das verwitterte Holztor stand weit offen, aber weit und breit war keine Menschenseele zu sehen. Ich ließ mich aus dem Sattel gleiten und führte Fritzi hinter mir her. Das musste ich mir näher ansehen! Mit vor Aufregung pochendem Herzen überquerte ich den ungepflegten Hof, der von Unkraut fast zugewuchert war. Fritzi wieherte erneut und wieder antwortete ein Pferd.

»Das kommt aus dem Schuppen«, sagte ich zu mir selbst. Hinter dem Forsthaus befand sich ein Anbau, in dem nur altes Gerümpel stand. Melike und ich hatten jeden Zentimeter des Grundstücks einschließlich aller Nebengebäude im Lauf der Jahre erkundet und deshalb war ich ziemlich überrascht, statt alter Bretter und Spinnweben vier Pferdeboxen zu sehen. Sie waren zwar nur behelfsmäßig zusammengezimmert, aber zweifellos standen dort zwei Pferde! Rechts daneben stapelten sich Stroh- und Heuballen fein säuberlich bis unter das Dach. Das war eigenartig. Wer hatte das gemacht? Wer hielt sich hier mitten im tiefsten Wald zwei Pferde?

Urplötzlich erinnerte ich mich an das Gespräch von Papas Springreiterkollegen gestern auf dem Turnier und spürte, wie mir eine Gänsehaut über den Rücken rieselte. Natürlich! Nur jemand, der etwas zu verbergen hatte, musste sich verstecken. Hatte ich etwa die gestohlenen Pferde entdeckt? Ausgerechnet hier an meinem geheimen Rückzugsort? Fritzi wollte unbedingt zu den fremden Pferden hin, die uns neugierig beobachteten, und ich hatte alle Mühe, ihn davon abzuhalten.

Plötzlich spitzte Twix, der bis dahin im Schuppen hinter den Pferdeboxen nach Mäusen gestöbert hatte, die Ohren und begann leise zu knurren. Mein Herz schlug einen Salto und auf einmal hatte ich Angst. Mit Pferdedieben war nicht zu spaßen.

»Komm, Twix«, flüsterte ich, »nichts wie weg hier, bevor uns jemand erwischt!«

Ich zerrte Fritzi mehr aus dem Schuppen, als dass ich ihn führte, und schwang mich in den Sattel. Keine Sekunde zu spät! Von der anderen Seite näherte sich ein Auto. Aber mein Pferd wollte nicht von den anderen Pferden weg und drehte sich halsstarrig im Kreis. Twix bellte aufgeregt. Mir brach der Angstschweiß aus. Fritzi wieherte und riss den Kopf hoch, die Zügel glitten mir durch die schweißfeuchten Hände. Verzweifelt zog ich an den Zügeln und presste meine Waden mit aller Kraft gegen Fritzis Bauch. Schließlich gehorchte der Hengst, wenn auch widerstrebend, und ich lenkte ihn durch das hintere Tor in den Wald.

Auf dem schmalen Trampelpfad am Seeufer ließ ich ihn angaloppieren und parierte erst wieder durch, als ich den Waldrand erreicht hatte.

Fritzi schnaufte und schwitzte, Twix hing die Zunge fast bis auf den Boden und mir war vor Erleichterung ganz flau im Magen.

Erst jetzt konnte ich wieder klar denken. War ich wirklich auf das Versteck der Pferdediebe gestoßen? Müsste ich das nicht eigentlich der Polizei melden? Zu Hause konnte ich unmöglich von meiner Entdeckung erzählen, denn allein bis zum Waldsee zu reiten, war mir strengstens untersagt worden. Und vielleicht täuschte ich mich auch. Ich beschloss, bei nächster Gelegenheit mit Melike darüber zu sprechen.

9. Kapitel

Zwei Wochen waren vergangen, seitdem ich die unheimliche Entdeckung im Forsthaus gemacht hatte, aber in der Zwischenzeit war so viel passiert, dass ich dieses Erlebnis völlig verdrängt hatte.

Papa und Mama waren ein paarmal mit ihrem Steuerberater auf der Bank gewesen und hatten sich schließlich darauf geeinigt, dass sie den Amselhof und damit auch Opas Schulden übernehmen und abbezahlen würden. Damit war zwar das drohende Gespenst der Zwangsversteigerung vorläufig vom Tisch, aber Papas Laune hatte sich deswegen nicht verbessert. Ganz im Gegenteil. Vor ein paar Tagen hatte ich zufällig einen Streit zwischen Papa und Opa mitbekommen, bei dem es natürlich wieder mal um das liebe Geld gegangen war.

»Was willst du überhaupt?«, hatte Opa gebrüllt. »Du kannst auch nur herummeckern! Du selbst nimmst doch hier keinen Hammer in die Hand! Und um Unterricht zu geben, bist du dir auch zu fein! Wer macht denn die ganze Drecksarbeit auf dem Hof, während du durchs Land gondelst?«

Papas Antwort hatte ich leider nicht mehr gehört, denn Mama hatte mich schleunigst ins Haus geschickt. Aber danach hatten Opa und Papa kein Wort mehr miteinander gewechselt und Oma hielt natürlich zu Opa. Es war zum Verzweifeln!

Heute fand das alljährliche Vereinsturnier auf dem Amselhof statt. Im Stall summte es aufgeregt wie in einem Bienenkorb, denn um vierzehn Uhr sollte es mit einer E-Dressur losgehen. Die Schulreiter striegelten die Schulpferde, putzten Sattelzeug und verbreiteten eine Hektik, als würde die Welt untergehen. Jeder stand dem anderen im Weg. Da hatte jemand einen Fleck auf der weißen Reithose, eine andere hatte ihre Reitkappe zu Hause vergessen, und das Schulpferd Akim hatte sich hingelegt und nun einen hässlichen gelben Fleck in seinem weißen Fell.

Ich hatte noch Zeit, denn ich würde erst später im A-Springen starten. Erst vor ein paar Tagen hatte Papa mir im Vorbeigehen mitgeteilt, dass ich auf dem Vereinsturnier mit Phönix starten sollte.

»Du kannst schließlich nicht ewig nur dieses Pony reiten«, hatte er gesagt.

Phönix war ein sechsjähriger Wallach, den Papa im Frühjahr gegen ein anderes Pferd getauscht hatte. Nach ein paar Tagen hatte er gesagt, dass dies mein Pferd werden sollte, aber im Sommer hatte Phönix sich verletzt und musste eine ganze Weile geschont werden. Das war noch vor den schlimmen Ereignissen gewesen, zu einer Zeit, als noch alles in Ordnung zu sein schien. Umso mehr freute ich mich nun, dass Papa sein Versprechen nicht vergessen hatte.

Bevor in der Reithalle das Dressurviereck aufgebaut wurde, ritt Papa noch seine Pferde. Stumm führte er Cornado an Opa vorbei, der gerade die Bande abgekehrt hatte, damit die Reithalle für das Turnier ordentlich aussah. Melike und ich hatten Sirius bereits eingeflochten und setzten uns, weil wir nichts Besseres zu tun hatten, auf die Tribüne, um Papa beim Reiten zuzusehen. Der Aknefrosch Jens stand frierend zwischen den Hindernissen und trat von einem Bein auf das andere.

»Die Stange zwei Meter fünfzig vor den Steilsprung!«, wies Papa ihn an.

Cornado bockte und schlug übermütig aus. Er war erst gestern frisch geschoren worden und die kalte Luft weckte seine Lebensgeister.

»Elena!«, rief Papa plötzlich und ich zuckte hoch. »Sag Christian, dass er Qantas bereit machen soll! Und zwar gleich. Ich will fertig sein, bevor hier der ganze Zirkus losgeht.«

»Ich geh schon!« Melike sprang auf und war verschwunden, bevor ich noch etwas sagen konnte.

Sie würde sich lieber die Zunge abbeißen, als es zuzugeben, aber ich hatte seit einer Weile den Verdacht, dass sie heimlich in Christian verliebt war. Zugegeben, mein Bruder war nicht unbedingt hässlich, auf Turnieren hingen dauernd irgendwelche Mädchen in seiner Nähe herum und hier im Stall war er sowieso der Hahn im Korb.

Doch ich hatte nicht lange Zeit, darüber nachzudenken, wie absolut blöd es für mich wäre, wenn Melike ausgerechnet mit meinem Bruder zusammenkommen würde, denn in diesem Moment betrat ein Mann die Halle. Es war der Schweizer Pferdehändler Gerhard Nötzli, unverkennbar mit seiner grünen Daunenjacke und der unvermeidlichen Zigarre im Mund.

»Guten Tag, Elena«, sagte er zu mir.

»Guten Tag, Herr Nötzli.«

Ich konnte den Pferdehändler gut leiden. Er behandelte mich immer höflich und hörte mir aufmerksam zu. Herr Nötzli wurde von allen mit großem Respekt behandelt. Jeder Reiter kannte ihn und ich war jedes Mal wieder beeindruckt, wie nett und bescheiden er doch war, obwohl er mit den berühmtesten Reitern der Welt Geschäfte machte. Er war ganz anders als die meisten Pferdehändler, die ich kannte. Heute aber musste ich daran denken, was Mama neulich im Lkw zu Papa gesagt hatte. Ich mochte nicht glauben, dass Herr Nötzli Papa nur ausnutzte, trotzdem sah ich ihn auf einmal in einem etwas anderen Licht als bisher.

»Habt ihr heute ein Concours hier?«, fragte er mit seinem drolligen Schweizer Akzent.

»Ja, Vereinsmeisterschaften.«

»Wirst du auch daran teilnehmen?« Herr Nötzli lächelte mir freundlich durch den Rauch seiner Zigarre zu.

»Klar«, antwortete ich. »Ich reite später das A-Springen mit Phönix und Sirius.«

»Hallo, Gerhard.« Papa parierte Cornado an der Bande neben uns durch. »Du kommst gerade zur richtigen Zeit. Elena, sag Christian, er soll die zwei neuen Pferde fertig machen. Qantas kann an die Führmaschine.«

»Okay«, antwortete ich und flitzte los.

Christian und Melike kamen mir in der Putzhalle mit Qantas, dem jungen Rappwallach, entgegen und ich richtete meinem Bruder Papas Anweisung aus. Schimpfend wendete Christian das Pferd und bahnte sich seinen Weg durch den Tumult der aufgeregten Reiter zurück.

»Schnell, lauf ihm nach!«, rief ich Melike zu und grinste.

»Du bist doof!« Melike streckte die Zunge raus, folgte Christian dann aber zurück in den Stall.

»Elena?«, rief Opa und winkte mir. »Kannst du mir in der Meldestelle helfen, bis Tanja kommt?«

»Klar.« Ich folgte ihm in die große Sattelkammer des Schulstalls, wo er einen Tisch aufgestellt hatte.

Trotz der Hektik und der vielen Arbeit, die ein solches Vereinsturnier mit sich brachte, war er gut gelaunt und die Ruhe selbst. Opa war überhaupt immer guter Laune und für jeden Scherz zu haben. Nach wie vor arbeitete er von morgens bis abends auf dem Hof und er organisierte das Hausturnier gemeinsam mit dem Vorstand des Reitvereins. Opa war sehr beliebt bei allen Leuten, denn er hatte eine unendliche Geduld und war nur sehr schwer aus der Fassung zu bringen.

Natürlich wusste mittlerweile jeder von unserer finanziellen Misere und Christian meinte, Papa sei deshalb so sauer auf Opa, weil der die Leute glauben ließ, die Schulden kämen von Papas aufwendiger Turnierreiterei, was ja nun wirklich nicht stimmte. Opa dachte aber gar nicht daran, den Mutmaßungen der Leute zu widersprechen. Ihm schien es ganz gut zu gefallen, dass man ihn nicht für denjenigen hielt, der den Amselhof in Schwierigkeiten gebracht hatte.

Um Punkt zwei Uhr ging es mit der E-Dressur los. Der Elektriker aus Steinau, der ebenfalls Einsteller auf dem Amselhof war, hatte die Lautsprecheranlage installiert und die beiden Richter waren eingetroffen. Da nur Vereinsmitglieder an den Prüfungen teilnahmen, waren die Starterfelder überschaubar. Als nach der A-Dressur das Dressurviereck ab-

und der Springparcours aufgebaut wurden, ging ich in den Stall, um mich umzuziehen.

In der Sattelkammer schlüpfte ich in meine weiße Reithose und die blank polierten Stiefel. Als ich fertig war, kam Jens in den Stall geschlurft. Er öffnete Phönix' Box, holte das Pferd heraus und band es auf der Stallgasse an.

»Was machst du denn da?«, fragte ich.

»Satteln«, erwiderte der Aknefrosch und grinste. »Bist du blind, du dummes Kind?«

Ich überhörte die Beleidigung.

»Wieso denn das?«, wollte ich wissen. »Ich reite ihn doch gleich im A-Springen.«

»Da bist du wohl nicht auf dem Laufenden«, erwiderte Jens, ohne mich anzusehen. »Der große Häuptling hat Kundschaft.«

Kundschaft? Ich verstand überhaupt nichts mehr. Sollte Phönix etwa verkauft werden? Und das gerade heute, wo ich ihn doch gleich reiten sollte?

Gerade, als ich mich auf die Suche nach Papa machen wollte, kam er in den Stall, gefolgt von Christian, Herrn und Frau Teichert und Ariane, die so perfekt gestylt war, als sei sie aus einem Reitsportkatalog gefallen.

»Warte«, sagte Christian zu Jens. »Ariane will lieber ihren eigenen Sattel nehmen.«

Er nahm Ariane den Sattel, den sie mitgebracht hatte, aus den Händen und legte ihn auf den Rücken des Pferdes, das eigentlich ich hatte reiten sollen.

Stumm sah ich zu, wie mein Bruder Phönix sattelte und auftrenste. Mir hatte es die Sprache verschlagen. Ausgerechnet die blöde Ariane sollte das Pferd, das Papa mir versprochen hatte, auf dem Vereinsturnier reiten! Wollte sie Phönix kaufen? Wieso so plötzlich? Eine Welle grenzenloser Enttäuschung rollte über mich hinweg.

»Du bist doch nicht sauer, oder?«, fragte Ariane mit schlecht geheucheltem Mitgefühl, ihre Augen glitzerten triumphierend. »Aber du hast ja noch dein süßes kleines Pony …«

Diese dumme Nuss!

»Ach, Elena, solltest *du* das Pferd jetzt eigentlich reiten?«, gurrte Arianes Mutter. »Na ja, ihr habt soooooo viele Pferde, da findet sich auch ein anderes, nicht wahr?«

»Ganz sicher«, würgte ich hervor und ballte die Hände in den Jackentaschen zu Fäusten. Wie konnte Papa mir das nur antun?

Ich verließ den Stall und ging in die Halle. Am liebsten wäre ich schnurstracks weiter ins Haus gegangen. Auf das blöde Turnier hatte ich keine Lust mehr.

Mama stand an der Bande und sprach mit Frau Baumgarten, der Mutter von Laura, die mangels Konkurrenz eben die A-Dressur gewonnen hatte. Papa kam mit den Teicherts in die Halle. Ein heißer Zorn brodelte in mir. Es ging mir nicht darum, dass Phönix verkauft werden sollte. Das war eben so, davon lebten wir schließlich. Aber hätte er es mir nicht wenigstens vorher sagen können, anstatt mich so vor Ariane zu demütigen?

»Was ist denn los, Elena?«, fragte Mama.

»Nichts.« Ich kämpfte mit den Tränen und ärgerte mich darüber.

»Na, komm schon. Ich seh's dir doch an. Was ist passiert?«

»Die Ariane reitet Phönix jetzt im E-Springen«, stieß ich zwischen zusammengebissenen Zähnen hervor. »Dabei hat Papa gesagt, dass ich ihn gleich im A reiten soll.«

»Davon wusste ich ja gar nichts.« Mama war erstaunt. »Eigentlich sollte sie doch den einen Braunen von Herrn Nötzli ausprobieren.«

»Christian sattelt auf jeden Fall gerade Phönix für sie.«

»Warte mal.« Mama tätschelte mir die Hand, dann beugte sie sich zu Papa hinüber und tippte ihm auf die Schulter. Er drehte sich um.

»Stimmt es, dass Ariane Phönix reiten soll?«, fragte Mama. »Ich dachte, du wolltest ihr Aquarius anbieten.«

»Phönix passt besser«, erwiderte Papa. »Er kann schon mehr und ich muss ja die Fuchsstute in Zahlung nehmen ... Geschäft ist eben Geschäft.«

»Aber du hast mir doch versprochen, dass Phönix für mich sein soll!«, platzte es aus mir heraus.

»Für dich finden wir schon ein anderes Pferd«, entgegnete Papa leichthin. »Jetzt mach nicht so ein finsteres Gesicht.«

Die Aussicht auf ein Geschäft mit Teicherts schien seine Stimmung bedeutend verbessert zu haben. Er lächelte und legte den Arm um mich. Das hatte er schon lange nicht mehr getan, aber mir war absolut nicht nach der harmonischen Familiennummer zumute. Ich machte mich von ihm los. Nur weg von hier, von diesen blöden Teicherts, die meinten, sie könnten sich mit ihrem Geld alles kaufen!

Ich rannte aus dem Stall, weiter bis zum Springplatz und setzte mich dort auf den Rand eines Blumenkübels. Die Sonne stand schon tief und blass am Himmel, gleich würde es dunkel sein. Ein paar Amseln zankten sich in den großen Rhododendronbüschen. Ich stützte mein Kinn in die Hände und starrte über den Springplatz zum

Wald, der in den Strahlen der untergehenden Sonne in herbstlichen Farben glühte. Einen Augenblick überlegte ich, ob ich nicht einfach Fritzi satteln und in den Wald verschwinden sollte, denn mich nervte auf einmal alles: mein schleimiger Bruder, die blöde Ariane-Ziege, Papa, die vielen Leute überall.

»Mensch, Elena«, sagte Melike hinter mir, »ich hab dich schon überall gesucht. Eben ist mir Ariane mit Phönix entgegengekommen. Warum …«

»Papa will ihn an die Teicherts verkaufen«, unterbrach ich meine Freundin, ohne den Blick vom Wald abzuwenden. »Für mich würde er schon ein anderes Pferd finden. Pah!«

»Das ist ja wohl das Letzte!«, regte Melike sich auf. »Hoffentlich fällt die blöde Kuh runter!«

»Das wird sie nicht«, erwiderte ich düster. »Phönix ist superbrav. Eher gewinnt sie noch das E-Springen.«

Plötzlich verschwamm die großartige Kulisse des herbstbunten Waldes vor meinen Augen, denn ich fing an zu weinen. Das war zwar uncool wie nur was, aber ich war total enttäuscht und wütend. Melike setzte sich neben mich, legte tröstend den Arm um mich und schwieg eine Weile.

»Ärgere dich nicht«, sagte sie schließlich. »Du hast doch Fritzi. Und der wird tausendmal besser als jedes andere Pferd.«

»Das ist es nicht«, murmelte ich und wischte mir die Tränen ab. »Mein Vater hätte mir doch wenigstens mal was sagen können. Ich stand da wie … wie eine Dumme, und die Ariane hat blöd gegrinst. Das ärgert mich so sehr, verstehst du?«

Melike nickte mitfühlend. Ich fing an zu zittern, denn es war kalt und ich hatte meine Jacke im Stall vergessen.

»Komm mit, Elena«, sagte Melike energisch. »Ich hab einen Riesenhunger und hier ist es schweinekalt.«

»Nein«, erwiderte ich trübsinnig, »ich reite heute nicht.«

»Aber ich will Ariane reiten sehen und ihr ein paar Stangen runtergucken.« Melike stand auf und zog an meinem Arm.

Da musste ich wider Willen grinsen. Ich fuhr mir mit den Händen übers Gesicht. »Wie sehe ich aus?«, fragte ich.

Melike beugte sich vor und sah mich kritisch an. »Bildschön, wie immer«, sagte sie dann todernst.

Ich fing an zu lachen und sie lachte auch. Wir hakten uns unter und gingen in die Halle.

Die Springprüfungen zogen mehr Zuschauer an als die Dressur, die große Tribüne war ziemlich voll geworden. Mütter, Väter, Omas, Opas, Kinder, Ehefrauen und Ehemänner der teilnehmenden Reiter drängten sich in den Bankreihen und warteten gespannt auf den ersten Starter.

Melike und ich holten uns am Waffelstand, den die Frauen des Vereins organisiert hatten, Waffeln mit Schokosoße und setzten uns auf die Tribüne. Corinna Faist, eine Freundin von Mama, trabte mit ihrer Stute Donjana in die Bahn. Sie schaffte erstaunlicherweise den Parcours mit nur einem Fehler und strahlte über das ganze Gesicht. Ariane war als Vierte an der Reihe. Christian redete auf sie ein, als sie in die Vorhalle ritt, und nahm Phönix die Decke von der Kruppe.

»Guck dir meinen Bruder an«, sagte ich verächtlich. »Er spielt Arianes Turniertrottel.«

»Idiot«, murmelte Melike finster und sagte dann irgendetwas auf Türkisch, das nicht nett klang und eindeutig gegen Ariane gerichtet war.

Wie ich es vorhergesehen hatte, machte Phönix seine Sache sehr gut. Er sprang wie am Schnürchen und beendete den Parcours fehlerfrei. Arianes Mutter, die mit Pelzmantel und passendem Hut in der ersten Reihe saß, klatschte übertrieben begeistert und ich zweifelte nicht daran, dass Papa heute noch ein Geschäft mit Teicherts machen würde.

»He!«, zischte Melike plötzlich und stieß mich an. »Halt dich fest, Elena! Ich sehe was, was du nicht siehst.«

»Und das wäre?« Ich stopfte den Rest der Waffel in den Mund und leckte mir die geschmolzene Schokolade von den Fingern.

Melike wies mit dem Kopf in Richtung Einritt. Ich folgte ihrem Blick und mein Herz machte unvermittelt einen heftigen Satz. Tim Jungblut drängte sich suchend durch die Zuschauer, die in den Parcours starrten. Er trug ein Basecap und hatte den Kragen seiner Jacke hochgeschlagen, aber ich hätte ihn wohl auch erkannt, wenn er sich einen Schal vors Gesicht gebunden hätte.

Ich vergaß zu schlucken und erstickte fast an der Waffel. »Was macht der denn hier?«, röchelte ich fassungslos. »Dass er sich das traut, herzukommen.«

»Ich find's voll *süß*.« Melike winkte ihm.

Tim lächelte eindeutig erleichtert, als er uns sah, und kam zu uns herüber.

»Ich hau dann mal ab.« Meine Freundin stand auf.

»Nein!« In einem Anflug von Panik hielt ich sie am Arm fest. »Bleib bloß hier!«

»Ich muss total dringend aufs Klo.« Sie grinste und machte sich los. »Verpass nur nicht gleich deinen Start.«

10. Kapitel

»Hallo.« Tim blieb neben mir stehen.

Mein Herz schlug heftig gegen meine Rippen. »Hey.«

Ich tat lässig, als wäre es das Normalste der Welt, dass Tim auf dem Amselhof auftauchte, während mein Puls raste wie nach einem Hundertmetersprint. Jetzt bloß nicht wieder irgendein blödes Zeug reden!

»Was machst du denn hier?« Meine Knie waren weich wie Gummi, ich traute mich kaum, in seine Augen zu schauen, die mir noch blauer erschienen als sonst.

»Ich hab gehört, hier soll heute richtig was abgehen und du reitest auch.« Er grinste. »Das wollte ich mir nicht entgehen lassen. Wann bist du dran?«

»Das ist erst das E-Springen«, sagte ich. »Ich reite gleich im A.«

Tausend Gedanken wirbelten durch meinen Kopf, mir war übel und ich bereute die Waffel, die ich eben verschlungen hatte. Hoffentlich hatte ich nicht noch Schokoreste im Gesicht! Unauffällig fuhr ich mir mit der Hand über den Mund.

»Lass uns weiter nach hinten gehen«, schlug ich vor. »Wenn du Christian aus dem Weg gehst, kann eigentlich nicht viel passieren.«

»Ich werde mich im Schutz der Menschenmassen hinter den Pfeilern verstecken.« Tim schlug den Kragen seiner Jacke hoch.

Wir sahen uns an und lächelten, dann senkte ich sofort wieder verlegen den Kopf. Absolut unmöglich, ihm in die Augen zu gucken und gleichzeitig zu denken!

Unten im Parcours war die Hölle los. Die Schulpferde, die sonst nie auf ein Turnier kamen, fanden die Zuschauer und die Veränderungen in der Reithalle nicht besonders prickelnd, und die Reiter, die genauso wenig Turniererfahrung hatten, waren nervös und ritten grottenschlecht. Verweigerungen, Stürze und zwanzig Fehler oder mehr waren das Ergebnis und auf der Tribüne wurde mehr gelacht als geklatscht.

»Hier ist richtig was los«, stellte Tim amüsiert fest.

»In der Springstunde sieht's normalerweise nicht so schlimm aus«, verteidigte ich die schlechten Leistungen meiner Vereinskollegen.

»Wie beim modernen Fünfkampf im Fernsehen.« Tim grinste.

Ich musterte ihn verstohlen von der Seite und konnte noch immer kaum glauben, dass er neben mir saß. Warum war er wohl wirklich hierhergekommen und ging das Risiko ein, meinem Bruder über den Weg zu laufen? An den läppischen Vereinsmeisterschaften konnte es kaum liegen, obwohl er das behauptet hatte.

Inzwischen hatte der letzte Teilnehmer des E-Springens die Halle verlassen und die Männer vom Parcoursdienst sortierten das Kleinholz, das er hinterlassen hatte. Der Sprecher brauchte eine ganze Weile, um die Fehler zusammenzuaddieren. Die vier Starter, die den Parcours einigermaßen geschafft hatten, ritten zur Siegerehrung in die Bahn.

»Ach, schau an«, sagte Tim und lachte leise. »Die schöne Ariane hat das Springen gewonnen.«

»Eigentlich hätte ich Phönix reiten sollen«, antwortete ich und merkte, dass es mich überhaupt nicht mehr ärgerte. »Aber urplötzlich wollen die Teicherts ein neues Pferd für Ariane kaufen und das war's dann für mich.«

»So was kenne ich.« Tim nickte. »Mein Vater hat letztes Jahr eine Woche vor der Hessenmeisterschaft das Pferd verkauft, mit dem ich im Kader war. Geschäft ist eben Geschäft.«

Genau das hatte Papa eben auch gesagt.

»Und was hast du gemacht?«, fragte ich.

Tim wandte sich mir zu und lächelte. Seine Zähne blitzten weiß im dämmrigen Licht.

»Ich hab ein anderes Pferd geritten«, antwortete er. »Und bin trotzdem Hessenmeister bei den Junioren geworden.«

Auf einmal fiel mir siedend heiß ein, dass ich allmählich satteln gehen musste. Ich sprang auf.

»Bleibst du noch hier?«, wagte ich Tim zu fragen.

»Klar, ich will dich doch reiten sehen.« Er zwinkerte mir zu. »Aber lass mich nicht so lange allein, mitten im Lager des Feindes.«

Ich lächelte zittrig und beeilte mich, in den Stall zu kommen.

Melike hatte Sirius schon aus der Box geholt und auf der Stallgasse angebunden. Das Fell des Ponys war makellos schneeweiß, seine Mähne perfekt eingeflochten.

»Ich dachte schon, du wärst ins Klo gefallen«, sagte ich.

»Ich hab Christian ein bisschen im Auge behalten«, erwiderte Melike. »Muss ja nicht sein, dass er Tim über den Weg läuft.«

Meine Freundin hatte mich also nicht im Stich gelassen, ganz im Gegenteil.

»Wo ist Tim jetzt?«, fragte sie.

»In der Halle.« Ich hatte Mühe, meinem Pony die Trense anzulegen, so sehr zitterten meine Hände vor Aufregung. »Ist es nicht irre, dass er hier ist?«

»Er mag dich«, behauptete Melike, nahm mir die Trense aus der Hand und trenste Sirius auf.

»Meinst du wirklich?«, fragte ich zweifelnd. Noch nie hatte sich ein Junge für mich interessiert. »Ich bin doch voll hässlich mit dieser blöden Zahnspange und meiner Pickelfratze.«

»Du spinnst. Wann hattest du denn das letzte Mal einen Pickel?«, entgegnete Melike. »Und sag mir, warum Tim sonst extra hierhergekommen ist. Oder glaubst du, er hat gehofft, sich hier bei irgendwem was abgucken zu können?«

»Nein. Das sicher nicht«, gab ich zu und fuhr mir verstohlen mit den Fingern über das Gesicht. Melike hatte recht, ich hatte seit Wochen keinen neuen Pickel mehr gehabt. Ich stieß einen glücklichen Seufzer aus, dann machte ich einen Luftsprung. Sirius wich erschrocken zur Seite.

»Du hast's gut.« Melike verzog traurig das Gesicht. »Christian würde so was für mich nie und nimmer tun.«

»Wo treibt er sich eigentlich rum?«

»Er weicht Ariane nicht von der Seite und lacht über jedes dämliche Wort, das sie von sich gibt«, erwiderte Melike bekümmert. »Ich bin für ihn nur eine praktische Pferdepflegerin. Mehr nicht.«

»Sei froh. Mein Bruder ist ein Idiot.« Ich legte Sirius den

Sattel auf den Rücken und schnallte den Gurt fest. »Was findet der wohl plötzlich an Ariane?«

»Keine Ahnung. Auf jeden Fall wird er Tim nicht entdecken, wenn er sie weiterhin so anglotzt.« Melike zuckte resigniert mit den Schultern und folgte Sirius und mir hinaus in Richtung kleine Halle.

Ich musste mir den Parcours für das A-Springen nicht mehr ansehen, denn es war derselbe wie im E-Springen, nur waren die Hindernisse erhöht worden. Auch wenn es mir für Melike leidtat, so musste ich mir wenigstens um Tim keine Gedanken machen. Papa würde ihn in dem Tumult wahrscheinlich nicht mal erkennen, wenn er direkt vor ihm stünde.

In der kleinen Abreitehalle herrschte ein heilloses Chaos. Für fünf oder sechs Reiter war genügend Platz, aber offensichtlich versuchten alle 21 Teilnehmer des A-Springens gleichzeitig abzureiten. Bei den unerfahrenen Reitern lagen die Nerven blank, sie schrien sich gegenseitig an und preschten in halsbrecherischem Tempo gegen die beiden Probesprünge. Corinna Faist stürzte sogar vom Pferd, als ihre Stute vor dem Oxer plötzlich verweigerte.

»Großer Gott«, murmelte ich, »das ist ja lebensgefährlich!«

Es gelang mir mit einigem Glück, mit Sirius zu traben und zu galoppieren, ohne über den Haufen geritten zu werden. Kurz bevor ich an der Reihe war, machte ich noch zwei Sprünge, das musste reichen. Auf dem Weg hinüber in die Reithalle knöpfte ich mein Jackett zu und gab Melike meine Jacke.

Ulrike Meinhardt kam uns mit ihrer braunen Stute Mirage entgegen und machte ein langes Gesicht.

»Wie war's bei dir?«, erkundigte ich mich, obwohl ich mir die Frage hätte sparen können.

»Ausgeschieden.« Ulrike zog eine Grimasse. »Ich hab gleich das erste Hindernis von der falschen Seite angeritten. Viel Glück!«

»Danke!«

Ich ritt im Schritt durch die Vorhalle, fasste die Zügel kürzer und trabte in den Parcours. Sirius spitzte aufmerksam die Ohren und kaute am Gebiss. Er liebte die Turnieratmosphäre und wusste genau, wann es ernst wurde.

Ich warf einen Blick zu Tim hinüber, der noch immer auf seinem Platz hinter dem Betonpfeiler saß. Er lächelte und hob die Faust als Zeichen, dass er mir die Daumen drücken würde. Papa stand mit ein paar Bekannten an der Bande und nickte mir aufmunternd zu. Plötzlich war ich aufgeregt. Hoffentlich blamierte ich mich jetzt nicht vor Tim!

Aber Sirius und ich hatten schon viele Parcours gemeinsam gemeistert und in dem Moment, in dem ich angaloppierte und den ersten Sprung anritt, war jede Aufregung vergessen. Mein Pony flog mühelos über die Hindernisse, ich ritt die Wendungen so eng wie möglich und schaffte einen fehlerfreien Ritt in der bisherigen Bestzeit. Erleichtert klopfte ich Sirius den Hals und saß draußen, vor dem Einritt, ab. Nur zwei Reiter waren schneller als ich gewesen, hatten dafür aber Fehler.

»Cool!«, jubelte Melike. »Du hast gewonnen! Das war der letzte Starter!«

»Wir erwarten den letzten Starter in der Bahn«, sagte der Ansager aber just in diesem Augenblick.

»Was?« Erstaunt blickten wir uns um, denn auf der Startertafel hatte kein Pferd mehr gestanden. Doch da erschien

Christian in der Tür. Er saß auf Glücksfee, der Fuchsstute von Ariane, und Ariane lief mit der Pferdedecke über dem Arm wichtigtuerisch hinter ihm her.

»Was soll denn das wohl?«, wunderte Melike sich.

»Keine Ahnung.« Ich zuckte mit den Schultern.

Die Fuchsstute sprang mit Ariane überhaupt nicht mehr, deshalb wollte sie ein anderes Pferd haben. Mein Bruder war normalerweise sehr darauf bedacht, bei öffentlichen Auftritten gut auszusehen, und das war mit Glücksfee, diesem störrischen Vieh, nicht unbedingt garantiert.

»Viel Glück!«, rief Ariane, aber Christian grinste nur lässig.

Ich blickte zu Papa hinüber, der auch erstaunt zu sein schien. Dummerweise hatte sich Glücksfee ausgerechnet heute vorgenommen, brav zu sein, und sprang gehorsam und fehlerfrei alle Hindernisse. Dadurch, dass die Stute einen viel größeren Galoppsprung hatte als mein Pony, war sie drei Sekunden schneller.

»Jetzt hat der Affe auch noch gewonnen!«, zischte Melike erbost, während Ariane Freudentänze vollführte, als hätte ihr Pferd soeben den Großen Preis von Aachen gewonnen.

»Das war toll, ganz toll!« Überschwänglich klopfte sie ihrem Pferd den Hals. »Echt spitze!«

»Kein Problem.« Christian grinste überheblich in unsere Richtung, als wollte er sichergehen, dass wir jedes Wort mitkriegten.

»Dafür kriegst du einen dicken Kuss«, flötete Ariane vernehmlich und Melike machte ein Gesicht, als ob sie am liebsten gekotzt hätte.

Ich schwang mich in den Sattel und ritt zur Siegerehrung in die Halle. Innerlich kochte ich vor Zorn auf meinen Bruder. Es war total fies, wie er sich Melike gegenüber verhielt. Erst hatte er sich von ihr auf den Turnieren und im Stall helfen lassen und jetzt turtelte er so offensichtlich mit der blöden Ariane vor allen Leuten herum, dass es schon mehr als peinlich war!

»Du bist echt ein Arsch!«, fuhr ich Christian an, als ich Sirius neben ihn lenkte.

»Wieso?« Er blickte mich von oben herab an. »Bist du sauer, weil ich gewonnen habe?«

»Quatsch«, erwiderte ich. »Warum ziehst du hier so eine Schau mit Ariane ab?«

»Ich bin ja wohl mit niemandem verheiratet«, gab Christian spöttisch zurück. »Arianes Mutter hat mich gefragt, ob ich Glücksfee mal über den Parcours reiten kann. Das nennt man Kundenservice, Schwesterchen. Wir sind schließlich ein moderner Dienstleistungsbetrieb und Teicherts sind gute Kunden.«

Ich schnaubte verächtlich und setzte schon zu einer giftigen Bemerkung an, aber da begann die Siegerehrung.

Nach der Ehrenrunde beeilte ich mich, Sirius zu versorgen. Ich wollte Tim unbedingt meinen Fritzi zeigen.

11. Kapitel

»Hey, das war eine super Runde«, sagte Tim und lächelte. »Du reitest voll gut. Glückwunsch!«

»War ja auch nicht so schwer«, wehrte ich bescheiden ab.

»Ich finde es genial, dass ihr so ein Vereinsturnier veranstaltet. Mein Vater hat auf so was überhaupt keinen Bock.«

»Das macht alles mein Opa mit dem Vorsitzenden vom Verein«, erklärte ich. »Mein Vater hat dafür auch keinen Nerv. Bei ihm zählen nur die richtigen Turniere. Aber die Einsteller und die Schulreiter freuen sich jedes Jahr auf dieses Turnier. Hast du noch Lust, das L-Springen anzuschauen?«

»Kommt drauf an, was es für Alternativen gibt.«

»Ich wollte dir mein Pferd zeigen.«

»Sirius?«

»Nein.« Ich zog den Reißverschluss meiner Daunenjacke bis unters Kinn. »Ich habe noch ein Pferd.«

»Klingt gut.« Tim nickte. »Gehen wir. Aber vielleicht nicht gerade an deinen Eltern vorbei.«

»Sicher nicht.« Ich bedeutete ihm, mir zu folgen, und öffnete die Seitentür der Reithalle.

Draußen wehte ein beißend kalter Wind und es war mittlerweile stockdunkel geworden.

»Dein Bruder lässt sich auch keine Schleife entgehen, was?« Tim lachte leise, als er neben mir herging.

»Der!« Ich winkte ab und musste kichern. »Auf jeden Fall ist er jetzt Vereinsmeister im A-Springen und sein Name kommt auf die Meisterschaftstafel in der Gaststätte. Dafür wird er sich später noch schämen.«

Wir erreichten ungesehen die Scheune. Ich schob das Tor zur Seite und tastete nach dem Lichtschalter. Der Geruch von duftendem Heu strömte uns entgegen. Die Neonröhren waren verstaubt und voller Spinnweben und verbreiteten nur noch schummriges Licht.

»Fritzi!«, rief ich mit halblauter Stimme.

Der junge Hengst, der sich schon hingelegt hatte, sprang auf und wieherte erfreut. Er streckte neugierig seinen Kopf über die halbhohe Boxenwand.

»Ich wusste gar nicht, dass du noch ein Pferd hast außer Sirius«, sagte Tim ganz so, als ob er sonst alles über mich wüsste.

Ich öffnete die Boxentür und Fritzi fuhr mir mit seiner weichen Nase übers Gesicht. Natürlich hatte ich ein Zuckerstück für ihn in der Tasche.

Tim musterte mein Pferd mit Kennerblick. »Das ist aber ein hübscher Kerl«, stellte er fest. »Ein Hengst?«

»Ja. Er ist vier Jahre alt und wurde an meinem Geburtstag geboren, deshalb hat Papa ihn mir damals geschenkt. Als Jährling hatte er einen schlimmen Unfall. Papa wollte ihn schlachten lassen, weil die Tierärzte meinten, er wäre als Springpferd nie mehr zu gebrauchen. Aber er gehörte ja mir, deshalb konnte Papa das nicht einfach machen. Ich hab ihn gepflegt und reite ihn seit einem Jahr.«

»Und die Verletzungen?«

»Bis jetzt ist nichts davon zu merken. Er läuft einwandfrei.«

»Schicker Typ«, sagte Tim, ganz Sohn eines Pferdehändlers. »Wie ist seine Abstammung?«

»Sein Vater ist For Pleasure und seine Mutter stammt von Grannus ab«, erwiderte ich stolz.

Tim stieß einen beeindruckten Pfiff aus. »Allein seine Abstammung ist es wert, dass man ihn behält«, sagte er.

»Mir ist seine Abstammung ganz egal.« Ich streichelte das Gesicht des jungen Hengstes. Mittlerweile hatte sich mein Puls fast normalisiert und ich konnte Tim sogar hin und wieder anschauen, ohne gleich das Atmen zu vergessen.

»Fritzi ist ein tolles Pferd mit einem super Charakter. Ich reite ihn total gern, allerdings nur heimlich, damit Papa ihn nicht sieht und vielleicht doch noch verkauft. Gerade jetzt, wo er jeden Cent braucht.«

»Wie meinst du das?«

Ich wusste nicht, ob ich Tim von der schlimmen finanziellen Lage auf dem Amselhof erzählen sollte. Aber es war eigentlich kein Geheimnis, früher oder später würde es sowieso jeder erfahren. In der Reiterwelt war es unmöglich, Geheimnisse zu bewahren.

»Bei uns wird nur noch über Geld geredet«, sagte ich schließlich. »Aber leider nur über Geld, das nicht da ist.«

»Jeder hat Schulden«, entgegnete Tim. »Das ist doch nicht so tragisch.«

»Sechshunderttausend Euro sind aber tragisch.«

»Was? Sechshunderttausend?« Tim riss die Augen auf. »Wie kommt das denn?«

Ich schloss die Boxentür und setzte mich auf einen Strohballen.

»Das fragen sich meine Eltern auch«, sagte ich niedergeschlagen. »Mein Opa hat die Schulden gemacht und plötzlich wollte die Bank den Amselhof zwangsversteigern lassen. Papa musste alles übernehmen, sonst wäre der Hof futsch gewesen. Und jetzt muss er zusehen, wie er die Schulden abbezahlt.«

Auf einmal fiel mir ein, wem ich das alles erzählte. Auch wenn Tim ein feiner Kerl sein mochte, so hieß er doch mit Nachnamen Jungblut, und dieser Name bedeutete für mich seit Kindesbeinen nichts Gutes.

»Du sagst doch niemandem etwas davon, oder?«, fragte ich besorgt.

»Meinst du etwa, ich bin hergekommen, um dich auszuhorchen?« Tim war gekränkt.

»Tut mir leid.« Ich schluckte. »Es … es war nicht so gemeint, aber … du weißt ja …«

»Schon gut.« Er verzog das Gesicht und lehnte sich an Fritzis Box. »Bist du mit ihm schon gesprungen?«

»Oh ja!« Ich stand wieder auf. »Erst nur im Gelände, aber dann auch mal auf dem Platz oder in der Halle, als mein Vater nicht da war.«

»Und?«

»Er springt klasse. Es macht ihm richtig Spaß. Manchmal hebt er so ab, dass ich beinahe runterfalle.«

Ich betrachtete versonnen mein Pferd, das am Stroh knabberte und misstrauisch zu uns herüberäugte. Tim war ein Fremder, deshalb blieb Fritzi auf Distanz.

»Allerdings müsste ich allmählich anfangen, regelmäßig mit ihm zu trainieren, damit ich ihn im nächsten Jahr bei Springpferdeprüfungen reiten kann. Aber ich hab keinen blassen Schimmer, wie ich das anstellen soll. Wenn Papa sieht, wie gut Fritzi springt, nimmt er ihn mir hundertprozentig weg.«

»Ich könnte dir helfen«, schlug Tim vor.

Ich lächelte, aber dann schüttelte ich bekümmert den Kopf.

»Das geht doch nicht«, sagte ich. »Was meinst du, was mein Vater sagt, wenn du hier auftauchst? Und erst Christian!«

»Ich meine natürlich nicht hier«, entgegnete Tim und zog nachdenklich seine Stirn in Falten.

»Bei euch geht's auch nicht. Das wäre viel zu weit weg. Wie soll ich mit Fritzi hinkommen?«

»Stimmt. Und mein Vater wäre ganz sicher genauso wenig begeistert wie deiner.« Tim zog einen Strohhalm aus dem Ballen vor der Box und kaute nachdenklich darauf herum.

Ich überlegte, ob er wohl wusste, weshalb unsere Familien so verfeindet waren. Gerade, als ich ihn fragen wollte, hellte sich Tims Miene auf.

»Ich hab eine Idee«, sagte er. »Kennst du die Waldwiese an dem zusammengebrochenen Hochsitz? Die mitten im Wald?«

»Ja, klar.« Den Wald kannte ich in- und auswendig.

»Die gehört uns«, fuhr Tim fort. »Wir machen nur einmal im Jahr Heu drauf, sonst kommt keine Menschenseele hin. Außerdem kenne ich den Förster, der ist mein Onkel. Du brauchst nicht länger als eine Viertelstunde dahin, und ich auch nicht, wenn ich querfeldein fahre. Wir bräuchten nur ein paar Hindernisse, und die könnten wir heimlich hinschaffen.«

Ich starrte Tim ungläubig an. »Hast du denn Zeit für so

etwas?«, fragte ich. Ich wusste mittlerweile ja, dass Tim nach der Schule im Stall seines Vaters arbeiten musste.

»Das krieg ich schon irgendwie hin«, sagte er leichthin. »Mein Vater ist sowieso dauernd unterwegs.«

Mein Pulsschlag beschleunigte schlagartig. Ich könnte nicht nur endlich damit beginnen, Fritzi zu trainieren, nein, ich würde auch Tim regelmäßig sehen! Bevor ich etwas sagen konnte, warf Tim einen Blick auf seine Armbanduhr.

»Ach du Scheiße!«, stieß er entsetzt hervor. »Schon sechs Uhr! Ich muss heute Abend füttern.«

Wir verließen die Scheune. Das L-Springen schien beendet zu sein, denn die Abreitehalle war leer, dafür herrschte vor der Reithalle jede Menge Trubel. Pferde wurden herumgeführt und verladen, und die Strahler an der Hallenwand verbreiteten taghelles Licht. Keine gute Idee, da jetzt entlangzulaufen.

»Wie bist du eigentlich hierhergekommen?«, erkundigte ich mich.

»Mit dem Mofa. Steht vorn an der Auffahrt, hinter einem Busch.«

»Komm, wir gehen hinter der kleinen Reithalle lang.« Ich schlug eine andere Richtung ein. »Dann sieht uns keiner.«

Tim folgte mir. Ein paar dicke Wolken verdeckten den Mond, man konnte in der Dunkelheit kaum die Hand vor Augen sehen.

»Elena, wo bist du?«, rief er leise und fluchte gleich darauf. »Autsch! Hier steht ja alles voller Krempel!«

Opa lagerte hinter der kleinen Reithalle alles, was er woanders nicht brauchte, aber zu schade zum Wegwerfen fand. Leere Fässer, zerbrochene Hindernisstangen, alte Traktor- und Autoreifen und allerhand Gerümpel.

»Hier bin ich.« Ich blieb stehen. Meine Augen hatten sich an die Dunkelheit gewöhnt und ich konnte Tims Umrisse sehen.

Plötzlich stolperte er über irgendetwas, prallte unsanft gegen mich. Beinahe hätte ich das Gleichgewicht verloren.

»'tschuldige«, murmelte er. »Ich hab dich nicht gesehen.«

Mein Herz schlug so heftig, dass er es hören musste. Ich war mit Tim allein, hier in der Dunkelheit. Er stand ganz nah vor mir, ich spürte seinen Atem im Gesicht. Und dann wagte ich etwas Ungeheuerliches: Ich ergriff seine Hand, die trotz der Kälte ganz warm war. Stumm gingen wir weiter und er machte keinen Versuch, meine Hand loszulassen, bis wir das Gebüsch erreicht hatten, hinter dem er sein Mofa versteckt hatte.

»Ich fand's toll, dass du hier warst«, sagte ich mit belegter Stimme.

Die Wolken waren am Mond vorbeigezogen, plötzlich wurde es wieder heller und ich konnte sein Gesicht erkennen. Und das ... Mofa!

»Was ist *das* denn?«, fragte ich und riss erstaunt die Augen auf. Heutzutage fuhr jeder, der etwas auf sich hielt, einen Roller. So ein Gebilde wie das, mit dem Tim hierhergekommen war, hatte ich noch nie gesehen. Mit dem lang gestreckten Tank und der Sitzbank sah es beinahe aus wie ein zu klein geratenes Motorrad.

»Cool, was?« Tim grinste stolz und ließ meine Hand los. »Ein richtiges Moped darf ich ja noch nicht fahren und das Teil hier hab ich letzten Sommer bei uns in der Scheune gefunden und etwas aufgemöbelt.«

»Und ... äh ... was ist das genau?«

»Ein Mofa. Eine Hercules G3. Baujahr 1978. Mein Vater

hatte sogar noch die Papiere für das Ding.« Er nahm den Helm vom Lenker und klopfte auf die Sitzbank. »Mit so 'nem schnieken Roller kann jeder fahren. Aber ich wette, in der ganzen Gegend gibt's keinen Zweiten, der eine Hercules G3 fährt.«

Das glaubte ich ihm aufs Wort. Zweifellos war das Mofa … hm … anders. So wie auch Tim anders war als alle Jungs, die ich kannte. Es passte irgendwie zu ihm. Und es gefiel mir.

»Mir hat's übrigens auch Spaß gemacht.« Tim setzte sich auf sein Mofa, kramte den Zündschlüssel aus einer Jackentasche und steckte ihn ins Zündschloss. »Jetzt muss ich aber los. Gleich morgen schaue ich mir die Wiese an. Wir sehen uns dann am Montag, okay?«

»Okay.« Ich nickte. »Mach's gut.«

»Du auch.« Er lächelte mich noch einmal an, bevor er den Helm aufsetzte, seine altertümliche Hercules G3 anließ und losfuhr.

Ich sah ihm nach, wie er auf die Straße einbog und davonbrauste. Das Knattern des Motors wurde leiser und verklang schließlich in der Ferne.

Ich blieb noch einen Augenblick stehen, dann drehte ich mich um und trottete langsam zurück zum Hof. Ich war auf das Gefühl der Einsamkeit nicht gefasst, das mich ganz unerwartet überfiel, aber trotzdem hatte ich überhaupt keine Lust, zurück in die Reithalle zu all den Leuten zu gehen. Am liebsten wollte ich jetzt allein sein und an Tim denken. An Tim, der extra wegen mir bei dieser Kälte mit dem Mofa auf den Amselhof gekommen war und riskiert hatte, von Christian oder einem anderen entdeckt zu werden. Ich stieß einen tiefen Seufzer aus und kämpfte gegen die aufsteigenden Tränen an. Was war bloß los mit mir? Irgendwie war ich total traurig, oder … Ich blieb stehen.

»Oder total verliebt«, flüsterte ich. Verdammt! Genau das war's! Ich war verliebt! Verliebt in einen Jungen, mit dem ich noch nicht einmal reden durfte. Warum musste Tim auch ausgerechnet der Sohn von Richard Jungblut sein! Papa würde mir den Kopf abreißen oder mir hundert Jahre Hausarrest verpassen, wenn er jemals davon erfahren sollte. In dem Moment fiel mir Melike ein. Hoffentlich war sie noch nicht nach Hause gefahren! Plötzlich löste sich mein Trübsinn in Luft auf. Egal, welche Probleme noch auftauchen mochten, eigentlich hatte ich allen Grund, im siebten Himmel zu schweben! Und davon musste ich Melike unbedingt und auf der Stelle erzählen.

12. Kapitel

Am Montagmorgen staunte ich nicht schlecht, als ich Tim im Schulbus sitzen sah. Normalerweise nahmen die Schüler, die aus Hettenbach kamen, den Bus, der direkt nach Königshofen fuhr und nicht den Umweg über Steinau machte. Tim saß ganz hinten auf der Bank und winkte mir, als ich am Rathaus einstieg. Unwillkürlich schnellte mein Puls von 80 auf 200 und ich rammte Melike meinen Ellbogen in die Seite, als sie sich gerade auf einen der vorderen Sitze fallen lassen wollte.

»Dahinten sitzt Tim!«, zischte ich.

Sie reckte den Hals und konnte sich ein breites Grinsen nicht verkneifen.

»Ach nee«, sagte sie. »Da hast du wohl trotz Pickel und Zahnspange mächtig Eindruck gemacht.«

Ich lief blutrot an. »Du bist echt doof.«

»Weiß ich doch.« Melike grinste immer noch, als wir Tim erreicht hatten. »Na, Tim, wolltest du heute mal etwas länger im Bus sitzen?«

»Hey!« Er sprang auf und ließ uns auf die letzten beiden freien Plätze der Rückbank durchrutschen. »Nee, ich war zu früh an der Bushaltestelle und dachte, dann fahr ich heute mal über Steinau.«

Es war fast zu viel für mich, so dicht neben ihm zu sitzen. Bei jeder Kurve drückte mich die Fliehkraft gegen ihn und ich bekam beinahe einen Krampf im Bein, weil ich vermeiden wollte, dass sich unsere Knie berührten.

»Hast du dir die Wiese angesehen?« Ich musste mich anstrengen, um die Frage so beiläufig wie möglich klingen zu lassen. Dabei hatte ich seit Samstag an kaum etwas anderes gedacht.

»Ja, allerdings ist sie nicht ideal. Hat zu viele Löcher.«

»Oh.« Sofort zuckte die Enttäuschung in mir hoch. Das war's dann wohl mit dem geplanten Training!

»Aber ich hab was viel Besseres gefunden«, fuhr Tim fort. »Ihr kennt doch den Hundeübungsplatz in Königshofen? An dem Steinkreuz.«

»Ja, klar. Der gehört dem Rudi Weitzel.«

»Genau«, meinte Tim. »Vor ein paar Jahren haben sich die Leute vom Schäferhundeverein mit dem alten Weitzel verkracht, seitdem gehen sie da nicht mehr hin. Ich bin gestern zu ihm gefahren und hab ihn gefragt, ob ich den Platz im Winter benutzen darf.«

»Echt?«, riefen Melike und ich wie aus einem Munde.

Die Wiese lag sogar noch besser als diejenige, die Tim zuerst vorgeschlagen hatte. Ich konnte mit Fritzi entweder am Waldrand entlangreiten oder quer durch den Wald am alten Forsthaus vorbei. Das würde höchstens eine halbe Stunde dauern.

»Der Weitzel hat mir den Platz vermietet.« Tim grinste zufrieden. »Und der sagt garantiert niemandem was, weil sowieso keiner mit ihm redet.«

Damit hatte er recht. Rudi Weitzel war einer der letzten Bauern der Gegend und galt als Ekel.

»Das ist ja super!« Ich war begeistert. »Aber wie wollen wir die Hindernisse dahin bringen?«

»Wenn mein Vater das nächste Mal weg ist, lade ich ein paar alte Hindernisse von uns auf eine Rolle und fahre sie mit dem Traktor rüber.« Tim hatte das »Projekt Fritzi«, wie er es nannte, schon generalstabsmäßig geplant. »Das fällt jetzt nicht mehr auf. Bis zum Sommer benutzen wir nur noch die Hallenhindernisse.«

»Am liebsten würde ich gleich heute Nachmittag anfangen.« Ich hatte Mühe, still sitzen zu bleiben. »So ein Mist, dass du nicht einfach zu uns auf den Hof kommen kannst. Dann müssten wir uns nicht so viel Arbeit machen.«

»Aber es wäre auch nur halb so spannend«, erwiderte Tim und da mussten Melike und ich ihm recht geben.

Wenig später hatte der Bus den Busbahnhof in Königshofen erreicht und alle Schüler stiegen aus.

»Ich sage dir Bescheid«, sagte Tim noch, dann verschwand er im Strom der Schüler.

Kaum hatte ich ihn aus den Augen verloren, kippte schlagartig meine Stimmung und ein fetter Kloß ballte sich in meiner Kehle.

»Mann, der ist echt cool drauf«, stellte Melike fest.

»Wenn Christian nur nicht so einen Hass auf ihn hätte!« Meine Stimme klang vor Verzweiflung ganz piepsig. »In der Schule kann ich keine drei Worte mit Tim wechseln, ohne Angst zu haben, dass mein Bruder uns sieht.«

»Du musst jetzt eben ein bisschen Geduld haben«, riet Melike mir. »Vielleicht regelt sich alles eines Tages von selbst.«

»Eines Tages! Und wenn es noch zehn Jahre dauert?«

Ich wusste, dass es albern war, aber ich spürte, wie mir die Tränen in die Augen schossen. Was war nur los, dass ich immer fast anfing zu heulen, wenn Tim ging?

Schon vier Tage später tat Melike mittags im Bus ganz geheimnisvoll.

»Was ist los?«, fragte ich neugierig.

»Heute Nachmittag«, flüsterte Melike und grinste.

»Was ist heute Nachmittag? Komm schon, Melike, hat Tim dir was gesagt?«, drängte ich meine Freundin.

»Das Projekt Fritzi kann beginnen. Wir sollen um drei draußen am steinernen Kreuz sein. Tims Vater ist für ein paar Tage nach Belgien gefahren und Tim hat gesagt, er bringt so viele Hindernisse raus, wie er kann.«

»Mann, das ist genial!« Ich strahlte. »Endlich!«

»Wir sollen heute nur beim Abladen helfen. Morgen kannst du dann schon mit dem Training anfangen.« Melike lächelte zufrieden.

»Tim wird Augen machen, wenn er Fritzi das erste Mal richtig sieht«, freute ich mich.

Als wir den Bus vor dem Rathaus verlassen hatten, verabredeten wir uns für halb drei, um vom Amselhof aus mit den Fahrrädern zum steinernen Kreuz zu fahren.

Ich konnte kaum erwarten, dass es halb drei wurde. Die Zeit verging quälend langsam. Endlich war es so weit.

»Ich geh rüber in den Stall, Mama!«, rief ich, als ich an der Tür zu Mamas Büro vorbeiging.

Twix wartete ungeduldig, bis ich mir vor der Haustür die Schuhe angezogen hatte, dann rannten wir los.

Als ich in den Stall stürmte, prallte ich beinahe mit dem

Aknefrosch zusammen, der hinter der Stalltür stand und auf seinem Handy telefonierte.

»Pass doch auf, dummes Kind!«, fuhr er mich an und warf mir einen bösen Blick zu.

Ich beachtete Jens gar nicht und rannte weiter. Melike wartete schon.

Wenig später schoben wir die Fahrräder den sandigen Weg entlang, der an den Koppeln und am Springplatz vorbei zum Wald führte. Die Wege im Wald waren trocken, dort kamen wir schneller voran. Nach zwanzig Minuten hatten wir den ehemaligen Hundeübungsplatz am Waldrand erreicht. Er lag so versteckt, dass es mit dem Teufel zugehen musste, wenn uns hier jemand entdecken würde!

Melike und ich lehnten unsere Fahrräder gegen die Wand der Hütte, die am Rand der Wiese stand, und vertrieben uns die Zeit, indem wir Twix Stöckchen warfen.

Es war ein kühler sonniger Nachmittag. Die Bäume standen in flammend bunter Pracht und bei jedem Lufthauch segelten die gelben und roten Blätter wie Konfetti lautlos zu Boden. Bald würden die Bäume völlig kahl sein. In der Luft lag der Geruch nach feuchter Erde und dem Qualm eines Feuers, das jemand irgendwo angezündet hatte.

Nach einer Weile hörten wir das Tuckern eines Traktors und kurz darauf tauchte am Waldrand ein uralter roter McCormick zwischen den Bäumen auf. Wir liefen Tim entgegen und staunten nicht schlecht, als wir den voll beladenen Anhänger sahen. Tim fuhr mitten auf die Wiese und kletterte vom Traktor.

»Hallo!«, rief er und deutete mit dem Daumen auf den Anhänger. »Meint ihr, das ist fürs Erste genug?«

»Oh Mann!«, rief Melike. »Hast du noch irgendetwas zu Hause stehen lassen? Das ist ja Wahnsinn!«

»Hast du das etwa alles allein aufgeladen?«, staunte ich.

»Mit diesen meinen Händen.« Tim grinste und ich hätte ihn am liebsten umarmt. »Aber jetzt an die Arbeit! Ich muss zurück sein, bevor es dunkel wird. Der Traktor hat leider kein Licht.«

Wir zogen die Arbeitshandschuhe an, die ich auf den Gepäckträger geklemmt hatte, und luden Ständer und Stangen ab.

»Ich konnte nur den alten Kram mitnehmen«, sagte Tim bedauernd. »Sonst wär's meinem Alten vielleicht doch aufgefallen.«

Die Hindernisständer mit den betonierten Autoreifen um den Fuß waren so schwer, dass Melike und ich sie nur mit Mühe und zu zweit schleppen konnten.

Es dauerte eine Stunde, bis wir die zehn Ständer, dreißig Stangen und vier Cavaletti abgeladen und auf der Wiese verteilt hatten. Außerdem hatte Tim fünf Strohballen mitgebracht, die man unter einen Sprung legen konnte. Ich war begeistert, als wir eine ganze Gymnastikreihe und noch zwei einzelne Sprünge aufgebaut hatten. Es sah richtig professionell aus. Erschöpft und verschwitzt setzten wir uns auf den leeren Anhänger.

»Das Projekt Fritzi kann beginnen«, sagte Melike zufrieden. »Die werden im nächsten Jahr alle Augen machen.«

»Langsam!« Ich hob die Hände.

»Quatsch.« Melike schüttelte energisch den Kopf. »Fritzi ist super. Alles, was ihm fehlt, ist regelmäßiges Springtraining, und das kriegt er jetzt.«

»Ich bin echt supergespannt.« Tim zwinkerte mir zu.

»So wie Melike schwärmt, muss dein Fritzi ja ein zweiter Sandro Boy sein.«

»Er ist noch viel besser«, sagte Melike im Brustton der Überzeugung.

»Ach, du spinnst!« Ich verzog das Gesicht. »Man kann Fritzi doch nicht mit so einem Weltklassepferd vergleichen.«

»Wir werden sehen.« Tim sprang von der Rolle und verbeugte sich vor uns. »Meine Damen, bitte absteigen! Es wird allmählich dunkel. Morgen um die gleiche Zeit, okay? Mit Fritzi. Ich lasse mich überraschen.«

»Alles klar!« Wir sprangen vom Anhänger. »Und noch mal vielen, vielen Dank!«, rief ich.

»Gern geschehen.« Tim ließ den Motor des Traktors an und winkte uns zu.

Wir sahen ihm nach, bis er hinter der Biegung verschwunden war, dann gingen wir zurück zur Scheune und holten unsere Fahrräder.

13. Kapitel

Plötzlich kam mir eine Idee. Ich warf einen Blick auf meine Uhr. Es war kurz vor halb fünf, wir hatten noch eine gute Stunde, bis es dunkel sein würde.

»Ich hab dir doch von den Pferden erzählt, die ich im Schuppen hinter dem Forsthaus gesehen habe«, sagte ich zu Melike. »Wollen wir da grad mal vorbeifahren?«

Natürlich war meine Freundin sofort Feuer und Flamme. Ich hatte meine Entdeckung am Forsthaus in den letzten Tagen völlig vergessen, so viel anderes war passiert, was mich beschäftigte. Aber nun war es mir wieder eingefallen. Wenn ich mit Fritzi in Zukunft ein paarmal in der Woche zur Wiese am steinernen Kreuz reiten musste, war der Weg durch den Wald am Forsthaus vorbei eine Abkürzung, und da wollte ich vorher sicher sein, dass ich dort nicht unverhofft den Pferdedieben gegenüberstand.

Wir radelten durch den herbstlichen Wald und bogen an einem Waldparkplatz in den schmalen Pfad ein, der direkt zum Waldsee führte. Hier gab es keine bequemen Wanderwege mehr und wir mussten vorsichtig fahren, um nicht zu stürzen, denn die Waldarbeiter hatten im vergangenen Herbst überall Äste liegen lassen.

Zwischen den Bäumen war es dämmrig und wir konnten schon von Weitem sehen, dass das Forsthaus noch immer bewohnt war, denn helles Licht fiel aus den geöffneten Fenstern.

»Scheiße«, murmelte ich und bremste.

Melike stoppte neben mir und wir versteckten unsere Fahrräder im Unterholz. Ich rief Twix und nahm ihn an die Leine, die ich mir um den Bauch gewickelt hatte. Wir pirschten uns durch den Wald näher heran. Erst in der letzten Ausgabe der Reiterrevue hatte wieder ein kurzer Bericht über Pferdediebe gestanden, die es in ganz Deutschland, Belgien und Holland auf jüngere Pferde mit guten Abstammungen abgesehen hatten.

Hinter einen Busch geduckt beobachteten wir eine Weile den Hof und mir fiel der Misthaufen auf, der in der kalten Luft dampfte. Es waren also noch immer Pferde da! Auf einmal hatte ich Angst.

»Komm, wir hauen lieber ab«, flüsterte ich.

»Quatsch!«, widersprach Melike. »Das schauen wir uns mal näher an.«

Bevor ich sie festhalten konnte, war sie schon auf den Hof geschlichen. Ich kämpfte ein paar Sekunden mit meinen Bedenken, aber ich konnte sie unmöglich allein lassen und rannte hinter ihr her. Ein schäbiger alter Pferde-Lkw stand mit heruntergelassener Seitenrampe hinter dem Haus, dicht daneben ein Auto mit einem Pferdehänger.

»Was sind denn das für Kennzeichen?«, wisperte Melike und deutete auf die Nummernschilder.

RE? SL? Keine Ahnung. Ich zuckte mit den Schultern und folgte Melike, die quer über den Hof zum Schuppen huschte. Die Tür stand offen, aber es war noch hell genug, um zu sehen, dass alle vier Boxen belegt waren.

»Letztes Mal waren es nur zwei Pferde«, sagte ich atemlos und betrachtete die Pferde, die uns ihrerseits neugierig und mit gespitzten Ohren ansahen. »Und es sind andere.«

»Bist du sicher?«

»Ganz sicher.« Ich nickte heftig.

»Ist ja krass!« Melike wanderte durch den kleinen Stall und streichelte eines der Pferde, das seinen Kopf über die hölzerne Trennwand schob. »Was machen die nur hier mit den Pferden? Ich meine, hier gibt's keine Halle und keinen Reitplatz. Lassen die sie nur im Stall stehen?«

»Wahrscheinlich sind die Pferde nie lange da«, erwiderte ich und kämpfte mit Twix, der sich gegen die Leine wehrte, an die er nicht gewöhnt war. Er wollte lieber ein bisschen herumschnüffeln und Mäuse jagen.

In dem Moment knarrte eine Tür und Stimmen wurden laut. Ich erstarrte vor Schreck. Zum Weglaufen war es zu spät.

»Schnell!«, zischte ich Melike zu. »Da hoch, auf die Heuballen!«

In Windeseile kletterten wir auf die Ballen und krochen so weit nach hinten, wie es ging. Twix spitzte die Ohren.

»Halt bloß die Klappe!«, warnte ich meinen Hund und legte die Hand auf seine Schnauze.

Schwere Schritte polterten über die hölzerne Veranda und knirschten wenig später auf dem Kies. Es waren zwei Männer. Vor der Stalltür blieben sie stehen, einer zündete sich eine Zigarette an. Gegen das hellere Viereck der geöffneten Tür zeichneten sich ihre Konturen deutlich ab. Hoffentlich kamen sie nicht herein! Ich hielt die Luft an und duckte mich noch tiefer in das Heu.

»... ein bisschen wenig Platz hier«, sagte einer der Männer. »Das Geschäft würde noch viel besser laufen, wenn es zehn Boxen mehr gäbe.«

»Er will eben nicht«, erwiderte der andere Mann. »Schade drum. Er könnte ein Vermögen damit verdienen. Ich weiß allein in unserer Gegend mindestens zehn Pferde und mehr, die ich ihm besorgen könnte.«

Melike und ich starrten uns im Halbdunkel beklommen an. Es gab keinen Zweifel mehr – die beiden Männer sprachen über Pferde, die sie stehlen und hierherbringen wollten. Mich überlief es eisig kalt. Wenn sie uns entdeckten und merkten, dass wir sie belauscht hatten, würden sie uns auf keinen Fall einfach so laufen lassen!

»Ja«, sagte nun wieder der erste Mann. »Ich wüsste auch noch ein paar, sogar in Holland und Belgien. Aber solange er sich hier versteckt und den Förster spielt ...«

Twix knurrte dumpf und versuchte, sich meiner Hand zu entziehen. Ich wagte nicht, etwas zu ihm zu sagen, und betete, dass er nicht loskläffen würde.

Endlich gingen die Männer weiter. Für einen Augenblick war es ganz still bis auf das Geräusch mahlender Pferdezähne. Eines der Pferde schnaubte und Melike nieste unterdrückt.

»Der Staub«, murmelte sie entschuldigend.

Draußen auf dem Hof verabschiedeten sich die Männer, Autotüren schlugen zu, Motoren sprangen an. Das Licht von Scheinwerfern huschte wie der Strahler eines Leuchtturms durch den Stall, dann war es wieder dunkel.

Ich nahm meine Hand von Twix' Schnauze. Mein Hund schüttelte sich und leckte mir die Hand.

»Los«, flüsterte ich, »hauen wir ab!«

Diesmal widersprach Melike mir nicht. Wir krochen

über die Heuballen und ließen uns zu Boden gleiten. Draußen war es mittlerweile stockdunkel geworden. Der See lag still und unheimlich da, der Mond spiegelte sich im pechschwarzen Wasser. Hoffentlich hatten meine Eltern nicht schon eine Suchaktion nach uns gestartet!

Auf einmal wieherte eines der Pferde, Twix knurrte und ich hörte wieder Schritte. Verdammt! Die Männer waren nicht alle weggefahren! Ich ergriff Melikes Hand, zerrte sie hinter mir her, aber plötzlich flammte ein Strahler neben der Stalltür auf und tauchte den Hof in gleißend helles Licht. Geblendet hob ich die Hand vor die Augen und erstarrte vor Schreck. Keine fünf Meter neben uns stand ein Mann, ein Riese mit einem wilden dunklen Bart. Und in seiner Hand hielt er eine Axt.

»Was, zum Teufel, tut ihr hier?« Seine Stimme grollte wie ein Donner.

Ich war vor Angst wie gelähmt, erst als er einen Schritt auf uns zumachte, erwachte ich aus meiner Erstarrung, drehte mich um und rannte, wie ich in meinem ganzen Leben noch nicht gerannt war.

14. Kapitel

»Wir müssen das der Polizei melden!« Melike keuchte wie ein Rennpferd nach dem Zieleinlauf. »Unbedingt!«

»Auf keinen Fall!« Ich schüttelte heftig den Kopf.

Jetzt, wo wir den düsteren Wald hinter uns gelassen hatten und keine hundert Meter entfernt die Lichter des Amselhofes in tröstlicher Vertrautheit leuchteten, fiel die nackte Panik von mir ab. Ich sprang vom Fahrrad, stemmte meine Arme in die Seiten und atmete ein paarmal tief ein und aus.

»Mensch, Elena«, sagte Melike, »das sind die Pferdediebe, von denen seit Wochen geschrieben wird! Wenn wir nichts erzählen, klauen die immer weiter Pferde!«

»Das ist mir egal.« Ich schob mein Fahrrad den sandigen Weg entlang. Meine Gedanken rasten. Und landeten immer wieder an derselben Stelle. Das Training mit Fritzi auf der Waldwiese.

»Jetzt warte doch mal!«, rief meine Freundin mir nach und ich blieb stehen.

»Wenn meine Eltern rauskriegen, dass ich heimlich im Wald herumreite, dann bin ich tot«, erklärte ich mit dramatisch gesenkter Stimme. »Und sie kriegen es raus, wenn wir zur Polizei gehen.«

Melike blickte mich verständnislos an. »Das kann nicht dein Ernst sein«, antwortete sie ungläubig. »Dieser Waldschrat ist mit einer Axt auf uns losgegangen und du willst einfach *nichts* tun?«

»Nein, ich will ja nicht nichts tun.« Ich suchte krampfhaft nach den passenden Worten, um meiner besten Freundin zu erklären, was mein Problem war. »Aber ich kann jetzt keinen Krach mit meinen Eltern gebrauchen. Dann kann ich das Training mit Tim und Fritzi abhaken. Versteht du?«

Melike nickte langsam. »Ach so, schon klar«, räumte sie ein. »Da könntest du recht haben.«

Sie kaute nachdenklich an ihrer Unterlippe und dachte nach. Wir schoben unsere Fahrräder bis zum Stall.

»Wir müssen trotzdem irgendetwas tun«, sagte Melike. Plötzlich hellte sich ihr Gesicht auf. »Das ist es! Ich rufe mit unterdrückter Nummer bei der Polizei an und sage, dass sie Leute in den Wald schicken sollen! Wie findest du das?«

Im Gegensatz zu mir besaß Melike seit einer Weile ein Handy, um das ich sie glühend beneidete. Der Anruf würde also kein Problem sein und ich fand den Kompromiss in Ordnung. Wenn die Polizei die Pferdediebesbande am Forsthaus hochnahm, würde sich das zwar ganz sicher herumsprechen, aber sobald die Kerle verhaftet waren, würde es für meine Eltern keinen Grund mehr geben, mir Ausritte zu verbieten.

Melikes Handy klingelte. Es war ihre Mutter, die wissen wollte, wo sie bleibe. Wir verabschiedeten uns eilig und sie radelte davon.

Ich schob mein Fahrrad durch den Stall und warf einen Blick in die große Reithalle. Mein Bruder saß auf Quintano, dem Pferd von Herrn Nötzli, mit dem Papa nicht so gut klarkam. Neugierig trat ich näher an die Bande heran. Papa hatte eine niedrige Sprungreihe aufgestellt, die mit einem Oxer endete, und Christian versuchte gerade, das nervöse Pferd zum ersten Sprung hinzureiten. Der braune Wallach hatte schon weißen Schaum am Hals, riss hektisch den Kopf hoch und donnerte viel zu schnell auf die Sprungreihe zu.

»Abwenden!«, rief Papa.

Christian hatte alle Mühe, Quintano unter Kontrolle zu behalten. Er stieß einen Fluch aus und gab eine harte Parade.

»So geht das nicht!« Papas Stimme klang ärgerlich. »Mach ihm doch keinen Druck! Du sollst ihn nur hingehen lassen.«

»Das versuch ich ja«, erwiderte mein Bruder aufgebracht. »Aber sobald ich um die Ecke komme, reißt er den Kopf hoch und zischt ab wie ein Idiot.«

Ich machte ein paar Schritte rückwärts und verließ ungesehen die Halle. Ob Melike schon bei der Polizei angerufen hatte? Vielleicht konnte ich sie später noch anrufen. In Gedanken versunken ging ich hinüber zum Haus. Die Fenster der Gaststätte waren dunkel, das Auto von Opa war nicht da. Auch Mamas Golf stand nicht vor der Garage.

Erschrocken zuckte ich zusammen, als sich ein dunkler Schatten vom Boden löste und auf mich zukam.

»Ach, du bist's, Robbie. Hast Hunger, was?«

Ich zog meine Schuhe aus, nahm den Haustürschlüssel aus seinem Versteck unter der Fußmatte und schloss die Tür auf. Twix flutschte an mir vorbei ins warme Haus, der Berner Sennenhund blieb gehorsam draußen. In der Küche machte ich das Futter für die beiden Hunde – normalerweise tat Mama das – und stellte Robbie den Napf neben die Haustür. Twix futterte in der Küche.

Es war Viertel vor sieben. Ich ging in die Diele, nahm das Telefon aus der Ladestation und wählte die Nummer von Melikes Eltern. Meine Freundin war sofort dran.

»Und? Hast du schon angerufen?«, fragte ich gespannt.

»Ich hab mich noch nicht getraut«, flüsterte Melike. »Hinterher haben die bei der Polizei irgendeinen Trick und kriegen die Nummer raus, auch wenn ich sie unterdrückt habe.«

Ich war insgeheim erleichtert. Und wenn wir morgen das erste Mal mit Fritzi trainierten, würde ich eben die Strecke reiten, die Melike und ich heute auf dem Weg zur Wiese genommen hatten.

Scheinwerfer näherten sich und stoppten vor unserer Garage.

»Meine Mutter kommt gerade heim«, sagte ich. »Wir sehen uns morgen!«

Ich stellte das Telefon wieder weg und rannte die Treppe hoch. Es half nichts, bis morgen musste ich noch Französisch und Mathe machen, trotz Tim und Fritzi und Waldschrat.

15. Kapitel

Fritzi war bockig. Er legte die Ohren an und weigerte sich, über das seltsame Gebilde zu springen, das Tim und Melike aus Strohballen, alten Autoreifen und Plastikplanen gebaut hatten. Der Boden auf der abschüssigen Wiese war voller Löcher und Maulwurfshügel und so rutschig, dass Fritzi immer wieder ausglitt.

»Mensch, was ist denn los, Elena?«, rief Tim ungeduldig. »Warum hast du keine Stollen in die Eisen gemacht?«

Endlich kriegte ich Fritzi in den Galopp. Wir waren viel zu schnell und das unfair schwere Hindernis stand ungünstig. Gestern hatte ich gar nicht bemerkt, dass die Wiese an einem so steilen Hang lag. Es war schierer Wahnsinn, diesen gewaltigen Oxer so anzureiten, aber ich wollte unbedingt, dass Tim einen guten Eindruck von Fritzi und mir bekam. Ich biss die Zähne zusammen und kämpfte gegen die Tränen. Warum hatte Melike auch nur so übertrieben von Fritzi geschwärmt?

Wie ich befürchtet hatte, kamen wir schlecht vor den Sprung, aber Fritzi drückte trotzdem ab. Es krachte, er taumelte, Stangen, Autoreifen und die Hindernisständer brachen hinter uns mit Donnergepolter zusammen. Fritzi raste vor Schreck los, ich zerrte verzweifelt an den Zügeln, aber ich hatte jede Kontrolle über mein Pferd verloren.

Tim lachte und schüttelte den Kopf. »Sandro Boy?«, rief er spöttisch. »Das sollte ja wohl ein Witz sein! Und dafür mache ich mir die ganze Arbeit! Weißt du, was dein Fritzi ist? Kein Flugzeug, sondern ein Suppenhuhn!«

Mir blieb vor Entsetzen beinahe das Herz stehen. *Suppenhuhn!* Das war die wahrscheinlich allerallerschlimmste Beleidigung, die es in der Reitersprache für ein Pferd geben konnte!

Beim Vorbeireiten erhaschte ich einen Blick auf Tims Miene, und was ich sah, raubte mir die letzte Fassung. Genau so schaute mein Vater, wenn einer seiner untalentierten Schüler nach zehn Jahren Springstunde immer noch genauso blind an ein Hindernis ritt wie am ersten Tag. Stumme Resignation. Und dann wandte Tim sich einfach ab und ging zu dem Traktor, der noch immer mit tuckerndem Motor direkt neben dem Hindernis stand.

»Warte doch!«, schrie ich verzweifelt hinter ihm her. »Bitte, Tim! Wir können das wirklich besser!«

»Vergiss es«, antwortete er und machte eine abwehrende Armbewegung. »Das hat mir gereicht. Da hat ja dein Scheißpony dreimal mehr drin!«

Mir strömten die Tränen über das Gesicht wie Sturzbäche, ich rutschte aus dem Sattel. Fritzi war weiß vor Schaum und ich hatte ein schlechtes Gewissen, weil ich ihn überhaupt zu diesem Hindernis hingeritten hatte. Und jetzt leckte er mir über das Gesicht, als ob er mich trösten wollte!

»Nicht!«, schluchzte ich. »Lass das, Fritzi! Du … du *Suppenhuhn*!«

Er hörte nicht auf zu lecken, egal wie ich mich auch drehte und wendete. Und dann schlug ich die Augen auf und begriff, dass ich das alles nur geträumt hatte, denn es war nicht Fritzi, der mich abschleckte, sondern Twix, der nun begeistert mit dem Schwanz wedelte und sich kaum beruhigen ließ.

Ich wälzte mich auf die Seite, um die Ziffern meines Weckers zu erkennen. Erst kurz nach drei, mitten in der Nacht!

»Danke, dass du mich geweckt hast, Twix«, flüsterte ich.

Mein Hund drängte sich dicht an mich, stieß ein behagliches Knurren aus und streckte sich. Ich atmete tief durch und wischte mir mit dem Handrücken den Angstschweiß von der Stirn. Nur ein böser Traum. Gott sei Dank!

Den ganzen Vormittag hatte ich äußerst angespannt verbracht; ich hatte keinen Bissen essen können und fühlte mich wie ein Pulverfass. Der nächtliche Albtraum hing über mir wie ein düsterer Schatten, und auch, wenn ich mir immer wieder sagte, dass alles Quatsch gewesen war, gelang es mir nicht, mich zu beruhigen.

Als Melike und ich uns um kurz nach zwei im Stall trafen, hatte sie noch immer nicht bei der Polizei angerufen, aber das war für mich absolut nebensächlich.

Papa war am frühen Morgen weggefahren, um einen Lehrgang zu geben, und Christian hockte in seinem Zimmer am Computer, deshalb putzte und sattelte ich Fritzi im Stall und nicht in der Scheune. Ich gab mir heute besondere Mühe, denn ich wollte, dass Tim den besten Eindruck von Fritzi bekam.

»Wenn du noch ein bisschen mehr von dem Fellglanzspray auf ihn draufsprühst, rutscht dir der Sattel runter«, warnte Melike mich. »Er glänzt doch sowieso schon wie eine Speckschwarte.«

Ich trat einen Schritt zurück und betrachtete mein Pferd kritisch. Melike hatte recht. Fritzis dunkelbraunes Fell schimmerte, seine vier Beine leuchteten schneeweiß, der schwarze Schweif fiel locker bis zu den Sprunggelenken. Wir sattelten, setzten unsere Reitkappen auf und führten die Pferde hinaus, um aufzusitzen. Twix umkreiste unsere Pferde mit begeistertem Gebell und hielt erst die Klappe, als klar war, dass er mitkommen durfte. Wenig später ritten wir Richtung Wald. Es war kalt, aber trocken – das ideale Wetter für unsere erste Trainingsstunde.

»Ich hab heute Nacht von diesem grässlichen, bärtigen Waldschrat geträumt«, sagte Melike nach ein paar Metern. »Ich sage dir, das war ein ätzender Traum! Die Polizei war bei meinen Eltern und hat meinen Vater verhaftet – wegen Verletzung der Aufsichtspflicht!«

Sie lachte auf. »Keine Ahnung, wie ich auf so was komme.«

Ich hörte schweigend zu, während sie mir haarklein ihren Albtraum schilderte, sagte aber keinen Ton über meinen, der so schrecklich realistisch gewesen war.

Um kurz vor drei erreichten wir die Wiese, und ich stellte insgeheim erleichtert fest, dass sie so eben und gerade war wie ein Fußballplatz.

Ein paar Minuten später tauchte Tim mit seinem Mofa auf, stellte es neben der Scheune ab und kam zu uns.

»Hey!«, rief er und grinste.

Ich dachte sofort an seine Verachtung, als Fritzi in meinem Traum wieder und wieder ausgerutscht war.

»Hey«, erwiderte ich. »Meinst du, ich brauche Stollen?«

Tim sah mich verwundert an und schüttelte den Kopf.

»Ist doch alles Sand unter dem Gras«, sagte er.

Unsere Gegend war für die Landwirtschaft nicht sonderlich gut geeignet, weil die Böden zu sandig waren. Ideal zum Reiten – schlecht für die Bauern.

Tim umrundete Fritzi und mich und betrachtete mein Pferd eingehend. Mein Pferd wiederum beäugte Tim misstrauisch. Als Tim seine Hand ausstreckte, um Fritzis Hals zu streicheln, legte er die Ohren an und machte einen Satz zur Seite.

»Oh!« Tim war erstaunt.

»Ist nicht persönlich gemeint«, entschuldigte ich das unhöfliche Benehmen meines Pferdes. »Aber seitdem er so schlimm krank war, kann er Fremde und besonders Männer nicht mehr leiden. Wollen wir anfangen?«

»Ja, klar.«

»Meine durchschnittliche Gurke von Pferd interessiert dich wohl gar nicht«, meldete sich nun Melike zu Wort und tat gekränkt.

»Oh, entschuldige bitte!« Tim wandte sich zu ihr um. »Äh, dein Pferd ist doch keine Gurke, ich … äh … tut mir leid …«

Wurde er tatsächlich ein bisschen rot? Melike gluckste belustigt.

»Schon gut«, sagte sie. »Jasper ist halt nicht so ein Hingucker wie Fritzi. Ich binde ihn grad mal an, dann kann ich dir helfen.«

Ich begann zu traben, dann galoppierte ich an. Tim stand in der Mitte der Wiese und ließ mich nicht aus den Augen. Es war das erste Mal, dass ich richtigen Unterricht bekam; das wurde mir in dem Augenblick bewusst, als Tim mir zurief, ich solle die Zügel kürzer fassen und das Gesäß am

Sattel lassen. Nie hatte Papa mir Unterricht gegeben, ich war immer nur in seinen Springstunden oder den Reitstunden bei Opa mitgeritten, ohne dass man mir jemals größere Aufmerksamkeit geschenkt hatte. Wenn ich es mir so richtig überlegte, so hatte ich mir das Reiten mehr oder weniger selbst beigebracht.

»Okay!«, rief Tim nach einer Weile. »Jetzt reit mal an das Kreuz! Aus dem Trab!«

Er hatte einen Kreuzsprung aufgebaut und eine Bodenstange davorgelegt. Bis zu diesem Moment war mir noch mein Albtraum im Kopf herumgespukt, aber als Fritzi nun die Ohren spitzte, sich brav zum Trab durchparieren ließ und schwungvoll auf das Kreuz zutrabte, fiel alle Angst von mir ab. Tim ließ uns ein paarmal das Kreuz aus dem Trab nehmen, dann legte er die Stangen in die Halterungen und ich musste abwechselnd aus dem Galopp über den kleinen Steilsprung und einen kleinen Oxer springen.

»Ja, so ist es super!«, rief Tim. »Keinen Druck machen, lass ihn einfach nur hingaloppieren! Ja! Perfekt!«

Ich merkte, dass ich lächelte. Fritzi schnaubte. Ihm machte es offenbar auch Spaß. Nun ging es durch die Sprungreihe. Kreuz, Steilsprung, Kreuz, Oxer. Bei jeder Runde erhöhten Melike und Tim die Hindernisse um zwei Löcher. Und ganz zum Schluss musste ich einen kleinen Parcours reiten. Fritzi sprang geschmeidig und aufmerksam, nicht ein einziges Mal berührte er eine Stange. Bis dahin hatte Tim noch nichts gesagt, aber als ich nach dem letzten Hindernis zum Schritt durchparierte und zu ihm hinüberritt, sah ich, dass er breit grinste.

»Sensationell!«, rief er. »Echt, Elena, der ist richtig gut! Und du reitest ihn spitze!«

Ich klopfte Fritzi den Hals und lächelte stolz. Erst dann fiel mir wieder mein Traum ein.

»Du meinst, er ist kein … Suppenhuhn?«

»Spinnst du?« Tim riss die Augen auf. »Du willst doch wohl dein Pferd nicht beleidigen! Nee, echt, dein Fritzi ist das Gegenteil von einem Suppenhuhn. Er ist vorsichtig und hat was drin.«

Lobesworte für mein Pferd! Wie gut das tat! Ich stieß einen erleichterten Seufzer aus. Tim schlenderte in Richtung Scheune und ich ritt neben ihm her. Er analysierte begeistert jeden einzelnen Sprung, den Fritzi gemacht hatte. Ich lauschte aufmerksam und stimmte ihm zu. Es war viel einfacher, mit Tim zu reden, wenn ich auf dem Pferd saß.

»Danke«, sagte ich aus tiefstem Herzen, als wir an der Scheune angekommen waren. »Das war klasse. Du gibst super Unterricht.«

»Auch danke«, erwiderte Tim verlegen. »Macht mir Spaß, wenn dann alles so gut klappt.«

»So, jetzt reicht's mit dem Süßholzraspeln.« Melike saß schon auf Jaspers Rücken, und Twix, der als wohlerzogener Reitstallhund brav am Rand des Platzes gewartet hatte, kam nun angeschossen und sprang an Fritzi hoch.

»Ich muss leider los«, sagte Tim. »Mein Vater hat um vier Kundschaft aus England, da muss ich ein paar Pferde vorreiten.«

»Wann trainieren wir das nächste Mal?«, fragte ich schnell. »Morgen?«

Papa war auf einem Turnier und Christian würde sicher mitfahren, also eine gute Gelegenheit.

»Ja, müsste klappen.« Tim nickte. »Gleiche Zeit, gleicher Ort?«

Ich nickte auch. Er stülpte sich seinen Helm über, setzte sich auf das Mofa und ließ es an. Ich blickte ihm nach.

»Und?«, fragte Melike. »Was meint er?«

»Er ist begeistert«, erwiderte ich nur.

»Hast du was anderes erwartet?« Melike grinste.

»Wenn ich ehrlich bin – ja.« Da musste ich auch grinsen.

Auf dem Weg zurück erzählte ich ihr von meinem Albtraum und wir bogen uns vor Lachen, bis uns die Tränen übers Gesicht liefen.

16. Kapitel

Vier Wochen lang blieb das Wetter gut genug, um dreimal in der Woche heimlich zu trainieren. Fritzi machte gewaltige Fortschritte – er wurde geschmeidiger und sicherer. Mit vereinten Kräften hatten wir einen alten Baumstamm vom Waldrand bis auf die Wiese geschleift und so hingelegt, dass er ein ganz ordentliches Hindernis abgab. Aus blauen Müllsäcken hatten wir Wassergräben gebastelt, und mit flatternden Bettlaken und alten Pferdedecken, die wir über die Sprünge legten, testeten wir Fritzis Nerven. Manchmal ließ Tim Fritzi und mich durch Sprungreihen mit sechs bis zehn dicht hintereinanderstehenden Sprüngen galoppieren, damit er ein schnelleres Vorderbein bekam und lernte, die Hinterhand richtig zu gebrauchen. Die Muskulatur meines Hengstes entwickelte sich, er bekam eine immer bessere Kondition und auch mir tat das regelmäßige Training gut.

Es war die Woche vor Weihnachten, heute hatten wir nach der dritten Stunde Schulschluss gehabt, weil die Ferien begannen.

Obwohl es am Morgen angefangen hatte zu schneien, war ich um drei zur Wiese geritten. Tim war da, wie verabredet. Der Boden war noch gut und griffig, deshalb ließ er mich ein paar Gymnastiksprünge machen, bevor er mir einen Parcours aufbaute. Melike war heute zum ersten Mal nicht dabei, denn sie hatte mit ihrer Mutter in die Stadt fahren müssen, um Weihnachtsgeschenke zu kaufen. Unser einziger Zuschauer war Twix, der bibbernd an der Hütte hockte.

Zuerst schmolzen die Schneeflocken noch, als sie den Boden erreichten. Doch dann wurde das Schneegestöber immer dichter; ich hatte Mühe, überhaupt noch zu erkennen, wohin ich ritt, deshalb brachen wir das Training nach einer halben Stunde ab. Eilig trabte ich in den Windschatten der Hütte. Tim folgte mir mit gesenktem Kopf und schüttelte sich die weißen Flocken aus den Haaren.

»Das war wohl heute das letzte Training für dieses Jahr«, sagte er bedauernd. Er reichte mir Fritzis Decke. Ich stellte mich in den Steigbügeln auf, warf die Decke über Fritzis Kruppe und klemmte sie zwischen meine Knie und den Sattel, damit sie nicht wegfliegen konnte. Wieder einmal war Tim voll des Lobes für mein Pferd.

»Warum korrigierst du mich eigentlich nie?«, fragte ich ihn.

Tim hielt inne und blickte mich überrascht an. »Wie meinst du das?«, wollte er wissen. »Was soll ich denn zu dir sagen?«

»Na ja.« Ich zuckte mit den Schultern. »Wenn mein Vater Springstunde gibt, sagt er dauernd was zu den Reitern. Hand weg, nicht ziehen, ruhiger, mehr Galopp – halt so was in der Richtung.«

Da musste Tim grinsen. »Das würde ich auch sagen, wenn es nötig wäre. Zu dir muss ich es aber nicht sagen, weil du es richtig machst.«

Ich musste ihn wohl ziemlich belämmert angesehen haben, denn er fing an zu lachen. Aber er wurde schnell wieder ernst.

»Elena, ich glaube, dir hat noch keiner gesagt, dass du echt gut reitest. Oder?«

Mir klappte beinahe der Mund auf und ich schüttelte den Kopf. »Christian reitet viel besser als ich.«

»Das ist nicht wahr«, widersprach Tim. »Dem fehlt echt alles, was du hast: Er hat null Gefühl für Pferde. Und kein Auge. Das Einzige, was er hat, ist Mut. Aber das ist nicht genug, um wirklich gut zu reiten. Du hast ein Riesentalent, Elena! Du hast bis jetzt immer alles absolut richtig gemacht. Ehrlich.«

Er stand neben Fritzi im immer stärker werdenden Schneefall, die Hände in den Jackentaschen vergraben mit von der Kälte geröteten Wangen, und das, was er sagte, floss wie Honig direkt in mein Herz. Ich musste schlucken. So etwas hatte noch nie jemand zu mir gesagt. Wir sahen uns stumm an.

Schließlich brach Tim das Schweigen. »Du solltest jetzt besser losreiten«, sagte er mit rauer Stimme. »Sonst erkältet Fritzi sich.«

Ich nickte, noch immer mit Stummheit geschlagen. Mein Pferd stampfte ungeduldig und scharrte mit dem Vorderhuf. Sein feuchtes Fell dampfte in der Kälte.

»Danke«, flüsterte ich. »Danke für alles, Tim. Die letzten Wochen waren wirklich …«

Mir fehlte das passende Wort. Alle Adjektive, die mir einfielen, waren zu oberflächlich.

Er legte den Kopf schief und zwinkerte mir zu. »Ich fand's auch klasse«, entgegnete er. »Nächstes Jahr geht's weiter.«

»Versprochen?« Ich hatte einen dicken fetten Kloß im Hals.

»Versprochen. Jetzt mach, dass du heimkommst! Na los!«

Ich rang mir ein Lächeln ab, doch weil mein Gesicht schon fast eingefroren war, wurde es eher eine Grimasse.

Diesmal wollte ich nicht diejenige sein, die hinter ihm herguckte, deshalb wendete ich Fritzi und ließ ihn gleich angaloppieren. Ich drehte mich noch einmal im Sattel um.

»Schöne Weihnachten, Tim!«, rief ich ihm zu.

Seine Antwort hörte ich nicht mehr. Fritzi hatte es eilig, nach Hause in den warmen Stall zu kommen. Wir galoppierten beinahe den ganzen Weg bis zum Amselhof. Der Wind war eisig, und als ich endlich durchparierte, war ich mir nicht sicher, ob der Wind an meinen Tränen schuld war oder jemand anderes.

17. Kapitel

Am Morgen von Heiligabend fiel das Thermometer über Nacht um fünfzehn Grad auf minus zehn; Büsche, Bäume, Wiesen und Wege erstarrten unter einer glitzernden Eisdecke. Es wurde so klirrend kalt, dass in den Ställen die Wasserleitungen platzten und die automatischen Tränken einfroren. Diesen Temperatursturz hatte niemand erwartet und er hatte zur Folge, dass Papa und Opa nach langer Zeit wieder miteinander sprachen. Zwar nur sehr kurz, dafür aber umso heftiger.

Ich half Opa gerade, Eimer zu füllen, um die Pferde mit der Hand zu tränken, als Papa den Stall betrat.

»Konntest du etwas reparieren?«, fragte er Opa. »Wieso hat die Begleitheizung nicht funktioniert?«

»Woher soll ich das wissen?«, erwiderte Opa gereizt. »Ich bin kein Klempner und auch kein Elektriker.«

»Du hättest gestern Abend das Wasser abstellen müssen«, entgegnete Papa. »Das hast du doch sonst in Frostnächten auch immer getan.«

Geräuschvoll setzte Opa die beiden vollen Eimer ab.

»Gestern waren es noch fast zehn Grad über null. Ich kann nicht riechen, dass es so kalt wird.«

Papa stemmte die Arme in die Seiten. Ich sah an seiner Miene, dass er mörderisch schlecht gelaunt war. »Ach ja, klar!«, zischte er. »*Ich* hab schließlich jetzt den ganzen Laden am Bein! *Dir* kann es scheißegal sein, ob etwas kaputtgeht. Es kostet nicht mehr dein Geld.«

Ich zog den Kopf ein und beeilte mich, in die nächste Box zu kommen. Seit Wochen war es eindeutig besser, Papa aus dem Weg zu gehen, erst recht, wenn er so drauf war wie jetzt.

»Pass gut auf, was du sagst«, antwortete Opa scharf. »Sonst kannst du nämlich bald alles allein machen. Und das heißt auch, dass du selbst die Reitstunden geben und die Boxen ausmisten kannst.«

»Du willst mich also im Stich lassen?«

»Ich lasse mich nicht von meinem eigenen Sohn wie der letzte Dorftrottel behandeln!« Nun hob auch Opa seine Stimme. »Merk dir das!«

»Ich dachte, wir hätten die Arbeitsaufteilung klar besprochen!«, schrie Papa. »Ich verdiene mein Geld auf den Turnieren! Wie soll ich Kundschaft bekommen, wenn ich hier mit dem Traktor herumfahre?«

Damit drehte er sich um und rannte fast Christian über den Haufen, der gerade mit zwei leeren Eimern aus dem langen Stall zurückkam.

»Was geht 'n hier ab?«, fragte er mich.

»Kommt, Kinder«, sagte Opa, bevor ich etwas erwidern konnte. »Ich fahre zum Futtermittelhändler und besorge Eimer. Jedes Pferd kriegt einen Eimer in die Box gehängt. Ihr holt in der Zwischenzeit das große Wasserfass aus der Scheune, hängt es an den kleinen Stallschlepper und lasst es volllaufen. Man kann nicht jeden Tag sechzig Pferde mit der Hand tränken.«

Christian und ich nickten. Opa hatte wenigstens immer praktische Einfälle und handelte, anstatt sinnlos herumzubrüllen.

Weihnachten wurde in diesem Jahr zu einer ziemlich traurigen Angelegenheit. Nachdem Opa die Eimer vom Futtermittelhändler geholt und wir sie in allen Boxen aufgehängt und mit Wasser gefüllt hatten, fuhr er mit Oma zu Onkel Matthias und seiner Familie, die in der Nähe von Würzburg wohnten.

Das erste Mal, seitdem ich mich erinnern konnte, waren wir an Heiligabend allein. Jens hatte bis morgen frei, Heinrich und Stani, die Stallarbeiter, waren nach Polen zu ihren Familien gefahren, deshalb mussten Papa, Mama, Christian und ich die Stallarbeit allein machen. Es war halb sechs, bis alle Pferde ihre Abendration Futter bekommen hatten und alle Wassereimer voll waren.

Früher hatten wir immer mit Opa und Oma gefeiert, aber an diesem Heiligabend saßen Christian und ich mit Papa und Mama schweigsam im Wohnzimmer, aßen Fondue und redeten kaum etwas miteinander, um nur ja keinen Streit zu provozieren. Die Stimmung war gezwungen und ich räumte freiwillig die Küche auf.

Das beste Geschenk hatte ich von Opa und Oma bekommen: ein Handy samt aufgeladener Guthabenkarte! Ich brannte darauf, endlich auf mein Zimmer verschwinden zu können, um es auszuprobieren. Christian erklärte sich großmütig dazu bereit, das Handy für mich zusammenzubauen, und als Papa um zehn Uhr auf der Couch im Wohnzimmer eingeschlafen war, gab ich Twix einen Wink und verschwand mit ihm auf mein Zimmer.

Meine erste SMS schickte ich an Melike, die mir umgehend antwortete. Meine liebste, beste Freundin! Ich hätte sie umarmen können: Sie hatte mir Tims Handynummer geschickt, um die ich sie gebeten hatte.

Schöne Weihnachten, tippte ich also mit zittrigen Fingern ein. *Hab jetzt auch ein Handy. LG E.* Ich zögerte kurz, aber dann drückte ich auf »Senden«, gab Tims Nummer ein und schickte die SMS auf ihren Weg. Ich legte mich aufs Bett, das Handy in der Hand, und starrte auf das Display.

»Ich schlafe erst ein, wenn ich eine Antwort von ihm gekriegt habe«, sagte ich zu Twix.

Der Hund blickte mich nur müde an und gähnte.

Ich schreckte aus dem Tiefschlaf hoch und blickte mich irritiert in der Dunkelheit um. Irgendein eigenartiges Geräusch hatte mich geweckt. Neben mir auf dem Kopfkissen leuchtete etwas. Ja klar, das Handy! Ich war mit einem Schlag hellwach. In der linken unteren Ecke des Displays war ein kleines Briefumschlagsymbol zu sehen – ich hatte eine SMS bekommen! Und sie war von – Tim!

Cool!, schrieb er. *Dir auch schöne Weihnachten. T.*

Mein Herz klopfte und ich erwischte mich dabei, dass ich morgens um kurz nach halb sechs mit einem blöden, glücklichen Grinsen in meinem Bett lag.

Ich war viel zu aufgeregt, um noch mal einschlafen zu können, Tim war schließlich auch schon wach. Ohne Opa, Heinrich, Stani und den Aknefrosch würden Papa und Mama später die ganze Stallarbeit machen müssen. Deshalb stand ich auf, zog mich an und ging nach unten, um den Frühstückstisch zu decken.

Zehn vor sechs. Der Tisch war gedeckt, der Kaffee lief durch die Maschine, aber vom Rest meiner Familie war noch nichts zu sehen oder zu hören. Völlig unmöglich, jetzt einfach hier in der Küche herumzusitzen und zu warten. Genauso gut konnte ich den Pferden Heu füttern. Leise zog ich meine Jacke und die Stallschuhe an, nahm den Stallschlüssel vom Brett und trat hinaus in die Kälte.

Ich liebte es, morgens früh im Stall zu sein. Robbie begrüßte mich erfreut, als ich die Stalltür aufschloss und das Licht anmachte. Die Pferde blinzelten, manche von ihnen lagen noch im Stroh. Wo sollte ich anfangen? Papa hatte gestern Abend noch mit dem Frontlader in jede der drei Stallgassen einen Rundballen Heu gefahren, und jetzt suchte ich nach dem Messer, um die Ballen aufzusäbeln. In der Sattelkammer im Turnierstall hing eins, das holte ich und beschloss, gleich hier anzufangen. Bei Heinrich und Stani sah das immer so leicht aus. Ich biss die Zähne zusammen und schlitzte mühsam das Netz auf. Der Ballen fiel auseinander. Nun hieß es, mit der Heugabel die Ration für jedes Pferd in die Boxen zu schieben. Allein im Turnierstall waren das zwanzig Boxen. Außerdem brauchten die Pferde frisches Wasser. Eimer um Eimer schöpfte ich aus der Tonne, die vorn im Stall neben dem Solarium stand. Als ich endlich alle Pferde versorgt hatte, war ich klatschnass geschwitzt. Dabei hatte ich gerade mal ein Drittel geschafft. Aber aufgeben galt nicht.

Es war zwanzig nach sieben, als ich allen Pferden Heu und Wasser gegeben hatte, auch Fritzi und den Gnadenbrotpferden in der Scheune. Ich schob das große Tor zu und drehte mich um. Mir blieb vor Schreck beinahe das Herz stehen, als sich aus der Dunkelheit ein Schatten löste.

Vom Bewegungsmelder ausgelöst, flammte der Strahler an der Scheunenwand auf.

»Papa!«, stieß ich hervor. »Du hast mich fast zu Tode erschreckt!«

Mist! Eigentlich wollte ich auch schon gefüttert haben, bis er im Stall auftauchte.

»Du mich aber auch«, erwiderte Papa. »Was machst du denn hier um diese Uhrzeit?«

»Ich wollte euch überraschen, weil Weihnachten ist«, gab ich zu und fröstelte in der eisig kalten Luft. »Ich hab schon alle Pferde getränkt und ihnen Heu gegeben.«

»Du bist ja eine Nummer! Wann bist du denn aufgestanden?«

»Ich glaub, um halb sechs«, sagte ich. Das erste Mal seit Wochen sah ich Papa lächeln, richtig freundlich mit Lachfältchen um die Augen, ganz so wie früher.

»Und den Frühstückstisch hast du auch schon gedeckt.« Er legte seinen Arm um meine Schultern, zog mich an sich und drückte mir sogar einen Kuss auf die Stirn. Das hatte er schon so lange nicht mehr getan, dass ich mich kaum noch daran erinnern konnte. »Danke, meine große Kleine!«

Seine Stimme klang rau und ich verspürte ein Gefühl der Erleichterung. In der letzten Zeit war es echt nicht leicht gewesen, Papa zu mögen, denn ich wusste nie, wie er reagieren würde.

»Was hältst du davon, wenn wir beide jetzt noch schnell füttern und einstreuen?«, schlug er vor. »Und dann frühstücken wir in aller Ruhe.«

»Ja, das klingt gut«, antwortete ich. »Mir wird nämlich langsam kalt.«

Papa und ich waren ein gutes Team. Er schob den Futterwagen und ich schüttete den Pferden Kraftfutter und Hafer in die Tröge, dabei redeten wir über dies und das. Genauso teilten wir uns später die Arbeit beim Einstreuen der Boxen. Um acht Uhr waren alle Pferde versorgt, die Stallgassen blitzblank gefegt. Der Morgen dämmerte herauf, als wir hinüber zum Haus gingen.

»Ich hoffe, du bist nicht mehr sauer auf mich, dass ich Phönix an Teicherts verkauft habe«, murmelte Papa zu meiner Überraschung.

Ich hatte ehrlich gesagt gar nicht mehr daran gedacht, schließlich hatte ich Fritzi, aber das wollte und konnte ich ihm unmöglich erzählen.

»Nee, bin ich nicht«, antwortete ich. »Phönix war mir eh ein bisschen zu langweilig.«

»Zu langweilig?« Papa schüttelte belustigt den Kopf.

»Na ja, für Ariane passt er schon. Aber ich mag es lieber, wenn ein Pferd etwas mehr Pep hat.«

»So, so.« Er blieb stehen und sah mich schmunzelnd an. »Und welches Pferd würde dir dann gefallen? Du willst doch den Lehrgang mitreiten, oder?«

Morgen begann der fünftägige Weihnachtslehrgang, den Papa jedes Jahr gab und der mit dem Silvesterspringen endete. Seit Wochen war der Lehrgang ausgebucht, aus der ganzen Umgebung hatten sich Reiterinnen und Reiter angemeldet und es gab sogar eine Warteliste.

»Echt? Ich darf den Lehrgang mitreiten?«, fragte ich ungläubig.

»Es ist ein Weihnachtsgeschenk. Natürlich nur, wenn du Lust dazu hast.« Papa ging weiter, drehte sich dann aber wieder zu mir um, die Hände in den Taschen seiner Jacke. »Was hältst du von Calvador?«

Er sagte das so beiläufig, als ob es eine Selbstverständlichkeit wäre, dass er mir eines seiner besten Turnierpferde anbot. Mir blieb der Mund offen stehen.

»Ich soll Calvador reiten?«, flüsterte ich fassungslos.

»Ja, warum nicht? Er ist nicht ganz so brav wie Phönix, aber auf ihm kannst du sicher eine Menge lernen.«

Wie ich es mir schon gedacht hatte, platzte mein Bruder fast vor Neid, als er die Neuigkeit hörte. Calvador, der neunjährige schneeweiße Holsteiner Schimmelhengst, hatte im vergangenen Jahr mit Papa viele Springen gewonnen, darunter die Großen Preise von Neumünster und von München. Er war nach Lagunas das zweitbeste Pferd in unserem Stall, und die Tatsache, dass ich ihn reiten durfte, war zweifellos eine Auszeichnung.

»Wieso darf Elena Calvador reiten und ich nicht?«, beschwerte er sich schon beim Frühstück.

»Weil du Cotopaxi und Lancelot reitest«, entgegnete Papa ungerührt. »Das wolltest du doch selbst so.«

»Ich hätte mich ja auch nie getraut, dich nach Calvador zu fragen.«

Christian warf mir einen mehr als unfreundlichen Blick zu, den ich geflissentlich übersah. Ihn ärgerte es, dass ich plötzlich im Mittelpunkt der allgemeinen Aufmerksamkeit stand und ausnahmsweise mal nicht er.

»Kleine Schleimkuh!«, zischte Christian mir ins Ohr, aber ich lächelte nur in mich hinein.

»Thema beendet«, sagte Papa gut gelaunt.

Mama war auch besser drauf als in den letzten Tagen. Papa und sie freuten sich auf den Lehrgang, zu dem auch viele ihrer Freunde kommen würden. Außerdem brachte er gutes Geld ein und das brauchten wir mehr als dringend.

Papa erzählte Mama, wie ich heute Morgen schon im Stall geschuftet hatte, und Christians Miene wurde immer grimmiger. Wahrscheinlich hätte er vor Ariane und den anderen nur zu gern damit angegeben, Calvador reiten zu dürfen.

In meiner Hosentasche piepste und vibrierte es plötzlich und ich fuhr erschrocken zusammen. Ich hatte mich noch nicht daran gewöhnt, dass ich jetzt ein Handy besaß.

»Ich glaube, ich habe eine SMS gekriegt«, sagte ich.

»Ach, das ist ja toll«, erwiderte Christian spöttisch. »Gibt's denn so was?«

Ich streckte ihm die Zunge raus und sprang auf. Am Tisch haben Handys nichts zu suchen, sagte Mama immer. Das sei unhöflich. Ich ging also in den Flur und öffnete mit klopfendem Herzen die Nachricht. Sie war nicht von Tim, wie ich heimlich gehofft hatte, sondern von Melike.

Ich hab's eben getan!!!!!, las ich und kapierte nicht, was sie damit meinte. *Der Waldschrat kriegt Besuch …*

Erst da fiel mir wieder der unheimliche Mann mit der Axt im Forsthaus ein. Ich hatte gar nicht mehr an ihn gedacht. Melike hatte also tatsächlich bei der Polizei angerufen.

18. Kapitel

Im ganzen Stall hatte es sich herumgesprochen, dass ich auf dem Lehrgang Calvador in der vierten Stunde reiten würde, und um drei Uhr drängten sich so viele Zuschauer wie selten an der Bande der großen Reithalle. Mama half mir beim Satteln.

»Hoffentlich mache ich nichts falsch«, sagte ich sicher zum hundertsten Mal. »Das wäre mein Ende!«

Mama lächelte und bürstete Calvadors schneeweißen Schweif.

»Dein Vater hätte dir nicht erlaubt, Calvador zu reiten, wenn er nicht meinen würde, dass du mit ihm zurechtkommst«, erwiderte sie. »Außerdem hast du ihn doch schon geritten.«

»Trockengeritten«, korrigierte ich meine Mutter. »Das ist ja wohl was ganz anderes.«

Ich betrachtete den Hengst, der ganz gelassen dastand. Er war ein gutes Stück größer als Fritzi und auf einmal hatte ich ein mulmiges Gefühl. Mit der Sicherheitsweste, auf der Papa bestand, wenn ich bei ihm in der Springstunde ritt, fühlte ich mich unbehaglich.

Schließlich war es so weit: Ich ergriff Calvadors Zügel und führte ihn quer durch den Stall zur Reithalle. Außer mir ritten Melike, Ariane und Saskia, die Tochter eines von Papas Springreiterfreunden, in meiner Abteilung mit.

Ein allgemeines Murmeln lief durch die Zuschauer, als ich nun den mächtigen Schimmel in die Halle führte. Ich war mir nur zu bewusst, dass mich alle anstarrten, auch Christian und Jens, die Papa in der Bahn halfen. Mama warf mich in den Sattel, nachdem ich die Steigbügel heruntergezogen hatte – und dann gab es kein Zurück mehr. Die Bandentür wurde geschlossen, die Stunde begann.

Obwohl Calvador so groß und temperamentvoll war, zeigte er sich butterweich im Maul und reagierte sehr sensibel auf jede Hilfe. Schon nach ein paar Runden stellte ich fest, dass es nicht nur eine Auszeichnung, sondern ein echtes Vergnügen war, dieses Pferd zu reiten.

Es war knisterkalt in der Reithalle, deshalb wärmten wir unsere Pferde sorgfältig auf, bevor es ans Springen ging.

In der ersten Lehrgangsstunde standen Stangenarbeit und Springgymnastik auf dem Programm und ich dankte Tim innerlich für die heimlichen Springstunden auf der Wiese, bei denen wir genau das immer geübt hatten. Calvador war ein Riesenunterschied zu Sirius, und wenn ich nicht bereits so viel mit Fritzi gesprungen wäre, hätte ich sicherlich Probleme bekommen, denn mit einem Pony musste man vieles ganz anders reiten als mit einem Großpferd.

Ariane würdigte mich während der ganzen Stunde keines Blickes – es war eindeutig, dass ich ihr heute die Schau stahl, auch wenn ihr Vater mit der Videokamera auf der Tribüne stand, um sie beim Reiten zu filmen.

Zum Abschluss ließ Papa uns einen kleinen Parcours springen. Zuerst war Melike mit Jasper an der Reihe, dann Saskia, danach Ariane mit Phönix. Auch bei mir klappte alles wunderbar; ich klopfte dem Hengst glücklich den Hals, als wir den letzten Oxer überwunden hatten.

»Das war wirklich gut, Elena«, sagte Papa zu mir und es klang ein bisschen erstaunt, so als ob er mir das nicht unbedingt zugetraut hätte. »Du hast ein gutes Auge und eine feine Hand!«

Ich grinste zufrieden. Genau das hatte Tim auch gesagt!

Melike platzte fast vor Ungeduld. Sie hatte Jasper in Rekordgeschwindigkeit versorgt, Sirius gesattelt und hüpfte nun von einem Bein aufs andere, während ich Calvador fertig machte.

»Beeil dich doch!«, drängte sie mich. »Wir müssen los, bevor es dunkel wird.«

Sie konnte es nicht abwarten nachzusehen, ob ihr Anruf bei der Polizei gewirkt hatte, deshalb hatten wir verabredet, nach der Stunde mit Fritzi und Sirius zum Forsthaus zu reiten. Papa und Mama würden kaum bemerken, dass ich nicht da war, denn sie waren noch mindestens bis neun Uhr mit dem Lehrgang beschäftigt.

Melike zerrte den armen Sirius hinter sich her, ich schleppte Fritzis Sattel und Trense hinüber zur Scheune. Wenig später trabten wir Richtung Wald. Viel Zeit blieb uns nicht, denn gegen fünf würde es bereits dunkel werden. Wir brauchten knapp zwanzig Minuten bis zum Waldsee.

»Meinst du, die waren schon da?«, nervte Melike zum wiederholten Mal.

»Du hast gestern um neun angerufen«, antwortete ich geduldig. »Natürlich waren die schon da. Wahrscheinlich sitzt der Waldschrat längst im Gefängnis.«

Wir trabten um die letzte Wegbiegung und parierten durch.

»Oder auch nicht«, sagte Melike enttäuscht.

Friedlich lag das Forsthaus am Ufer des Sees, Licht leuchtete aus den Fenstern und spiegelte sich golden in der dunklen Wasseroberfläche. Qualm stieg aus dem Schornstein in die windstille, kalte Luft.

»Das gibt's doch nicht!« Meine Freundin schüttelte den Kopf. »Die Polizei muss Hinweisen aus der Bevölkerung nachgehen, auch wenn sie anonym sind.«

»Da stehen Autos im Hof«, stellte ich mit Adleraugen fest. »Komm, wir müssen näher ran.«

Wir ritten auf das Forsthaus zu, blieben aber im Schutz der Bäume.

»Ich gucke jetzt nach, ob noch Pferde da sind«, sagte Melike entschlossen und sprang aus Sirius' Sattel. Sie zog dem Pony die Zügel über den Kopf und reichte sie mir.

»Mach das lieber nicht!«, rief ich leise. Ich hatte kein gutes Gefühl bei der Sache, aber Melike ließ sich nicht aufhalten. Mit angehaltenem Atem beobachtete ich aus sicherer Entfernung, wie sie durch das Hoftor schlich und hinter dem Haus verschwand.

Es war totenstill im Wald. Hin und wieder knackte irgendwo ein Ast, in der Nähe schrie ein Käuzchen und ich schauderte. Oma sagte immer, dass jemand sterben würde, wenn man einen Käuzchenruf hörte. Fritzi scharrte mit dem Vorderhuf im trockenen Laub. Er mochte es nicht, lange irgendwo herumzustehen. Wieder schrie das Käuzchen, es klang unheimlich, wie »Komm mit! Komm mit!«.

Verdammt, wo blieb Melike nur? So lange konnte es wohl kaum dauern, einen Blick in die Scheune zu werfen! Ich starrte durch die Baumstämme hinüber zum Haus und glaubte nicht richtig zu sehen: Meine Freundin schlich gebückt über die Veranda und spähte durch eines der Fenster. War sie lebensmüde? Meine Unruhe übertrug sich auf mein Pferd, zu meinem Entsetzen wieherte es plötzlich. Im Wald war es so still, dass das Wiehern laut wie ein Fanfarenstoß hallte.

Als ich das nächste Mal zum Haus hinüberblickte, war Melike verschwunden, aber die Tür war aufgegangen und im hellen Lichtschein, der nach draußen fiel, erkannte ich den Waldschrat. Neben ihm stand ein anderer Mann und er hielt etwas in der Hand, das wie eine Pistole aussah. Jetzt hob er es hoch, und als ich schon sicher war, im nächsten Augenblick einen Schuss krachen zu hören, flammte ein Lichtstrahl auf. Er hatte eine Taschenlampe! Ich duckte mich im Sattel, aber das würde nicht viel nützen. Sirius' weißes Fell leuchtete im Dämmerlicht wie Silber.

Schnelle Schritte näherten sich, ich erkannte Melike, die rannte, als ob der Teufel persönlich hinter ihr her wäre.

»Hier!«, zischte ich aus dem Unterholz.

Sekunden später riss sie mir Sirius' Zügel aus der Hand und kletterte in den Sattel des Ponys. Der Lichtstrahl der Taschenlampe irrte über die Bäume. Unsere Pferde verursachten einen mörderischen Krach, als unter ihren Hufen trockene Zweige zerbrachen. Endlich hatten wir den Weg erreicht, trabten um die Wegbiegung und das Forsthaus war außer Sichtweite.

»Puh! Ich glaub, ich hab die hundert Meter in sieben Sekunden geschafft«, schnaufte Melike. »Mein Sportlehrer wäre stolz auf mich gewesen.«

»Jetzt erzähl schon!«, drängelte ich gespannt. »Was hast du gesehen?«

»Also, die Pferde waren noch da«, antwortete sie. »Ich hab sie mit dem Handy fotografiert – als Beweis.«

Wir parierten durch zum Schritt.

»Elena«, sagte Melike mit bebender Stimme, »du wirst nicht glauben, wer der Mann war, der beim Waldschrat in der Bude gehockt hat.« Sie machte eine dramatische Pause.

»Jetzt mach's nicht so spannend.« Ich hielt es kaum noch aus.

»Friedrich Gottschalk!«

»Nein! Quatsch!« Ich schüttelte schockiert den Kopf. »Das kann nicht sein. Du musst dich verguckt haben.«

»Hab ich nicht«, beteuerte Melike. »Ich kenne ihn doch. Und es war sein Auto.«

Jeder in Steinau kannte Friedrich Gottschalk. Er war Bauunternehmer und stinkreich. Ihm gehörten zig Häuser in Steinau und Umgebung, und er war bekannt als großzügiger Sponsor sämtlicher Sportvereine. Auch bei unserem Sommerturnier spendete er immer den Geldpreis im Großen Preis am Sonntag.

»Aber der Gottschalk ist ein Freund von Opa«, entgegnete ich. »Der wird wohl kaum mit dem Waldschrat unter einer Decke stecken.«

»Ich hab's mit eigenen Augen gesehen.« Melike hob die Hand und spreizte drei Finger ab. »Ich schwöre es bei meinem Leben.«

Eine Weile ritten wir schweigend durch den düsteren Wald. Der Mond war aufgegangen und der Weg schimmerte hell zwischen den Bäumen.

Plötzlich horchte ich auf.

»Da kommt ein Auto!«, rief ich. »Die haben garantiert eben Fritzi wiehern hören und sind jetzt hinter uns her!«

Wir spornten unsere Pferde zum Galopp und ich überlegte fieberhaft, wie wir unseren Verfolgern entkommen konnten. Sekunden später erfasste uns der Lichtkegel heller Scheinwerfer.

»Nach links!«, schrie ich und zerrte Fritzi grob im Maul. Der Weg ins Moor war unsere einzige Chance, denn er war mit einer rot-weißen Schranke gesperrt. Dorthin konnte uns kein Auto folgen, nicht einmal ein Geländewagen. Ich warf einen Blick über die Schulter, kaum dass wir die Schranke umritten hatten. Es war wie in einem dieser üblen Horrorfilme, die mein Bruder mit Vorliebe anguckte: Das Auto bog ebenfalls in den Weg ein und fuhr, ohne langsamer zu werden, auf die Schranke zu.

Verflixt noch mal! Ich hatte nicht damit gerechnet, dass sie uns folgen würden. Eigentlich hatte ich nicht vorgehabt, wirklich bis ins Moor zu reiten. Das war kein Spaß mehr und ich verfluchte Melikes Einfall, in den Wald zu reiten. Doch dann stoppte das Auto an der Schranke. Jetzt nichts wie weg! Nur wo entlang? Hier kannte ich mich nicht gut aus, ins Moor war ich nur zwei- oder dreimal mit Opa geritten und das war im Sommer gewesen. Irgendwo musste es hier noch eine Abzweigung geben, die zu der Wegspinne oberhalb des Forsthauses führte. Von dort aus konnten wir dann den Umweg über unsere Trainingswiese nehmen.

Fritzi fand unseren Ausflug auch nicht mehr witzig. Er stemmte die Hufe in den Boden, legte die Ohren an wie ein störrischer Esel und weigerte sich, weiterzugehen. Stattdessen drehte er sich blitzschnell um seine eigene Achse und prallte mit Sirius zusammen, der mit einem erschrockenen Schnauben zur Seite sprang.

Durch das Gewirr der Baumstämme konnte ich in der Ferne das Licht der Autoscheinwerfer sehen. Es bewegte sich nicht. Sie warteten wohl auf uns und überlegten, wie sie uns kriegen konnten.

»Was machen wir denn jetzt?« Meine Stimme zitterte. Ich war den Tränen nahe.

»Wir warten hier, bis sie abhauen«, erwiderte Melike.

Plötzlich schrillte mein Handy, ich zuckte zusammen und Fritzi erschrak, weil ich erschrak. Mit einer Hand ließ ich die Zügel los und tastete meine Taschen ab, bis ich das Handy endlich gefunden hatte.

»Wo bist du, du dumme kleine Nuss?«, hörte ich Christians ärgerliche Stimme dicht an meinem Ohr. »Mama hat mir gesagt, dass ich dich holen soll, und ich hab keinen Bock, den ganzen Hof abzusuchen.«

»Melike und ich sind mit Fritzi und Sirius ausgeritten.« Ich musste mich anstrengen, um meine Stimme cool klingen zu lassen. »Wir sind gleich wieder auf dem Hof.«

»*Ausgeritten?* So was kann auch echt nur euch einfallen!«, schnaubte mein Bruder. »Sieh zu, dass du hierherkommst, sonst kannst du was erleben!«

Peng. Weg war er. Na toll. Jetzt hatte ich noch ein Problem mehr an der Backe. Vor uns gluckste düster das Moor, hinter uns lauerte der Waldschrat mit Verstärkung und zu Hause wartete Christian!

Fritzi stampfte ungeduldig auf der Stelle herum, drängelte sich gegen Sirius und quetschte mein Bein gegen einen Baumstamm.

»Hey!«, rief Melike auf einmal und deutete in Richtung Schranke. »Sie hauen ab! Los, beeilen wir uns!«

Wir wendeten unsere Pferde. Als Fritzi merkte, dass es in Richtung Stall ging, war er kaum noch zu bremsen. Ich hatte alle Mühe, ihn im Schritt zu halten, bis wir an der Schranke vorbeigeritten waren, danach trabten wir an. Auch wenn es hieß, dass Pferde nachts besser sehen können als Menschen, wollte ich in der Dunkelheit keinen Galopp riskieren.

Christian wartete daheim an der Scheune auf uns – und bei ihm war Ariane! Ich traute meinen Augen nicht, als ich sah, dass Christian seinen Arm um sie gelegt hatte. Melike sah es auch.

»Ich bringe Sirius weg«, knurrte sie. »Bis gleich!«

»Na«, sagte ich von oben herab zu meinem Bruder, »wieder fleißig bei der Kundenbetreuung?«

Ariane kicherte blöd, aber Christian schien es nicht sehr lustig zu finden.

»Bring deinen lahmen Gaul weg und komm mit!«, fuhr er mich an. »Mama ist stinksauer.«

Ich hatte keine Lust auf einen Streit mit meinem Bruder, ließ mich aus dem Sattel gleiten und führte Fritzi in die Scheune. Wäre Ariane nicht dabei gewesen, hätte ich ihm vielleicht von Melikes Beobachtung im Wald erzählt, aber so hielt ich den Mund und beeilte mich.

19. Kapitel

»Na, da seid ihr ja«, sagte Mama, als ich ihr auf die Schulter tippte. »Habt ihr Hunger?«

Sie stand im Reiterstübchen hinter der Theke, schenkte zusammen mit Corinna Faist Getränke aus und machte nicht gerade den Eindruck, als sei sie halb verrückt vor Angst um mich. Christian hatte wieder mal total übertrieben.

Melike und ich luden uns Nudelsalat auf zwei Teller und fischten Würstchen aus dem Topf, der auf dem Herd der winzigen Küche stand. Dann suchten wir uns einen Platz. Es war rammelvoll in dem kleinen Stübchen, die Luft zum Schneiden dick, aber wenigstens war es warm. Durch die großen Scheiben konnte man dem Geschehen in der Halle folgen, ohne sich den Hintern abzufrieren.

Die letzte Stunde des Lehrgangs hatte gerade begonnen, danach würde hier im Stübchen sicher bis spät in den Abend gequatscht und getrunken. Opa und Oma waren noch nicht zurückgekommen, deshalb war auch die wesentlich größere Gaststätte geschlossen.

Melike und ich schaufelten uns wie zwei Halbverhungerte das Essen in den Mund und spülten mit Cola nach. In der Wärme und Helligkeit, umgeben von lachenden und redenden Menschen, erschien mir unser Abenteuer im Wald beinahe unwirklich.

»Stell dir vor, du wärst hingefallen«, flüsterte ich. »Und der Waldschrat hätte dich erwischt.«

»Oder dich«, erwiderte meine Freundin. »Fritzi hat dich beinahe abgeworfen.«

»Quatsch!«, widersprach ich. »Abgestreift hätte er mich um ein Haar; ich wette, mein Knie ist morgen dick.«

Ganz unvermittelt, wie aus heiterem Himmel, fiel mir etwas ein. Gerade hatte ich noch über eine Bemerkung von Melike gelacht, aber nun war ich schlagartig ernst.

»Was ist?«, fragte Melike.

»Mir ist's hier zu warm.« Ich sprang auf. »Lass uns rausgehen.«

Wir schnappten unsere Jacken, stopften im Vorbeigehen die Plastikteller und Becher in den blauen Müllsack, der neben der Tür hing, und gingen hinaus. In der Kälte hatte ich das Gefühl, mein Gesicht würde glühen.

»Komm mit.« Ich schnappte Melike am Arm und zog sie hinter mir her bis zu Jaspers Box. Die großen Neonröhren waren schon abgeschaltet, nur die Lampe vom Waschplatz tauchte den langen Stall in ein dämmriges Licht. Wir gingen in Jaspers Box und hockten uns zu dem Pferd ins Stroh.

»Jetzt sag schon, was los ist«, flüsterte Melike neugierig.

»Der Friedrich Gottschalk«, flüsterte ich zurück, »ist der Vater von Tims Mutter. Das ist mir eben eingefallen. Also Tims Opa.«

»Ja und?« Melike schaute mich verständnislos an.

»Offiziell sind er und Tims Vater verkracht, die haben seit Jahren kein Wort mehr miteinander gesprochen«, fuhr ich fort. »Aber wenn der Gottschalk mit den Pferdedieben gemeinsame Sache macht, dann könnte es doch sein, dass der Richard Jungblut die geklauten Pferde für die beiden verkauft.«

Melike starrte mich ein paar Sekunden fassungslos an.

»Wir müssten Tim die Fotos von den Pferden zeigen, die du gemacht hast«, sagte ich aufgeregt. »Wenn er sie dann bei sich im Stall wiedererkennt, haben wir den Beweis. Und dann muss die Polizei endlich etwas unternehmen. Vielleicht hatten sie bisher Schiss, sich mit jemandem wie Gottschalk anzulegen.«

»Tims Vater ein Pferdedieb?«, überlegte Melike. »Könnte ich mir sogar echt vorstellen. Er hat irgendwas Fieses an sich.«

Ich nickte.

»Aber er ist Tims Vater«, sagte sie dann. »Und egal, wie nett Tim ist, er wird wohl kaum etwas gegen seinen eigenen Vater unternehmen.«

Aus der Halle schallte gedämpft Papas Stimme herüber. Man hörte den dumpfen Hufschlag der Pferde, ab und zu klapperte eine Stange. Aus den umliegenden Boxen drang das zufriedene ruhige Mahlen der Pferdezähne, Heu raschelte, und hier und da schnaubte eines der Pferde, wenn ein Halm seine Nase kitzelte.

Auf einmal hörten wir Stimmen und Schritte, die näher kamen. Ich spähte durch die Ritzen zwischen den Boxenbrettern.

»Corinna Faist und Engelbert Maiwald«, flüsterte ich.

Corinna und ihrem Mann gehörte der »Goldene Schwan« auf der Hauptstraße in Steinau. Corinna hatte seit vielen Jahren ein Pferd auf dem Amselhof stehen und ritt mehr schlecht als recht E-Springen, das allerdings mit verbissenem Ehrgeiz. Eigentlich konnte ich Corinna ganz gut leiden, obwohl Papa meinte, sie habe das größte Schandmaul im ganzen Ort. Als kleines Mädchen hatte ich nicht verstanden, was er damit meinte. Ich fand Corinnas Mund ganz normal. Und das hatte ich Papa auch so gesagt, woraufhin er mir lachend erklärt hatte, dass Corinna gern über andere Leute tratsche.

Engelbert Maiwald war um sieben Ecken mit dem Bürgermeister von Steinau verwandt. Er hielt sich für unglaublich wichtig und tat immer so, als wäre er der engste Vertraute des Bürgermeisters. Die meisten seiner Sätze begannen mit: »… neulich habe ich zu meinem guten Freund, dem Herrn Bürgermeister, gesagt …«, oder: »… der Bürgermeister und ich meinen, dass …«

Diese beiden kamen nun die Stallgasse entlang und blieben zwei Boxen entfernt vor der Box von Corinnas Pferd stehen.

»… waren neulich bei uns zum Essen, und da haben sie es erzählt«, sagte Corinna gerade mit halblauter Stimme. »Die Weilands können den Amselhof nicht mehr lange halten. So viel steht fest.«

»Ich weiß aus sicherer Quelle«, entgegnete Engelbert bedeutungsvoll, »dass es im nächsten Jahr hundertprozentig zur Zwangsversteigerung kommen wird. Denen steht das Wasser längst bis Oberkante Unterlippe. Die Zinsen stottern sie nur ab. Das weiß ich von meinem Schwager, der sitzt im Kreditausschuss bei der Sparkasse.«

Melike und ich sahen uns an.

»Trotzdem tut die Susanne so, als wäre alles in bester Ordnung.« Das war wieder Corinna. »Den ganzen Stall haben sie voll mit teuren Turnierpferden, zwei große Lkws, hier ein neuer Sattel, da neue Reitstiefel ... Es würde denen besser anstehen, mal etwas sparsamer zu leben.«

»Dabei ist der Stall voll«, erwiderte Engelbert. »Wer weiß, was die mit dem ganzen Geld machen.«

»Susanne könnte ja auch arbeiten gehen. Wenigstens halbtags«, lästerte Corinna. »Aber da ist sie sich zu fein für.«

»Ich nehme an, die wissen noch gar nicht, was für ein Damoklesschwert über ihnen schwebt.« Engelbert lachte gehässig. »Mal sehen, was die sagen, wenn erst der Konkursverwalter auf dem Hof auftaucht.«

»Oder wenn der Teichert den Hof kauft«, gluckste Corinna.

Ich spürte, wie eine wilde Wut in mir aufstieg. Wie konnten Menschen nur so scheinheilig sein! Corinna gab sich immer superfreundlich, schwatzte stundenlang mit Mama und tat so, als wäre sie eine gute Freundin. Wahrscheinlich versuchte sie nur auf diese Weise, Neuigkeiten von Mama zu erfahren, um sie am Tresen im »Goldenen Schwan« gleich weiterzutratschen. So eine hinterhältige Person! Und Engelbert, dieser Wichtigtuer! Heute Mittag hatte er noch neben Papa am Tisch im Stübchen gesessen und seine großen Ohren aufgesperrt, begierig nach etwas Interessantem, was er seinem Freund, dem Bürgermeister, oder seinem Schwager vom Kreditausschuss erzählen konnte. Am liebsten wäre ich aufgesprungen und hätte die beiden angeschrien.

»Susanne läuft lächelnd herum«, zischte Corinna jetzt, »als hätte sie überhaupt keine Sorgen. Aber manche Leute stört es nicht einmal, wenn sie eine Million Schulden haben.«

»Wie kann sie so etwas behaupten?«, flüsterte ich empört.

»Ich für meinen Teil hätte keine ruhige Nacht mehr«, pflichtete Engelbert Corinna bei.

Ich schluckte. Was wussten die beiden schon davon, wie schwer es Mama fiel, nach außen hin gelassen und fröhlich zu wirken? Sie konnte ja schlecht dauernd mit Tränen in den Augen herumlaufen und sich bei jedem ausheulen. Aber das hätte Corinna wahrscheinlich gefallen.

Auf einmal hörte ich Mamas Stimme.

»Ach, Engelbert, Corinna. Ihr seid ja noch da«, sagte sie. »Habt ihr zufällig Elena und Melike irgendwo gesehen?«

»Nein«, erwiderte Corinna, »hier sind sie nicht. Wie viele Stunden gibt es denn noch heute Abend?«

»Das ist die vorletzte«, erwiderte Mama.

»Der Lehrgang scheint gut besetzt zu sein«, heuchelte Engelbert Interesse.

»Ja, wir sind zufrieden«, sagte Mama. »Schönen Abend euch noch.«

»Gut besucht!« Corinna hatte abgewartet, bis Mama wieder verschwunden war. »Da wäre ich allerdings auch zufrieden: acht Stunden mit jeweils vier Reitern. Das Geld kassieren die bar. Stecken es sich in die Tasche, schwarz, ohne Steuern zu bezahlen.«

»Da lässt es sich natürlich bequem mit Schulden auf der Bank leben«, bestätigte Engelbert mit boshafter Stimme. »Wenn da mal das Finanzamt dahinterkommt! Aber solche Leute haben ja immer Glück, und wir ehrlichen Leute bezahlen uns dumm und dämlich an Steuern.«

Melike hielt mich fest, sonst wäre ich aufgesprungen.

»Diese gemeinen Schweine!« Ich zitterte vor Wut am ganzen Körper.

»Echt wahr.« Melike nickte betroffen. »Vornerum sind sie scheißfreundlich und hintenrum lästern sie ab. Voll fies.«

»Ich glaube, die würden sich noch freuen, wenn wir den Amselhof verkaufen müssten.« Mir stiegen die Tränen in die Augen, so sehr schockierte mich die Erkenntnis, wie hinterhältig manche Menschen sein konnten. Von nun an würde ich die Leute hier im Stall mit anderen Augen sehen. Wer von denen, die mit Papa am Tresen ein Bier tranken und ihm leutselig auf die Schulter klopften, wenn er gerade wieder ein schwieriges Springen gewonnen hatte, meinte es wohl ehrlich? Sie sonnten sich im Erfolg von Michael Weiland, wenn sein Name groß in der Zeitung stand oder er mal wieder im Fernsehen gezeigt worden war. In Wirklichkeit waren sie jedoch neidisch. Sie sahen nur die Erfolge, die goldenen Schleifen und Pokale – aber sie sahen nicht die Arbeit, die dahintersteckte, die Sorgen und die enttäuschten Hoffnungen, wenn ein gutes Pferd krank oder vom Besitzer weggeholt wurde, was auch ab und zu vorkam.

Engelbert und Corinna hatten den Stall verlassen. Melike und ich traten hinaus auf die Stallgasse. Ich wischte mir die Zornestränen ab.

»Mit denen rede ich nie wieder ein Wort, das schwöre ich!«

»Ich auch nicht.« Melike war genauso empört wie ich. »Meinst du, dass es echt so übel aussieht?«

»Ich glaube schon«, sagte ich niedergeschlagen.

In dem Moment tauchte Mama am Ende der Stallgasse auf.

»Da seid ihr ja.« Sie kam näher und ihr Blick fiel auf mein verheultes Gesicht. »Was ist denn los, Elena? Ist etwas passiert?«

»Wir haben zufällig ein Gespräch von Corinna und Engelbert mit angehört …«, erklärte Melike.

»Und die waren so fies!«, unterbrach ich meine Freundin schluchzend. »Was die alles gesagt haben! Es würde uns recht geschehen, wenn wir den Amselhof verlieren, und dass wir uns gar nicht um unsere Schulden kümmern, sondern weiter in Saus und Braus leben.«

Mama wurde blass. »Ja, das hört sich ganz nach Corinna an«, sagte sie leise. »Mach dir nichts draus, Elena.« Sie legte mir tröstend den Arm um die Schulter. »Lass sie doch reden! Die Leute müssen eben immer etwas zu quatschen haben. Vielleicht sind sie auch einfach nur neidisch und ärgern sich, weil wir uns nichts anmerken lassen.«

»Aber sie tun immer so scheißfreundlich.« Ich fuhr mir mit dem Handrücken über die Augen. »Das ist so gemein!«

Mama seufzte. »Die Menschen sind selten so, wie sie zu sein vorgeben. Aber wir kriegen das alles wieder hin. Alles wird gut. Und weißt du auch, warum ich so fest daran glaube?«

»Nein«, murmelte ich.

»Weil ich's denen zeigen will«, erwiderte Mama. »Leuten wie Corinna und Engelbert. Deshalb.«

20. Kapitel

Das neue Jahr war schon zwei Wochen alt und die Schule hatte wieder begonnen. Noch nie hatte ich das Ende der Schulferien so herbeigesehnt wie in diesem Jahr. Ich vermisste Tim, denn in den Ferien gab es keine Gelegenheit, ihn zu sehen. Hin und wieder hatten wir telefoniert, aber irgendwie fehlten mir am Telefon immer die Worte und Tim war kein besonders begeisterter SMS-Schreiber. Ungeduldig wartete ich darauf, dass der Schnee tauen und das Wetter wieder milder werden würde, damit wir das Training mit Fritzi endlich fortsetzen konnten.

Ich klappte das Matheheft zu und zog die Schreibtischschublade auf. Gestern waren die Unterlagen von der Deutschen Reiterlichen Vereinigung gekommen. Mit Opas Hilfe hatte ich Fritzi als Turnierpferd eintragen lassen und die Aufkleber bestellt, die ich brauchte, um ihn auf Turnieren melden zu können. Nach langer Beratung mit Melike hatte ich beschlossen, Fritzi als »Fritz Power« eintragen zu lassen.

»Fritz Power«, murmelte ich und betrachtete das Scheckheft mit den Aufklebern. Nun konnte es richtig losgehen! Unten ging die Haustür auf. Eilig schob ich Aufkleber und Pferdepass wieder in die Schublade.

»Wieso sagst du mir das ausgerechnet jetzt?«, hörte ich Papas Stimme von unten. Er klang gereizt.

Ich stand auf und schlich auf Zehenspitzen zur Tür. Seit Silvester war es mit der trügerischen Harmonie vorbei. Papas Laune war so frostig wie das Wetter, und jedes Gespräch zwischen Mama und ihm endete mit einem Streit.

»Wann soll ich es dir denn sonst sagen?«, sagte Mama gerade. »Letzte Woche bist du nach Verden gefahren. *Vor* einem Turnier willst du mit nichts belastet werden, aber *danach* willst du auch nichts hören. Immer lässt du mich mit dem ganzen Ärger allein und rennst weg. Es geht dich genauso viel an, schließlich geht es um unsere gemeinsame Zukunft.«

Ich setzte mich auf den Boden und lehnte den Kopf gegen den Türrahmen.

Papa und Mama waren wirklich nur noch am Streiten, mittlerweile machten sie sich nicht mal mehr die Mühe, die Tür hinter sich zuzumachen. Das hatte es früher nicht gegeben.

»Was ist mit den Leuten, die Genua ausprobiert haben?«, sagte Mama gerade.

»Ich verschenke doch nicht eines meiner besten Nachwuchspferde, nur weil ich ein paar Wasserleitungen reparieren lassen muss!«, explodierte Papa. »Elftausend Euro hat mir der Kerl geboten! So eine Unverschämtheit! Die Stute hat zig Springpferdeprüfungen gewonnen und ist kerngesund. Wenn ich sie diese Saison noch reite, kriege ich das Doppelte und Dreifache.«

»Hoffentlich«, entgegnete Mama kühl.

»Ich muss Erfolg im Sport haben!«, schrie Papa plötzlich und ich hätte am liebsten meine Hände auf die Ohren gepresst. »Begreifst du das denn nicht? Wenn ich nur noch in den M-Springen hier in der Gegend herumgurke, kommt kein Mensch mehr, um ein Pferd bei mir zu kaufen!«

»Schrei mich nicht so an«, erwiderte Mama. »Wir sind wieder mit den Zinszahlungen im Rückstand. Die Rechnungen vom Futtermittelhändler und vom Hufschmied sind noch offen, ganz zu schweigen vom Tierarzt. Hoffentlich kommt der überhaupt noch mal … Und Teicherts und Wengers haben in den letzten beiden Monaten weder Boxenmiete noch Berittgeld bezahlt.«

»Dann schmeiß Wengers raus.«

»Und Teicherts?«

»Herrgott noch mal! Ihnen gehören zwei von meinen besten Berittpferden, mit denen ich mir eine Qualifikation für das Bundeschampionat ausrechne!«

»Was nützen uns Berittpferde, wenn wir kein Geld dafür kriegen?«

»Geld! Geld! Geld! Von etwas anderem kannst du gar nicht mehr reden! Dir geht es ja nur noch ums Geld! Früher hattest du auch mal Spaß an einem guten Pferd, aber jetzt siehst du nur noch die Kohle! Sieh zu, dass du das Geld reinkriegst, und fahr zur Bank. Ich mache meinen Job: reiten. Okay?«

»Bleibt mir wohl nichts anderes übrig.« Mamas Stimme klang resigniert. »Überlass mir nur den ganzen Ärger, setz dich ins Auto und heul dich bei deinen Freunden aus, was ich für eine geldgierige Furie bin. Etwas anderes tust du doch seit Wochen nicht mehr.«

»Bist du jetzt fertig?«, fragte Papa eisig.

Aber Mama sagte nichts mehr. Kurz darauf hörte ich die Haustür ins Schloss fallen.

Ich wartete noch einen Moment und ging dann die Treppe hinunter. Mama stand am Fenster und starrte hinaus auf den Reitplatz, der im Zwielicht des Januarnachmittags leer und öde dalag.

»Mama?«

Mama fuhr sich mit der Hand über die Augen und drehte sich um.

»Was gibt's?« Sie versuchte zu lächeln, aber ich konnte erkennen, dass sie wieder geweint hatte.

»Ich habe mir etwas überlegt«, begann ich zaghaft. »Fritzi ist dieses Jahr fünf Jahre alt. Er hat sich gut entwickelt und er geht überhaupt nicht lahm. Wenn ich ihn auf ein paar Turnieren reite und er gut genug ist, kann Papa sich mit ihm für das Bundeschampionat qualifizieren. Vielleicht können wir ihn so gut verkaufen, dass wir alle Schulden bezahlen können. Was denkst du?«

Mama legte mir die Hand auf die Schulter und kämpfte wieder mit den Tränen.

»Oh nein«, sagte sie leise. »Fritzi ist dein Pferd, mein Schatz. Und das soll er auch bleiben. Dein Vater könnte ja das eine oder andere Pferd verkaufen, wenn er nur wollte …«

Das klang bitter, aber ich ließ mich nicht beirren. Längst hatte ich einen Plan ausgeheckt, für dessen Durchführung ich allerdings Mamas Hilfe brauchte.

»Ich habe Fritzi auf einem Turnier genannt«, rückte ich heraus.

»Ach?« Mama sah mich erstaunt an. »Wie hast du das denn gemacht? Er ist doch gar nicht eingetragen.«

»Doch.« Ich grinste. »Ist er. Opa hat mir geholfen. Ich habe Fritzi in einer Springpferde-A in Auringen gemeldet.

Da ist gleichzeitig in Elz Turnier und Papa wird es nicht mitbekommen.«

»Du bist ja richtig raffiniert.« Mama lächelte wieder. »Aber wieso eigentlich nicht? Fritzi ist dein Pferd und du sollst ihn auch auf Turnieren reiten.«

»Und du fährst uns hin?«

»Aber natürlich.«

Ich sprang auf, schlang Mama die Arme um den Hals.

»Du bist die liebste Mama der Welt«, flüsterte ich und drückte ihr einen Kuss auf die Backe. »Danke!«

Ich ließ sie los und blinzelte ihr zu. »Das bleibt aber unser Geheimnis, okay?«

»Versprochen.« Sie zwinkerte zurück, dann schien ihr noch etwas einzufallen.

»Ach, Elena.«

»Ja?«

»Wie hast du ihn denn eintragen lassen? Doch hoffentlich nicht als Fritzi.«

»Nein, natürlich nicht«, sagte ich lächelnd. »Er heißt Fritz Power.«

21. Kapitel

Es war an einem Dienstagnachmittag, als etwas passierte, das meine schwache Hoffnung, Tims und meine Familie könnten eines Tages ihren Hass aufeinander vergessen, vollkommen und restlos zunichtemachte.

Papa und Jens ritten in der großen Halle, Christian war gerade mit einem seiner Pferde fertig und holte das nächste. Opa hatte mich gebeten, mit Sirius in der Anfängerabteilung um drei Uhr mitzureiten, damit er jemanden hatte, der an der Tete reiten konnte.

Ich putzte Sirius am Putzplatz, als ein riesiger dunkelgrüner Pferde-Lkw auf den Hof zwischen Stallungen und kleiner Reithalle rollte, wendete und anhielt. Neugierig blickte ich durch das weit geöffnete Tor hinaus. Die Lkws von Pferdehändler Nötzli sahen anders aus. Und dann blieb mir fast das Herz stehen, denn ich las die Aufschrift auf der Seite des Ungetüms: »Sportpferde Jungblut« stand dort in fetten knallgelben Buchstaben.

Da kam Christian die Stallgasse entlanggeschossen, er war rot im Gesicht vor Zorn und rannte an mir vorbei in die Halle. Ich ließ das Putzzeug fallen und folgte ihm.

»Wie bitte?«, fragte Papa Christian und parierte sein Pferd durch.

»Wenn ich's dir sage!«, erwiderte Christian heftig. »Der alte Jungblut und sein Arschlochsohn! Was wollen die hier?«

Ich musste schlucken. Tim war dabei? Großer Gott!

»Ich kann es mir schon denken.« Papa stieß einen tiefen Seufzer aus. Zu meinem Erstaunen schien er nicht wütend zu sein, sondern einfach nur total frustriert. Er sprang aus dem Sattel und führte Cornado hinter sich her aus der Bahn.

Ich zitterte am ganzen Körper, mir war schlecht vor Angst. Was, wenn Papa jetzt auf Richard Jungblut losgehen, sich mit ihm prügeln würde? Opa! Ich musste Opa holen! Der konnte vielleicht das Schlimmste verhindern. Ich rannte los und fand ihn in der Sattelkammer, die er auch als Büro benutzte.

»Schnell, Opa!«, rief ich panisch. »Eben ist Richard Jungblut auf den Hof gefahren! Kannst du nicht bitte rausgehen, bevor Papa und er aneinandergeraten?«

»Richard Jungblut? Hier auf dem Hof?« Opa sah mich überrascht an, aber dann zögerte er nicht lange, stand auf und folgte mir zum Turnierstall.

Dort ging Papa in der Stallgasse hin und her, das Handy am Ohr, und lauschte mit grimmiger Miene. Christian drehte sich um, als Opa und ich in den Stall kamen.

»Er soll die Pferde von Teicherts abholen«, flüsterte er. »Papa telefoniert grad mit dem Teichert. Aber ich glaube, es stimmt.«

»Was ist jetzt, Micha?«, rief Richard Jungblut von draußen. »Ich habe nicht ewig Zeit!«

Richard Jungblut stand im Hof, breitbeinig, Kaugummi kauend, die Hände in die Seiten gestemmt.

Papa steckte das Handy weg, starrte mit versteinerter Miene ein paar Sekunden vor sich hin. Dann ging er zur Stalltür. Es war wie in einem dieser Westernfilme, bei denen sich der Gute und der Böse gegenüberstehen, bevor sie aufeinander schießen.

»Die Pferde gehen nicht eher aus dem Stall, als bis ich mein Geld habe«, sagte Papa erstaunlich ruhig.

»Hans-Dieter hat mir einen Blankoscheck mitgegeben«, erwiderte Jungblut. »Du sollst einfach die Summe einsetzen.«

Er hielt Papa ein Stück Papier entgegen, aber Papa machte keine Anstalten, ihm den Scheck abzunehmen.

Ich kapierte allmählich, was sich da gerade abspielte. Der aalglatte Herr Teichert hatte Jungblut damit beauftragt, seine Pferde bei uns abzuholen, weil er selbst zu feige dazu war. Und Richard Jungblut machte das Ganze einen Höllenspaß.

Plötzlich konnte ich Christians Zorn verstehen. Ich dachte an Ariane, die heute Morgen in der Schule noch überheblicher und unerträglicher gewesen war als sonst. Garantiert hatte sie schon gewusst, was heute Nachmittag geschehen würde. Und garantiert wussten die Teicherts auch, was es für Papa bedeutete, wenn sie die Pferde, die er ausgebildet und geritten hatte, ausgerechnet zu seinem Erzfeind Richard Jungblut stellten.

Weil Papa sich noch immer nicht rührte, nahm ich all meinen Mut zusammen. Ich ging entschlossen an ihm vorbei und marschierte auf Tims Vater zu.

»Ah«, sagte der und grinste noch etwas breiter. »Die mutige kleine Pferdefängerin. Hat mehr Mumm als der Herr Papa, was?«

Kochend vor Zorn pflückte ich ihm den Scheck aus der Hand.

»Ich freue mich, dass Sie jetzt die blöde Ariane und ihre noch blöderen Eltern am Hals haben«, sagte ich und sah mit Befriedigung, wie Richard Jungblut für einen Moment das Lächeln auf dem Gesicht gefror. »Viel Spaß!«

Damit drehte ich mich um, ging mit klopfendem Herzen und butterweichen Knien zurück in den Stall und reichte Papa den Scheck. Er wandte sich von der Tür ab, ohne mich anzusehen, ohne auch nur Danke zu sagen.

»Ich gebe Jens Bescheid«, sagte er mit zusammengebissenen Zähnen zu Christian. »Bringt Almiro, Lady Gaga und Phönix raus. So schnell, wie es geht. Vergiss die Pferdepässe nicht.«

Damit verließ er mit großen Schritten den Stall.

»Das gibt's doch nicht«, murmelte mein Bruder fassungslos.

Wenig später kam Jens in den Stall gelaufen und blickte verwirrt von Christian zu Opa und sogar zu mir.

»Was ist denn los?«, fragte er.

»Nimm du Almiro und Phönix«, befahl mein Bruder ihm. »Ich nehme die Stute. Aber mach die Decken ab, die gehören uns.«

Ich sah schweigend zu, wie sie die Pferde aus den Boxen holten, die Stalldecken abnahmen und zur Stalltür führten.

Und dann sah ich Tim. Er stand neben seinem Vater und machte ein Gesicht, als wünschte er sich tausend Kilometer weit weg. Unsere Blicke begegneten sich kurz, dann senkte er die Augen.

»Los, hol die Pferde!«, sagte Richard Jungblut scharf.

Tim gehorchte.

»Wehe, du setzt auch nur einen Fuß in diesen Stall!«, knurrte Christian ihn hasserfüllt an. Er warf Tim den Führstrick von Lady Gaga zu. »Das Halfter und den Strick will ich wiederhaben.«

Tim führte die Stute zum Lkw und verlud sie. Wenig später kehrte er mit Halfter und Führstrick zurück. Er vermied es, mich anzusehen, und ich verriet auch mit keinem Ton, dass wir uns weitaus besser kannten als erlaubt war. Richard Jungblut rührte keinen Finger und sah mit einem zufriedenen Grinsen zu, wie sein Sohn ein Pferd nach dem anderen auf seinen Lkw führte, Jens die Stricke und Halfter in die Hand drückte und von ihm die drei Pferdepässe ausgehändigt bekam.

»Das wird dir noch leidtun!«, zischte Christian ihm zu. »Dafür wirst du büßen! Du bist doch genauso ein mieses Arschloch wie dein Alter!«

Tim erwiderte nichts darauf. Er wandte sich ab und ging zum Lkw, um allein die schwere Verladerampe hochzuwuchten.

»War mir ein Vergnügen.« Richard Jungblut grinste spöttisch in unsere Richtung. »Schönen Gruß noch an Susanne.«

Ich sah meinem Bruder an, dass er Tims Vater am liebsten ins Gesicht gespuckt hätte, aber er beherrschte sich. Sekunden später dröhnte der Motor des großen Lkw und das Fahrzeug rollte vom Hof. Der Spuk war vorbei, die Niederlage perfekt. Und jetzt ließ Christian seinem Frust und Zorn freien Lauf. Er stieß die schlimmsten Flüche aus, die er kannte, und trat gegen die kleine Leiter, die wir benutzten, wenn wir den Pferden die Mähnen einflochten. Sie flog scheppernd durch die Stallgasse und die Pferde sprangen erschrocken in ihren Boxen herum.

»Hör auf damit!« Papa erschien in der Stalltür. Er gab Jens und Christian Anweisungen, welche Pferde in die Boxen von Teicherts Pferden ziehen sollten. Ohne noch ein Wort über die Angelegenheit zu verlieren, ging er zur Tagesordnung über. Mich und Opa beachtete er überhaupt nicht.

»Komm, Elena.« Opa legte mir einen Arm um die Schulter. »Die Reitstunde fängt gleich an.«

Ich taumelte neben ihm her, stand total unter Schock. Erst jetzt wurde mir die ganze Tragweite dessen bewusst, was hier eben passiert war. Christians Hass auf Tim hatte sich in den letzten Minuten verhundertfacht. Es blieb mir nichts anderes übrig, ich musste mir Tim aus dem Kopf schlagen. Ein für alle Male. Er war der Sohn von unserem Todfeind und es gab absolut nichts, was das jemals ändern würde.

Du darfst nicht sauer auf mich sein, las ich. *Ich kann nichts dafür. Aber ich muss jetzt mit meinem Alten zu euch fahren und die Pferde von Teicherts holen. LG, T.*

Das hatte er um 14:12 Uhr geschrieben, aber ich hatte die SMS nicht gelesen, weil ich mein Handy auf dem Schreibtisch vergessen hatte. Tim hatte mich vorgewarnt! Wie konnte ich auf ihn sauer sein? Er musste seinem Vater genauso gehorchen, wie Christian und ich Papa gehorchen mussten.

»Elena-Marie!«

Ich zuckte zusammen, als ich Papas Stimme hörte, und schob das Handy schnell unter mein Kopfkissen. Ein absolut schlechtes Zeichen, wenn er mich bei meinem vollen Namen rief.

»Komm nach unten!«

Es war nicht ratsam, ihn warten zu lassen, deshalb sprang ich vom Bett auf und lief eilig die Treppe hinunter. Papa stand in der Diele, in Reitstiefeln und Jacke, und sah richtig sauer aus.

»Ich will dir jetzt mal etwas sagen«, begann er aufgebracht. »Es gibt gute Gründe, weshalb wir mit den Jungbluts nichts zu tun haben wollen. Das weißt du doch wohl, oder?«

Ich schluckte und nickte. Es sah nicht danach aus, als ob er mich dafür loben wollte, dass ich Tims Vater den Scheck abgenommen hatte.

»Und du weißt auch, dass ich von Christian und dir erwarte, euch von jedem, der Jungblut heißt, fernzuhalten. Das sage ich nicht so einfach dahin, sondern meine das sehr ernst.«

Großer Gott! Er hatte doch wohl nichts über Tims und meine Trainingsstunden herausgefunden? Mir wurde abwechselnd heiß und kalt. Mama erschien in der Tür ihres Büros.

»Wieso kommst du dann dazu, mit Tim Jungblut auf einem Turnier an einem Tisch zu sitzen und dich zu unterhalten?«

Christian hatte mich also verpetzt, dieser Mistkerl! Aber damit konnte ich leben, es hätte weitaus schlimmer kommen können.

»Ich hatte ein Pferd, das über den Hängerparkplatz lief, eingefangen«, brachte ich zu meiner Verteidigung wahrheitsgemäß hervor. »Ich wusste ja nicht, dass es eins von Jungbluts Pferden war.«

»Aber als du es wusstest, hast du dich trotzdem von dem Jungen zu einer Cola einladen lassen«, warf Papa mir vor. »Kannst du mir erklären, warum?«

Ja, warum? Weil er mir gefiel. Weil er mich nett gefragt hatte. Weil ich keinen blassen Schimmer hatte, woher diese bescheuerte Familienfehde kam, und weil ich absolut nichts gegen Tim Jungblut hatte.

»Es war falsch«, antwortete ich leise. »Ich weiß. Ich hab mir nichts dabei gedacht, bis Christian aufgetaucht ist.«

Was würde erst passieren, sollte Papa jemals erfahren, dass Tim hier auf dem Hof gewesen war und dass wir uns regelmäßig heimlich trafen, wenn er schon wegen einer dämlichen Cola so ein Fass aufmachte?

»Du hast dir also nichts dabei gedacht. Aha. Und als du zu faul warst, auf den nächsten Bus zu warten, und du zu denen ins Auto gestiegen bist, hast du dir auch *nichts dabei gedacht.*« Ohne Vorwarnung begann er zu brüllen, dass die Wände zitterten. »Und als du an mir vorbeigegangen bist und diesem Kerl den Scheck aus der Hand genommen hast, obwohl ich drei Sekunden vorher mit Hans Teichert am Telefon besprochen hatte, dass er mir das Geld bar vorbeibringt, da hast du dir wohl auch wieder nichts dabei gedacht, was? Wann, zum Teufel, fängst du denn mal an zu denken?«

Mir schoss die heiße Röte ins Gesicht, aber gleichzeitig wurde ich mindestens genauso wütend, wie er es war. Ich hatte ihm nur helfen wollen und jetzt wurde ich dafür angebrüllt! Das war so was von total ungerecht. Ich blickte hilfesuchend zu Mama, doch sie sagte nichts, stand nur stumm da. Toll.

»Vielleicht dann, wenn mir mal einer von euch erklärt,

warum wir die Jungbluts hassen sollen!«, schrie ich deshalb zurück.

Papa starrte mich an und ich glaubte schon, er würde mir jetzt das erste Mal in meinem Leben eine Ohrfeige geben.

»Du sollst sie nicht hassen«, sagte er dann in gemäßigter Lautstärke, aber mit einer Stimme, die so eisig war wie der Nordpol, »sondern einfach nicht mit ihnen reden, Cola trinken und in ihrem Auto mitfahren. Das würde mir völlig ausreichen. Haben wir uns verstanden?«

Ich wusste, wann es besser war, die Klappe zu halten, und nickte, obwohl mir die aufsteigenden Tränen beinahe die Kehle abdrückten.

»Und jetzt verschwinde auf dein Zimmer«, fügte Papa hinzu. »Ich will dich heute nicht mehr sehen.«

Wie der Blitz drehte ich mich um, rannte die Treppe hoch und in mein Zimmer. Ich warf mich auf mein Bett, vergrub mein Gesicht im Kopfkissen und ließ meinen Tränen freien Lauf. Noch nie zuvor in meinem Leben hatte ich mich so elend gefühlt, so gedemütigt und schrecklich ungerecht behandelt! Ich weinte und weinte, bis keine Tränen mehr kamen und ich nur noch trocken vor mich hin schluchzte.

Unter meinem Kopfkissen machte es leise »Ping!«. Ich tastete nach meinem Handy, klappte es auf und sah, dass ich eine neue Nachricht bekommen hatte. Von Tim!

Wir müssen uns morgen sehen, Elena, bitte! Auch wenn wir nicht trainieren können, bitte komm um 3 hoch an die Wiese, las ich mit klopfendem Herzen. *Ich muss dir so viel erklären und es tut mir so leid.*

Ach Tim! Ich seufzte und musste gleichzeitig lächeln. Vielleicht hätte ich ihm geschrieben, dass wir uns besser nicht mehr sehen sollten, wenn Papa eben nicht so gebrüllt und mir stattdessen erklärt hätte, warum die Jungbluts eigentlich unsere Feinde waren. Aber so nicht! Tim hatte garantiert nichts mit diesen »Hassgründen« zu tun, die uns weder Papa noch Mama jemals näher erklärt hatten. Es war mir völlig egal, ob er ein Jungblut war oder nicht. Ich wollte ihn auch sehen.

Morgen um 3. Ich bin da. GlG, E., tippte ich also und drückte auf »Senden«.

»Jetzt erst recht«, sagte ich leise und hochzufrieden zu mir selbst. »Und diesmal habe ich richtig gut darüber nachgedacht.«

22. Kapitel

Die Luft war rein. Papa war mit Christian irgendwohin gefahren, um Pferde auszuprobieren, der Aknefrosch hatte seinen freien Nachmittag und Mama war, wie jeden Mittwoch, bei einer Freundin, die eine Stunde entfernt wohnte. Melike konnte heute nicht mitkommen, weil sie bis drei Uhr Schule hatte, aber ich hatte ihr natürlich brühwarm von den gestrigen Ereignissen berichtet.

Nachdem ich mein Mittagessen bei Oma hinuntergeschlungen und schnell die wichtigsten Hausaufgaben erledigt hatte, rannte ich hinüber in den Stall, um Fritzi zu satteln. Als ich die Stalltür öffnete, hörte ich Stimmen und Gepolter aus der vorderen Sattelkammer des langen Stalls. Weiter hinten in der Stallgasse legte Viola Kaiser ihrem braunen Wallach Kasimir Transportgamaschen an, Laura holte gerade ihr Pferd aus der Box, und auf dem Hof rangierte jemand mit Auto und Pferdeanhänger. Ich merkte sofort, dass irgendetwas im Gange war. Es war ungewöhnlich viel los für diese Uhrzeit.

»Ist der Weiland weg?«, hörte ich wie zur Bestätigung meiner düsteren Vorahnung die schnarrende Stimme von Engelbert Maiwald.

»Er ist mir vor einer Stunde entgegengekommen«, erwiderte Corinna Faist. »Mit Christian im Auto. Und Susanne ist unterwegs, wie jeden Mittwoch.«

Sie lachte spöttisch und ich ballte wütend die Fäuste.

»Dann beeilen wir uns besser. Ich habe keine Lust, einem von denen noch zu begegnen.« Engelbert schob keuchend eine Schubkarre, die bis oben hin beladen war mit Putzkiste, Sattelzeug, Decken und anderem Kram. Er lief rot an, als er mich erblickte. Corinna schleppte einen ganzen Sack mit Pferdedecken, unter den Arm hatte sie sich eine Longierpeitsche geklemmt.

»Hallo«, sagte ich. »Was macht ihr denn?«

»Äh … wir fahren doch auf den Lehrgang.« Corinna wirkte verlegen. »Nach Neuberg.«

Mit den frisch gereinigten Stalldecken, Longierpeitschen und allem Zeug, was sonst in ihrem Spind lag? Mir kam es eher so vor, als würden sie mit ihren Pferden ausziehen. Deshalb hatten sie auch vermeiden wollen, Papa, Mama, Jens oder Christian zu begegnen. Nicht, dass es mir um den blöden Engelbert oder die hinterhältige Corinna leidtun würde, aber leere Boxen brachten kein Geld ein.

»Und die Laura und die Kaisers fahren auch mit?«, fragte ich scheinheilig.

»Ja, genau.« Corinna beeilte sich, an mir vorbeizukommen. »Ich habe deinem Vater vorhin Bescheid gesagt.«

»Aha. Hast du ihm auch gesagt, dass ihr auszieht?«

Corinna blieb stehen wie vom Schlag gerührt und drehte sich um. »Wie kommst du denn darauf?« Sie lachte nervös.

»Weil ihr eure Spinde ausräumt«, erwiderte ich. »Ich bin vielleicht erst dreizehn, aber ich bin nicht blöd.«

Bevor Corinna noch irgendetwas sagen konnte, wandte ich mich ab und rannte aus dem Stall, hinüber zur Scheune.

Ich überlegte kurz, ob ich Papa anrufen und ihm erzählen sollte, was sich hier abspielte. Dann entschied ich, es nicht zu tun. Er würde es schon früh genug merken. Selbst schuld, wenn er einfach wegfuhr und sich um nichts kümmerte!

Ich holte Fritzi aus seiner Box, kratzte ihm die Hufe aus und führte ihn auf den Hof. Weiter vorn versuchten Viola Kaiser und ihre Tochter gerade mithilfe von Engelbert ihre Pferde zu verladen. Das würde eine Weile dauern. Normalerweise mussten Papa oder Jens immer beim Verladen helfen, denn eigentlich hatte Viola Schiss vor ihren Pferden und schaute lieber aus der Ferne zu.

Ich gurtete nach, zog die Steigbügel herunter und schwang mich in den Sattel. Es war ein kühler Tag, der Himmel war bedeckt. Sicherlich würde es bald regnen. Ich vermied es, an Engelbert, Corinna, Laura und den Kaisers vorbeizureiten, und nahm den Weg zwischen den Koppeln in den Wald. Fritzi tänzelte und machte einen übermütigen Bocksprung. Es war lange her, dass wir einen Ausritt unternommen hatten, und er platzte vor Energie. Ich ließ ihn die ganze Strecke bis zur Wiese am steinernen Kreuz im Trab oder Galopp gehen, und das gefiel ihm.

Tim war schon da, als ich auf die Wiese ritt. Sein Mofa lehnte an dem Baumstamm, den wir auf die Wiese geschleift hatten, und er war damit beschäftigt, eines der Hindernisse umzubauen.

»Hallo!«, rief ich und winkte ihm zu.

»Hey!« Tim richtete sich auf und lächelte erfreut. »Auf die Sekunde pünktlich.«

Ich parierte Fritzi neben ihm durch und ließ mich aus dem Sattel gleiten. Als ich Tims Gesicht aus der Nähe sah, erschrak ich. Sein linkes Auge war fast zugeschwollen, auf seinem linken Backenknochen schillerte ein Bluterguss in Dunkelviolett.

»Was ist mit deinem Gesicht passiert?«, fragte ich entsetzt.

»Halb so schlimm.« Er winkte ab. »Das war mein Alter.«

»Was? Dein Vater hat dich geschlagen?«

»Nicht zum ersten Mal«, sagte Tim. »Und wohl auch nicht zum letzten.«

Ich war fassungslos.

»Zuerst hat er mir gestern auf der Rückfahrt eine geklebt, weil ich zu ihm gesagt habe, es sei eine total linke Tour von ihm, euch einfach die Pferde wegzunehmen. Im Stall gab's dann später noch eins drauf.«

»Das hast du gesagt?« Ich staunte.

»Ja.« Tim stieß einen Seufzer aus. »Ich find's total mies von meinem Vater. Er will die Viecher überhaupt nicht, hat gar keinen Bock, die auf Turnieren zu reiten. Und zu Hause muss sowieso ich sie reiten. Als ob ich nicht schon genug Arbeit hätte.«

So bitter hatte Tim noch nie geklungen und ich verschob die Bitte, uns bei der Überführung der Pferdediebe im Forsthaus zu helfen, auf später. Er hatte auch ohne das genug am Hals. Ich hatte echt Mitleid mit ihm. Er war gerade mal fünfzehn, musste neben der Schule arbeiten wie ein Erwachsener und wurde von seinem Vater auch noch verprügelt.

»Was sagt denn deine Mutter dazu?«, wagte ich zu fragen.

»Die ist froh, wenn sie selbst keine fängt.« Tim schnaubte verächtlich. Wir schwiegen beide für einen Moment, dann blickte Tim auf und grinste wieder. »Es war total cool, wie du meinem Alten gestern den Scheck abgenommen hast. Das hat ihm doch echt die Sprache verschlagen.«

»Hm.« Ich setzte meine Reitkappe ab und band mir meinen Pferdeschwanz neu. »Meinem Vater dafür leider nicht. Der ist so was von ausgeflippt und hat mich angebrüllt, ich sag's dir. Christian hat ihm nämlich gesteckt, dass wir neulich auf dem Turnier zusammen eine Cola getrunken haben.«

»Mist«, erwiderte Tim und sein Gesichtsausdruck verfinsterte sich. »Und ausgerechnet *ich* musste die Pferde bei euch abholen. Dein Bruder hasst mich jetzt sicher noch mehr als vorher. Andererseits – was kann ich denn dafür?«

»Gar nichts«, antwortete ich. »Wir beide können überhaupt nichts für das alles. Wenn Papa wüsste, dass ich mich heimlich mit dir treffe, dann würde er mich wohl für immer und ewig im Keller einsperren.«

»Meinst du, bei uns wär's anders?« Tim schüttelte den Kopf.

Verdammt, es war wirklich hoffnungslos!

»Allerdings ist es mir völlig egal, ob sie verfeindet sind oder nicht«, fuhr Tim fort. »Ich lasse mir nicht verbieten, dich zu treffen.«

Ich spürte, wie mein Herz plötzlich anfing zu klopfen. Tim riskierte mindestens genauso viel Ärger wie ich, wenn nicht sogar mehr, trotzdem fuhr er bei Wind und Wetter mit seinem Mofa hierher, um mich zu sehen. Nicht, weil er sich etwas davon versprach, sondern weil er … Ich traute mich kaum, den Gedanken weiterzuführen.

Tim war wirklich der netteste Junge, den ich je getroffen hatte. Er sah so wahnsinnig süß aus! Dabei war er so normal und kein Angeber wie viele andere Jungs in der Schule oder auf den Turnieren. Und jetzt stand ich hier mit ihm, ganz allein. Ich nahm allen Mut zusammen, streckte die Hand aus und berührte vorsichtig seine Wange.

Tim hob den Kopf. Plötzlich schlang er die Arme um mich und presste sein Gesicht an meines.

»Ach Elena«, flüsterte er und ich spürte, dass er über die ganze Situation genauso verzweifelt war wie ich selbst. »Warum muss nur alles so kompliziert sein?«

Genauso plötzlich, wie er mich umarmt hatte, ließ er mich wieder los.

»Ich glaube, Fritzi wird's allmählich langweilig«, sagte er verlegen und vermied es, mich anzusehen. »Der Boden ist ganz okay. Wollen wir ein paar Sprünge machen?«

»Klar«, würgte ich hervor. Ich war total verwirrt und fühlte mich zittrig. Tim hatte mich umarmt!

Irgendwie gelangte ich in Fritzis Sattel, ritt ein paar Runden im Schritt um die Wiese, dann trabte ich an. Mittlerweile nieselte es ein bisschen, aber das störte mich nicht. Ich wäre im schlimmsten Unwetter geritten, wenn ich dafür nur mit Tim zusammen sein durfte!

Nach zehn Minuten begann ich, mit Fritzi zu springen. Tim hatte eine Gymnastikreihe auf der Wiese aufgebaut. In-Outs, Galoppstangen auf dem Boden und schließlich ein kleiner Oxer. Das kannte ich von Papa und dachte wieder einmal, dass Tim und ich einfach supergut zusammenpassten. Wir beide stammten aus echten Springreiterfamilien, hatten von klein auf beobachtet, wie unsere Väter mit jungen Pferden arbeiteten. Nie überforderten wir Fritzi oder bauten übertrieben hohe Hindernisse auf. Fritzi sollte ja Spaß am Springen haben, und den hatte er!

»Ich glaube, das reicht für heute!«, rief Tim, nachdem ich

den kleinen Trainingsparcours schließlich ein drittes Mal gesprungen war. Lachend und atemlos parierte ich Fritzi durch und klopfte ihm den Hals.

»Er wird immer besser.« Ich strahlte.

»Ja, das stimmt. Und du hast auch Fortschritte gemacht«, bestätigte Tim. »Ich bin echt stolz auf euch beide.«

Wir lächelten uns an, aber dann warf Tim einen Blick auf seine Uhr. »Mist«, sagte er. »Ich muss los. Es ist schon Viertel nach vier. Ich habe erzählt, wir hätten Sport.«

Unsere gemeinsame Stunde war schon wieder um und wie jedes Mal hatte ich auch heute Angst, es könnte unser letztes Training gewesen sein. Jemand könnte den Parcours entdecken und dem Förster melden, oder Papa würde mir Fritzi wegnehmen, um ihn selbst zu reiten.

Tief in Gedanken versunken machte ich mich auf den Heimritt und bemerkte erst, als wir mitten im Wald waren, dass Fritzi von selbst den kürzeren Weg eingeschlagen hatte, der am Forsthaus vorbeiführte.

»Egal«, murmelte ich. Ich hatte keine Lust umzukehren. Je schneller ich zu Hause war, umso besser.

Nach zehn Minuten sah ich das Forsthaus, und was ich noch sah, war ein silberner Mercedes im Hof, den ich inzwischen gut kannte. Friedrich Gottschalk war schon wieder beim Waldschrat! Wie konnte er Opas Kumpel sein, der großzügige Sponsor des Fußballvereins und gleichzeitig der Komplize eines Pferdediebs? Ich ritt näher an das Haus heran und hielt Fritzi an. Unentschlossen wartete ich, und gerade, als ich Fritzi abwenden wollte, gellte ein markerschütternder Schmerzensschrei durch den Wald. Wie erstarrt saß ich im Sattel. Noch ein Schrei drang aus dem gekippten Fenster des Forsthauses, gefolgt von einem entsetzlichen Stöhnen. Lieber Himmel, was ging dort in dem Haus vor? Da war ein Mensch in Not – ich konnte unmöglich einfach weiterreiten und so tun, als ob nichts wäre!

Ich ritt durchs Unterholz um den Hof herum, saß ab und band Fritzi am Pfosten des kleinen Gartentörchens an, das direkt in den Wald führte. Ich pirschte über das verwilderte Grundstück und sah erst im allerletzten Moment die tiefe rechteckige Grube, die unvermittelt vor meinen Füßen gähnte. Ein Grab! Jemand hatte hier ein Grab ausgehoben; der Spaten lehnte keine zwei Meter entfernt an einem Baumstamm. Ich schluckte nervös. Wollte der Waldschrat Friedrich Gottschalk etwa umbringen und dann hier verscharren? Großer Gott!

Ich ging vorsichtig weiter, warf einen Blick in den Stall. Nur zwei Boxen waren besetzt. Wo waren die anderen Pferde? Bei Tims Vater? Sollte Melike recht haben? Ich bog um die Hausecke und huschte vorsichtig die drei Treppenstufen zur Veranda hoch. Das Holz knarrte unter meinen Füßen. Ich blieb wie angewurzelt stehen und hielt die Luft an, aber es tat sich nichts im Haus. Gebückt schlich ich weiter, bis ich das gekippte Fenster erreicht hatte. Langsam richtete ich mich auf und blickte durch das Fenster. Und was ich dort sah, ließ mir das Blut in den Adern gefrieren …

23. Kapitel

Friedrich Gottschalk lag mit nacktem Oberkörper auf einem Tisch in der Mitte des kleinen Raumes. Er hatte die Augen geschlossen, sein Gesicht war schmerzverzerrt, und das war kein Wunder, denn der Waldschrat hatte seinen Arm mit beiden Händen gepackt und verbog ihn so brutal, dass mir die Luft wegblieb. Ich drehte mich um und presste mich an die Hauswand. Wieder stieß Tims Opa einen entsetzlichen keuchenden Schrei aus. Was sollte ich bloß tun? Das bärtige Ungeheuer würde ihn töten und dann in der Grube am Waldrand begraben! Mein Handy lag daheim in meiner Schreibtischschublade und bei diesem Wetter war weit und breit keine Menschenseele im Wald unterwegs. Ich konnte nicht zulassen, dass vor meinen Augen ein Mann ermordet wurde, aber wenn der Bärtige mich sah, war ich meines Lebens nicht mehr sicher.

Meine Gedanken rasten.

Aus dem Innern des Hauses drang wieder ein dumpfer Schrei, gefolgt von einem so unmenschlichen Stöhnen, dass es mir eine Gänsehaut über den Rücken jagte. Wenn es mir gelang, den Waldschrat aus dem Haus zu locken, konnte Friedrich Gottschalk womöglich fliehen. Ich war ziemlich schnell, bei den letzten Bundesjugendspielen im

Sommer hatte ich die hundert Meter in 12,8 Sekunden geschafft. Entschlossen ballte ich die Hände zu Fäusten, holte tief Luft und wandte mich wieder dem Fenster zu. Der Waldschrat hatte Gottschalks Kopf ergriffen und drehte ihn ruckartig, erst nach links, dann nach rechts. Er würde ihm das Genick brechen, wenn ich jetzt nicht irgendetwas unternahm.

»Hören Sie auf!«, schrie ich also und hämmerte mit der Faust gegen das Fenster. »Ich hole die Polizei!«

Der Waldschrat ließ von seinem Opfer ab, fuhr herum und starrte mich aus glühenden schwarzen Augen an. Mist, jetzt hatte er mich auch noch gesehen! Ich rannte los, so schnell ich konnte. Hinter mir flog die Haustür auf, krachte gegen die Hauswand und helles Licht überflutete die Veranda.

Und dann ging alles blitzschnell. Ich übersah in meiner Panik die letzte Treppenstufe der Veranda und stolperte. Ein höllischer Schmerz zuckte durch meinen Knöchel. Hinter mir polterten Schritte die Treppe hinunter, riesig und bärtig stand der Waldschrat vor mir. Ich kam auf die Beine, flüchtete hinkend, was natürlich völlig sinnlos war. Mein Herz raste, mir brach der Schweiß aus.

»Du warst doch schon einmal hier«, sagte er und seine tiefe Stimme klang drohend. »Jetzt warte doch!«

Ich dachte nicht daran! Keuchend vor Angst humpelte ich weiter. Wieso packte er mich nicht? Es wäre für ihn doch ein Leichtes, mich einzuholen.

Plötzlich rutschte ich aus und fiel auf den harten Boden. Meine Finger gruben sich in die nasse Erde, und da begriff ich, was er vorhatte. Keine fünf Meter von mir gähnte das frisch ausgehobene Grab. Leichter hatte ich es dem Waldschrat nicht machen können! Er musste mich nur noch hineinstoßen, das Loch zuschaufeln, Fritzi an seine Pferdediebkollegen verschachern und niemals würde jemand erfahren, was mit mir passiert war. Schlagartig liefen mir die heißen Tränen über das Gesicht. Ich dachte an Papa und Mama, die halb verrückt vor Kummer sein würden. Ich dachte an Melike und an … Tim!

»Bitte, bitte töten Sie mich nicht!«, schluchzte ich. Wimmernd krümmte ich mich zusammen und schloss die Augen, als er sich nun über mich beugte.

»Ganz ruhig. Ich tue dir nichts.«

Ich starrte den Waldschrat angsterfüllt an. Das Herz schlug mir bis zum Hals, ich zitterte am ganzen Körper. Der Regen wehte schräg durch das grelle Licht, das der Strahler auf den Hof warf.

»Komm schon, steh auf!« Der Waldschrat hielt mir die Hand hin. »Du holst dir doch den Tod, wenn du hier im Regen auf dem Boden liegen bleibst.«

Ich schob mich Richtung Törchen, aber mein Fuß tat so weh, dass ich aufkeuchte.

»Ich tue dir nichts«, versicherte der Bärtige. »Na, komm schon!«

Zögernd ergriff ich seine ausgestreckte Hand und ließ mir auf die Beine helfen. Mit einem Schmerzensschrei sackte ich wieder zusammen. Bevor ich mich dagegen wehren konnte, hob mich der Waldschrat hoch und trug mich durch den strömenden Regen zum Haus hinüber, als sei ich nicht schwerer als eine Feder. Ich kniff die Augen zusammen und fragte mich, ob ich das vielleicht alles nur wieder einmal träumte. Holz knarrte, ich hörte dumpfe Schritte, und endlich traute ich mich, die Augen aufzumachen. Auf der Veranda vor der geöffneten Tür stand Friedrich Gottschalk. Sein weißes Haar leuchtete im hellen Licht.

»Lassen Sie mich runter«, murmelte ich benommen.

Der Waldschrat blieb stehen und stellte mich auf meine Füße.

»Autsch!« Mit dem rechten Fuß konnte ich nicht auftreten.

»Du hast dir wohl den Knöchel verletzt, als du eben hingefallen bist«, sagte der Waldschrat hinter mir. Ich wagte nicht, ihn anzusehen. Noch immer zitterte ich wie Espenlaub.

»Sag mal, was machst du denn hier allein im Wald?«, fragte nun Friedrich Gottschalk und blickte mich prüfend an. »Und was hast du da eben gerufen? Warum wolltest du die Polizei holen?«

»Ich ... ich hab Schreie gehört«, flüsterte ich. »Und ... und dann hab ich durchs Fenster geguckt ... Ich dachte, er ... er wollte Sie umbringen!«

Zu meinem Erstaunen fing er an zu lachen. Ich blinzelte in die Helligkeit und kapierte gar nichts mehr. Wie konnte er so lässig hier herumstehen und lachen, nachdem der Waldschrat eben versucht hatte, ihn zu ermorden? Wusste er gar nichts von dem Grab?

»Na, jetzt komm erst mal rein«, sagte Tims Opa. »Du bist ja völlig durchnässt.«

Ins Haus des Pferdediebes? Auf gar keinen Fall! Flüchten konnte ich aber auch nicht, deshalb musste ich auf Mitleid hoffen.

»Nein«, piepste ich. »Ich muss nach Hause.«

»Wie willst du denn nach Hause kommen? Du kannst ja kaum laufen.«

»Mein ... mein Pferd steht da draußen«, hauchte ich und wagte das erste Mal aufzublicken.

»Lajos, was sagst du dazu?« Die ganze Situation schien Friedrich Gottschalk, dem ich heldenhaft das Leben hatte retten wollen, königlich zu amüsieren. Er lachte und lachte, und ich wäre am liebsten vor Scham im Erdboden versunken. Aber mein Mut kehrte zurück, wenigstens ein winziger Teil davon.

»Ich hab dahinten ein ganz frisch ausgehobenes Grab gesehen«, verteidigte ich mich trotzig. »Und Sie haben geschrien wie am Spieß. Ich dachte, wenn er schon gestohlene Pferde hier versteckt, dann bringt er vielleicht auch jemanden um.«

Der Waldschrat, den Gottschalk Lajos genannt hatte, stieß einen tiefen Seufzer aus und schüttelte den Kopf. Er lachte nicht. Im Gegenteil, er sah sogar fast ein bisschen traurig aus.

»Gestohlene Pferde?«, fragte Tims Opa und hob die Augenbrauen. »Das musst du uns aber jetzt mal etwas genauer erklären. Komm rein.«

Da ich keine Chance zur Flucht hatte, gab ich mich geschlagen und humpelte an den beiden Männern vorbei ins Haus.

»Wo steht dein Pferd?«, fragte der Waldschrat, der aus der Nähe und bei hellem Licht betrachtet gar nicht mehr so unheimlich aussah. Er war auch längst nicht so alt, wie ich angenommen hatte.

»Hinten, an dem kleinen Törchen.«

»Ich bringe es in den Stall, dann schaue ich mir deinen Fuß an.«

Er wandte sich zur Tür.

»Nein!«, rief ich. »Fritzi lässt sich nicht von Fremden anfassen, und von Männern schon gar nicht!«

»Lass Lajos mal machen«, sagte Friedrich Gottschalk. »Komm, setz dich her und zieh deinen Stiefel aus.«

Unsicher setzte ich mich auf einen Stuhl, öffnete den Klettverschluss des Chaps und zog meinen Schuh aus. Es tat tierisch weh. Der Waldschrat war hinausgegangen und ich wartete ängstlich auf einen Schrei und wildes Gewieher von Fritzi, aber es blieb ruhig.

»Weißt du«, Friedrich Gottschalk ließ sich mit einem Ächzen auf dem anderen Stuhl nieder, »du hast wohl etwas missverstanden. Lajos besitzt ein sehr ungewöhnliches Talent: Er kann Pferde und Menschen einrenken und heilen, wenn sie Schmerzen haben. Und das hat er eben mit mir gemacht. Bei diesem Wetter macht mir mein Ischias schlimm zu schaffen und Lajos hilft mir immer. Besser als jeder Arzt mit Spritzen und Tabletten.«

Ich saß da wie ein begossener Pudel und senkte beschämt den Kopf. Melike und ich hatten wohl wirklich alles gründlich falsch verstanden. Friedrich Gottschalk erzählte, dass von überall her Leute mit ihren Pferden zu Lajos kamen, denen die Schulmedizin nicht mehr helfen konnte. Lajos mit den goldenen Händen war ihre letzte Hoffnung und ein Geheimtipp.

»Aber warum versteckt er sich hier im Wald?«, wagte ich zu fragen.

»Er versteckt sich doch nicht.« Friedrich Gottschalk schüttelte den Kopf. »Ich kenne ihn von früher, als er noch hier gewohnt hat. Das Forsthaus gehört mir und ich habe es ihm vermietet, damit er hier wohnen und arbeiten kann, bis er etwas Besseres findet.«

Das wurde ja alles immer peinlicher.

Die Tür ging auf, der Waldschrat kehrte zurück. Seine wilde dunkle Haarmähne war klatschnass.

»Was ist mit Fritzi?«, fragte ich. »Hat er sich von Ihnen anfassen lassen?«

»Jedes Pferd lässt sich von mir anfassen«, erwiderte der Waldschrat und lächelte kurz. »Ich habe ihn in eine der Boxen gestellt. Und jetzt zeig mir mal deinen Fuß.«

Er kniete sich vor mir hin, nahm meinen rechten Fuß in die Hand. »Nur ausgerenkt«, sagte er leise und blickte hoch.

Ich hatte ihm Unrecht getan. Er hatte aus der Nähe betrachtet überhaupt nichts Finsteres an sich, seine dunklen Augen waren sogar richtig freundlich.

»Wenn du kurz die Zähne zusammenbeißt, renke ich ihn dir wieder ein.«

Ich schloss die Augen. Es machte »Knack!« in meinem Knöchel, und bevor ich »Aua« schreien konnte, war der Schmerz weg.

»Danke«, flüsterte ich und bewegte den Fuß probehalber hin und her.

»Gern geschehen.« Der Waldschrat erhob sich.

»Es tut mir leid, dass ich dachte, Sie wären … ein Pferdedieb. Und dass Sie den Herrn Gottschalk umbringen und beerdigen wollten.«

Da zuckte ein kurzes Lächeln über das Gesicht des Waldschrats. »Wenn ich's recht überlege, macht das alles schon einen ziemlich verdächtigen Eindruck.« Er betrachtete mich nachdenklich und legte den Kopf schief. »Du warst neulich schon mal hier, nicht wahr? Mit einem anderen Mädchen auf einem weißen Pony, stimmt's?«

»Ja.«

»Woher kennst du mich eigentlich?«, mischte sich Friedrich Gottschalk ein. »Du hast uns deinen Namen noch gar nicht verraten.«

»Ich heiße Elena. Elena-Marie Weiland.«

Der Waldschrat erstarrte und schaute mich ganz komisch an.

»Weiland?«, vergewisserte er sich. »Vom Amselhof in Steinau?«

»Dann bist du die kleine Enkelin vom Ludwig«, sagte Friedrich Gottschalk.

Ich nickte und bemerkte den raschen Blick, den Gottschalk und der Waldschrat wechselten.

»Wieso?«, fragte ich.

»Ach, nur so.« Der Waldschrat lächelte wieder.

»Allmählich wird mir so einiges klar. Dann verdankst du wohl auch den Besuch von der Polizei den beiden jungen Damen«, sagte Tims Opa zum Waldschrat. Nein, zu Lajos, verbesserte ich mich in Gedanken.

Peinlich, peinlich die ganze Geschichte! Hätte ich mich irgendwie in Luft auflösen können, dann hätte ich es spätestens jetzt getan, aber ich gestand alles und ließ eine langatmige, leicht verworrene Erklärung folgen.

»… und deshalb waren meine Freundin und ich sicher, dass Sie mit dem Waldschrat unter einer Decke stecken«, schloss ich schließlich.

»Mit wem?«, fragte Lajos irritiert nach.

»Äh, Entschuldigung«, murmelte ich und wurde knallrot. »Aber mit dem Bart … und weil Sie hier mitten im Wald wohnen …«

»Da hast du's!« Friedrich Gottschalk lachte. »Du solltest dich wirklich mal wieder rasieren.« Er schien das alles rasend komisch zu finden, selbst den Polizeieinsatz.

Lajos sah allerdings eher traurig aus. »Auf jeden Fall habt ihr Mädchen Mumm«, sagte er. »Aber warum habt ihr die Polizei angerufen und nicht einfach euren Eltern Bescheid gesagt?«

»Weil die nicht wissen dürfen, dass wir allein in den Wald reiten«, gab ich zu und stand auf. »Ich muss jetzt auch nach Hause. Sonst krieg ich einen Riesenärger.«

»Es ist wohl das Beste, wenn dein Pferd heute Nacht hier bei Lajos bleibt«, sagte Friedrich Gottschalk und blickte auf seine Uhr. »Ich fahre dich zum Amselhof, bevor sich deine Eltern Sorgen machen.«

Erst da fiel mir wieder ein, dass meine Vorsicht unnötig war. Mama war ganz sicher noch nicht zu Hause, mittwochs wurde es bei ihr immer später, und Papa war mit Christian unterwegs. Wahrscheinlich hatte überhaupt noch niemand gemerkt, dass ich nicht daheim war.

»Nein, nein«, lehnte ich ab. »Ich kann schon wieder reiten.«

»Aber es ist bereits dunkel«, wandte Lajos besorgt ein. »Lass doch dein Pferd bei mir im Stall und hol es morgen ab.«

Unmöglich. Wie sollte ich erklären, dass Fritzi nicht in seiner Box stand?

Ich quetschte meinen Fuß wieder in den Schuh und schnallte mir den Chap um die Wade. Nachdem ich Friedrich Gottschalk das Versprechen abgenommen hatte, meinem Opa kein Sterbenswörtchen zu verraten, ging Lajos mit mir in den Stall. Fritzi wieherte fröhlich, als er mich kommen sah.

Lajos sah mir zu, wie ich trenste und sattelte, und als ich aufsitzen wollte, hielt er mein Pferd, das sich normalerweise von keinem Fremden anfassen ließ, am Zügel fest.

»Sind Sie ein Zauberer?«, fragte ich Lajos überrascht.

Da lächelte er. »Das nicht. Aber ich kann ganz gut mit Pferden«, sagte er. »Besser als mit den meisten Menschen auf jeden Fall. Wenn du magst, kannst du mich mal mit deiner Freundin besuchen. Tagsüber.«

Er zwinkerte mir zu, und ich fragte mich, wie ich vor ihm hatte Angst haben können.

»Ja, gern«, erwiderte ich. »Und danke, dass Sie nicht sauer sind.«

»Ist schon okay. Jetzt reite los. Sei vorsichtig!«

24. Kapitel

Mein Wecker klingelte wie jeden Morgen um Viertel vor sechs. Ich machte ihn aus, knipste das Licht an und tastete nach meinem Handy. Es war eine neue Gewohnheit, morgens nach eingegangenen Nachrichten zu gucken, und tatsächlich hatte ich eine SMS bekommen. Von Tim! Mein Herz machte einen Satz.

Seid ihr gut nach Hause gekommen?, schrieb er. *Heute Mittag sind Leute aus eurem Stall hier eingezogen. Die Freundin von Ariane und noch zwei andere.*

Laura und die Kaisers! Das war eigentlich zu erwarten gewesen, immerhin waren Laura, Ariane und Lisa-Sophie Kaiser die dicksten Freundinnen. Wenn Papa davon erfuhr, würde er sich vor Wut zerreißen wie Rumpelstilzchen.

Ich sprang aus dem Bett und lief ins Bad. Gestern Abend war ich gleich auf mein Zimmer gegangen und hatte fast eine Stunde mit Melike telefoniert, um ihr die unglaubliche Geschichte von Lajos und Tims Opa zu erzählen. Davon, dass Tim mich auf der Wiese umarmt hatte, sagte ich ihr allerdings nichts.

Ich ging zurück in mein Zimmer, zog mich an und scheuchte Twix aus dem Bett.

Unten war noch alles dunkel. Niemand hatte den Tisch gedeckt oder Kaffee gekocht; Mama, Papa und Christian schienen noch zu schlafen. Ich hatte gar nicht mitbekommen, wann sie nach Hause gekommen waren. Gähnend deckte ich den Tisch und häufte sieben Löffel in den Filter der Kaffeemaschine.

Als ich mich umdrehte, zuckte ich erschrocken zusammen. Papa stand in der Tür. Er war unrasiert und sah aus, als hätte er nicht viel Schlaf abbekommen.

»Hallo«, sagte ich. Ich hatte ihm sein ungerechtes Gebrüll noch nicht verziehen. »Willst du einen Kaffee?«

»Hm.«

Er ging an mir vorbei und setzte sich an den Tisch. Hunger schien er nicht zu haben, er saß nur da und starrte vor sich hin.

»Ist Mama krank?«, fragte ich ihn. Normalerweise war sie morgens immer als Erste auf den Beinen.

»Nein. Sie ist bei ihrer Freundin geblieben. Die Straßen waren glatt.«

Weil er nichts mehr sagte, sagte ich auch nichts. Ich wartete, bis der Kaffee fertig durchgelaufen war, dann schenkte ich Papa eine Tasse ein.

»Danke«, sagte er knapp.

»Ach Papa.« Ich wandte mich zu ihm um. »Corinna, Engelbert, Laura und die Kaisers sind gestern Mittag mit ihren Pferden weggefahren.«

»Das weiß ich. Corinna hat mich angerufen«, erwiderte Papa und gab ein Stück Zucker in seinen Kaffee. Gähnend rührte er um und starrte weiter vor sich hin. Todsicher würde ich ihm nicht verraten, wo sie ihre Pferde hingebracht hatten.

»Sie haben ihre Spinde ausgeräumt und alles mitgenommen. Ich glaube, sie kommen nicht zurück.«

Ich bemerkte, wie Papa in der Bewegung innehielt. Er blickte mich an. Offensichtlich wusste er doch nicht alles.

»Wieso hast du mich dann nicht angerufen?«

Ich beobachtete, wie Papa das Blut in das blasse Gesicht stieg. Ein gefährliches Zeichen, wie ich mittlerweile nur zu gut wusste. Er wurde immer rot im Gesicht, bevor er anfing zu brüllen. Aber ich ließ mich nicht einschüchtern.

»Weil ich dachte, dass du es weißt«, erwiderte ich spitz.

Papa starrte mich ein paar Sekunden an, dann stützte er seinen Kopf in die Hand und schob den Kaffee von sich weg.

»Na super«, murmelte er. »Die Ratten verlassen das sinkende Schiff.«

Ich wollte noch irgendetwas sagen, etwas Tröstendes, aber mir fiel nichts ein. Und dann kam Christian auch schon die Treppe heruntergepoltert.

»Morgen«, sagte er und drängte sich an mir vorbei in die Küche. Er goss sich Kaffee ein und blickte zwischen Papa und mir hin und her. »Ist was passiert?«

Ich antwortete nicht, weil ich mir vorgenommen hatte, mit diesem elenden Verräter so bald nicht wieder zu reden. Deshalb zuckte ich nur mit den Schultern, ging hinaus und zog mir Jacke und Schuhe an.

Ich ließ Twix bei Opa und Oma in den Flur, holte mein Fahrrad und radelte zur Bushaltestelle, denn ich wollte den frühen Bus erwischen, der aus Hettenbach kam.

Das Handy war wirklich eine grandiose Sache. Weder Christian noch sonst jemand konnte verhindern, dass Tim und ich uns SMS schrieben.

Melike wartete schon frierend an der Bushaltestelle vor

dem Rathaus, und im Bus, der eine Minute später anhielt, saß wie verabredet Tim.

Meine Freundin kannte die ganze Geschichte ja zum größten Teil aus eigener Erfahrung, aber Tim lauschte mir ungläubig, als ich ihm nun von Lajos, dem Forsthaus und unserem Verdacht, es könnte sich um das Versteck der Pferdediebe handeln, erzählte. Seine Augen wurden immer größer, und als ich seinen Opa erwähnte, verfinsterte sich seine Miene. Natürlich sagte ich nichts von Melikes Verdacht, sein Vater könnte über seinen Opa die gestohlenen Pferde heimlich vertickt haben, immerhin hatte sich diese Annahme mittlerweile als unsinnig herausgestellt.

»Ich glaube, das letzte Mal, dass ich meinen Opa gesehen habe, war auf meiner Taufe«, sagte Tim schließlich düster. »Und daran kann ich mich nicht mehr erinnern.«

»Wieso das denn?«, fragte Melike erstaunt. »Ihr wohnt doch nur ein paar Kilometer auseinander.«

»Mein Opa kann meinen Vater nicht leiden«, erklärte Tim und fügte hinzu: »Was ihn mir eigentlich sympathisch machen sollte.«

»Das heißt, du *kennst* deinen Opa und deine Oma gar nicht?« Jetzt war es Melike, die ihre Augen aufriss.

»Meine Oma ja«, entgegnete Tim. »Die kommt hin und wieder, wenn mein Vater nicht zu Hause ist. Ihr tut's leid, aber mein Opa ist stur wie ein Stuhl. Egal. Meine Mutter braucht ihn nicht und ich erst recht nicht.« Er klang trotzig.

»Das heißt, du würdest nicht mal mit Melike und mir mit zu Lajos kommen?«, fragte ich.

Tim blickte mich kurz an und seufzte. Dann schüttelte er den Kopf. »Nein, lieber nicht«, sagte er. »Ich wüsste auch nicht, wo ich die Zeit dafür hernehmen sollte. Seitdem wir den Stall so knallvoll haben, muss ich noch mehr Pferde reiten als vorher.«

Er sah plötzlich schrecklich traurig aus und mir dämmerte, dass er kein besonders schönes Leben hatte. Ich hatte mich darauf gefreut, Tim Lajos vorzustellen, aber ich konnte Tim auch verstehen, deshalb schluckte ich meine Enttäuschung hinunter. Hauptsache, er fand noch die Zeit, mit Fritzi und mir zu trainieren. Doch war das nicht schrecklich egoistisch von mir? Ich dachte nur an mich! Diese Trainingsstunden mussten für Tim ein Riesenstress sein, denn er musste sich ja jedes Mal irgendwie heimlich wegschleichen. Darüber hatte ich noch nie richtig nachgedacht.

Schlagartig machte sich in meinem Bauch ein komisches Gefühl breit. Bereute Tim es etwa insgeheim, dass er sich darauf eingelassen hatte? Vielleicht überlegte er sogar, wie er mir schonend beibringen konnte, dass er keine Zeit mehr für Fritzi und mich hatte.

Keiner von uns sagte noch etwas, bis der Bus am Busbahnhof in Königshofen hielt.

»Ich schick dir später eine SMS«, sagte Tim zum Abschied, ohne mich dabei richtig anzusehen. Und weg war er.

25. Kapitel

Den ganzen Vormittag über hatte ich dieses komische Gefühl im Bauch und es wurde nicht unbedingt besser, als Ariane Tessa und Ricky lauthals vorschwärmte, wie absolut toll Phönix gehen würde, seitdem Tim Jungblut ihr Unterricht gab. Die beiden interessierten sich null für Pferde, aber sie kannten Tim und fanden ihn total süß. Jedes Wort traf mich wie ein Messerstich, ich hätte heulen können, so elend fühlte ich mich. Ariane hatte keine Ahnung, dass ich Tim kannte, sie wollte mich mit ihrem blöden Gequake einfach ärgern und mir unter die Nase reiben, wie viel toller es auf dem Sonnenhof war.

»Eine Achtzig-Meter-Reithalle und kein Schulreiter, der einem vor der Nase herumgurkt«, erzählte sie gerade. »Die Stimmung ist super. Wir sitzen jeden Abend im Reiterstübchen und gestern durfte ich auf einem von Herrn Jungbluts besten Pferden reiten, auf Con Amore. Am besten gefällt mir Tanot de Chardin, Tim nennt ihn nur Tanni oder Tännchen …«

Sie kicherte und redete und redete, erzählte von Jungbluts Pferden und Hunden, von Tim und Tims Mutter und seiner kleinen Schwester Gina, von der ich nicht mal wusste, dass es sie gab – und ganz plötzlich war ich so eifersüchtig wie noch nie in meinem ganzen Leben. Diese dämliche Ariane konnte Tim jeden Tag sehen, genau wie Laura und Lisa-Sophie, sie kannten seine Pferde, seine Familie und sein Zuhause, das ich niemals sehen würde, denn ich war eine Weiland und damit außen vor. Im Sommer konnten sie zusammen grillen, auf Turniere fahren, ausreiten und Spaß haben. Was waren dagegen schon die paar heimlichen Stündchen auf der Waldwiese? Irgendwann würde Tim erkennen, wie mühselig es war, mit mir befreundet zu sein, wenn er es nicht schon längst getan hatte! Ich ballte die Hände zu Fäusten und überlegte, ob ich Ariane mein Englischbuch auf den Kopf hauen sollte, damit sie endlich ihre Klappe hielt. Aber ich durfte ihr auf keinen Fall zeigen, wie schrecklich weh mir ihr Gerede tat, denn dann würde sie immer und immer weitersticheln.

»Vorsicht, Feind hört mit!«, kicherte die bescheuerte Tessa, als ihr Blick auf mich fiel. Sogar sie hatte wohl geschnallt, um was es Ariane ging. Ich zitterte innerlich vor Wut, aber ich schaffte es, stark zu bleiben.

»Schön, wenn's dir auf dem Sonnenhof besser gefällt als bei uns«, sagte ich in Arianes Richtung. »Ich fand's nur schade, dass du mir vorher nichts gesagt hast. Wir waren ja irgendwann mal Freundinnen.«

Damit hatte ich der lieben Ariane voll den Wind aus den Segeln genommen, denn das hörte sie nun gar nicht gern. Ihr selbstsicheres Grinsen verschwand, sie wandte sich ruckartig ab und verlor für den Rest des Tages keinen Ton mehr über den Sonnenhof oder Jungbluts.

Als ich nach der achten Stunde nach Hause kam, war Mama wieder zurück. Sie saß in ihrem Büro am Schreibtisch, auf dem sich die Papierberge häuften.

»Da bist du ja.« Ein flüchtiges Aufblicken in meine Richtung.

»Ich geh rüber reiten«, gab ich Bescheid. »Wenn Melike da ist, wollen wir eine Runde ins Gelände.«

»Hm.« Mehr kam nicht. Gute Laune sah anders aus.

Ich rannte nach oben, kontrollierte mein Handy zum millionsten Mal heute. Aber Tim hatte sich nicht gemeldet, also würde es heute wohl nichts mit dem Training werden. Ich zog mich um und ging mit Twix hinüber in den Stall. Der einzige Vorteil von dem G8-Kram war der, dass ich meine Hausaufgaben in der Mittagspause in der Schule machen konnte und dadurch den Nachmittag freihatte.

Natürlich brannte Melike darauf, Lajos alias Waldschrat persönlich kennenzulernen, und mir war alles recht, was mich vom Nachgrübeln über Tim ablenkte.

Es hatte aufgehört zu regnen und wir schafften die Strecke zum Forsthaus in zwanzig Minuten. Die Wintersonne warf ein paar schüchterne Strahlen durch die dicke Wolkendecke, der See glitzerte freundlich und auch das Haus kam mir auf einmal gar nicht mehr unheimlich vor, jetzt, wo ich das Geheimnis des Waldschrats kannte.

Wir lenkten unsere Pferde in den Hof und saßen ab. Lajos kam um die Hausecke. Er trug einen Cowboyhut und grinste, als er uns erkannte.

»Ah, Besuch!«, rief er und setzte den Hut schwungvoll ab.

Erstaunt bemerkte ich, dass sein wilder Vollbart und seine schulterlangen Locken verschwunden waren. Mit dem kurz geschnittenen Haar und ohne Bart sah er viel jünger aus und er schien guter Laune zu sein.

»Das mit dem Waldschrat hat mich dann doch ein bisschen getroffen«, gab er mit einem leichten Grinsen zu und strich sich über das glatt rasierte Kinn.

»So sehen Sie viel besser aus«, erwiderte Melike offenherzig, wie sie eben war. Sie hielt ihm die Hand hin. »Ich bin Melike Koyupinar, Elenas Freundin, und ich habe Ihnen die Polizei auf den Hals gehetzt. Das tut mir leid.«

Lajos ergriff ihre Hand und lächelte. »Entschuldigung angenommen. Eigentlich finde ich es gut, dass ihr so aufmerksam seid. Ich hätte ja tatsächlich ein Pferdedieb sein können.«

»Da drüben ist übrigens das Grab«, sagte ich zu Melike und deutete in die gegenüberliegende Ecke des Hofes.

»Das soll eigentlich eine Pferdeschwemme werden«, erklärte Lajos belustigt. »Kommt, stellt eure Pferde in den Stall, dann zeige ich euch alles.«

Wir verschwiegen ihm, dass wir das Forsthaus und den Hof sicher besser kannten als er und folgten ihm in den Stall. Melike erzählte ihm von dem Gespräch der beiden Männer, das wir neulich belauscht hatten, und Lajos fand auch, dass alles wahrhaftig höchst verdächtig geklungen haben musste.

»Für was ist denn der Name Lajos die Abkürzung?«, fragte Melike.

»Das ist keine Abkürzung, es ist ungarisch«, erwiderte Lajos. »Ich bin in Ungarn geboren, kam aber mit meinen Eltern nach Deutschland, als ich neun war.«

»Dann haben wir beide einen Migrationshintergrund«, stellte Melike zufrieden fest. »Ich bin zur Hälfte türkisch. Ein Muggel-Schlammblut.«

Sie kicherte und ich musste auch lachen. Mit Melike

war alles viel einfacher. Schade, dass wir nicht zusammen in einer Klasse waren.

Draußen wurde es heller, die Wolkendecke lockerte auf und die Wintersonne kam zum Vorschein. Lajos legte zwei Strohballen vor die Boxen.

»Bitte sehr, die Damen, nehmt Platz.«

Wir kicherten und setzten uns hin. Es war gemütlich in dem kleinen Stall. Twix sprang auf Lajos' Schoß und ließ sich von ihm streicheln, ja er schloss sogar genießerisch die Augen, was bei ihm nur selten der Fall war.

»So, jetzt erzählt mir mal was über euch«, sagte er.

»Nein, Sie sind zuerst dran«, entgegnete Melike. »Ich bin total neugierig. Warum wohnen Sie hier im Wald? So ganz allein.«

Ich bemerkte, wie ein Schatten über Lajos' Gesicht huschte, aber er lächelte gleich darauf wieder.

»Ganz allein bin ich ja nicht«, antwortete er leichthin. »Ich habe immer Pferde hier. Und ich mag es gern ruhig.«

Melike scheute sich nicht, ihn mit Fragen zu löchern: Was machen Sie mit den Pferden? Wie finden die Leute Sie hier mitten im Wald? Wo haben Sie vorher gewohnt? Mir war es ein bisschen peinlich, aber Lajos antwortete tatsächlich auf jede Frage. Er hieß mit Nachnamen Kertészy, war eigentlich Tierarzt und hatte sogar einen Doktortitel. In den letzten sechs Jahren hatte er in den USA und in der Schweiz gelebt, aber dann war seine Mutter sehr krank geworden, und deshalb war er nach Deutschland zurückgekehrt. Durch Zufall hatte er seinen alten Freund Friedrich Gottschalk wiedergetroffen und war so an das Forsthaus gekommen.

»Haben Sie keine Frau?«, bohrte Melike weiter, aber diese Frage schien Lajos dann doch zu weit zu gehen.

»Du lässt mir gar keine Geheimnisse«, erwiderte er und grinste. Sein Blick wanderte zu Fritzi, der in einer der Boxen stand und Heu knabberte.

»Dein Fritzi ist übrigens ein sehr schönes Pferd, Elena. Warum hat er Probleme mit Männern? Hat er schlechte Erfahrungen gemacht?«

»Allerdings.« Jetzt war ich an der Reihe und schilderte Lajos in Kurzfassung Fritzis Lebens- und Leidensgeschichte.

»Elena hat Fritzi geheilt«, behauptete Melike. »Und Twix auch.«

Der Hund öffnete ein Auge, als er seinen Namen hörte.

»Er war schlimm verletzt, als Elena und ich ihn gefunden haben.« Melike senkte die Stimme. »Elena kann nämlich was mit ihren Händen machen, und dann verheilen Wunden schneller und so. Und sie spürt, wo es einem Pferd wehtut.«

»Quatsch«, widersprach ich und merkte, wie ich rot wurde.

Aber Lajos sah mich interessiert an. »Stimmt das?«, fragte er.

»Na ja …« Ich blitzte Melike wütend an, aber sie grinste nur. »Ich … ich weiß auch nicht. Aber wenn ich eine Stelle berühre, an der ein Pferd oder ein Hund Schmerzen hat, dann … dann spüre ich das irgendwie in meinen Händen. Das ist wie ein Prickeln, ein bisschen wie ein … Stromstoß. Das erste Mal habe ich es damals bemerkt, als ich Fritzi gepflegt habe.«

Lajos saß uns gegenüber und blickte mich unverwandt

aus seinen dunklen Augen an. Plötzlich zeigte er auf Melikes Jasper. »Zeig mir doch mal die Stelle, an der er ein Problem hat«, forderte er mich auf.

Melike und ich wechselten einen erstaunten Blick. Woher konnte Lajos wissen, dass Jasper seit Wochen nicht klar lief und immer wieder lahmte? Drei verschiedene Tierärzte hatten schon an ihm herumgedoktert, allerdings ohne nennenswerten Erfolg.

»Na los«, ermutigte Lajos mich.

Ich stand also auf, ging zu Jasper in die Box und ließ meine Hände zuerst über seine Beine gleiten. Lajos hatte sich erhoben, lehnte in der offenen Boxentür und sah mir neugierig zu. Mir fiel ein, dass Friedrich Gottschalk gestern behauptet hatte, Lajos habe goldene Hände und sei besser als jeder Schulmediziner. Mir war das Ganze total peinlich, ich kam mir vor wie eine Hochstaplerin. Aber dann schloss ich die Augen und konzentrierte mich. Im Stall war es auf einmal so still, dass man eine Stecknadel hätte fallen hören können. An Jaspers Beinen und Hufen spürte ich nichts, aber an seiner Flanke war etwas, ein leichtes Vibrieren. Als ich meine Hände über seine Kruppe gleiten ließ, zuckte ich unvermittelt zusammen. Ich schlug die Augen auf und blickte Lajos an.

»Da habe ich etwas gespürt«, flüsterte ich.

Er schüttelte leicht den Kopf und ich zweifelte sofort an mir, aber dann breitete sich ein Grinsen auf seinem Gesicht aus.

»Das ist ja unglaublich«, sagte er. »Der arme Bursche hat eine Blockade am Kreuzdarmbein – oder Iliosacralgelenk, wie es medizinisch korrekt heißt.«

»Woher können Sie das wissen?«, staunte Melike. »Wir

haben ihn drei Mal röntgen lassen, ohne dass etwas dabei herausgekommen ist.«

»Ich habe schon gehört, dass er lahmt, als ihr auf den Hof geritten seid«, erwiderte Lajos bescheiden. »Und den Rest habe ich dann gesehen. Wenn du erlaubst, renke ich ihn ein. Geh an seinen Kopf und halte ihn fest.«

Melike tat, wie ihr befohlen, und dann sahen wir staunend zu, wie Lajos Jaspers Hinterbein ergriff, es erst sanft nach vorn und dann zur Seite zog. Jasper war die Sache nicht ganz geheuer und er wollte das Bein wegziehen, aber in dem Moment zog Lajos einmal energisch, es knackste vernehmlich.

»Ups!«, machte Melike erschrocken und Jasper schien dasselbe zu denken. Er blickte sich verwundert zu uns um.

»Die Blockade ist jetzt gelöst«, erklärte Lajos uns. »Aber du musst dein Pferd in den nächsten Wochen und Monaten anders bewegen, um die Muskeln und Bänder richtig zu trainieren. Außerdem musst du ihn warm halten. Wenn du mit ihm bei dieser Kälte ins Gelände reitest, solltest du ihm unbedingt eine Nierendecke überlegen.«

Er stellte einen richtigen Trainingsplan für Jasper auf, und das erste Mal, seitdem ich Melike kannte, erlebte ich sie sprachlos.

Als wir eine Stunde später zurück zum Amselhof ritten, redete sie dafür ohne Unterbrechung. Lajos hatte sie tief beeindruckt und ihre Schwärmerei für meinen Bruder war damit erledigt. Ihr neuer Stern hieß Lajos Kertészy.

Ich stellte fest, dass der Nachmittag vergangen war, ohne dass ich an Tim gedacht oder mein Handy überprüft hatte. Er hatte sich nicht gemeldet.

»Lajos Kertészy«, sagte Melike. »Ich werde zu Hause

gleich seinen Namen googeln. Der Typ ist spitze. Und wir dachten …«

Ich hörte ihr nicht mehr zu. Der Stachel der Eifersucht wühlte in meinem Herzen und hinterließ dort einen so unbeschreiblichen, grenzenlosen Kummer, dass es mir für einen Moment den Atem raubte. Ob Tim wohl gerade Ariane Unterricht gab? Oder mit ihr und Laura im Reiterstübchen auf dem Sonnenhof saß? Ich musste schlucken. Gestern hatte er mich noch umarmt, aber heute Morgen im Bus war er plötzlich ganz fremd gewesen. Was sollte ich machen, wenn er sich überhaupt nicht mehr bei mir meldete? Ich wollte mich nicht aufdrängen, aber wenn er bis heute Abend nicht geschrieben hatte, dann würde ich ihm simsen. Egal, was er von mir denken mochte.

26. Kapitel

Am nächsten Morgen fuhr ich wieder mit dem frühen Bus, in der Hoffnung, Tim zu sehen, aber er war nicht im Bus. Ich wartete im strömenden Regen vor dem Schultor – vergeblich. Um zwei vor acht musste ich rennen, um nicht zu spät zu Deutsch zu kommen. Der Platz von Ariane in der Reihe vor mir war leer.

In der Pause suchte ich den ganzen Schulhof nach Tim ab und Melike fragte einen seiner Klassenkameraden, der ihr sagte, Tim sei heute nicht in die Schule gekommen. Diese Nachricht erschütterte mich. War etwas passiert? Hatte er womöglich einen Unfall gehabt? Und warum war auch Ariane nicht in der Schule?

Im Unterricht kriegte ich nichts mit, der Vormittag verging quälend langsam. In der vierten Stunde hielt ich es nicht länger aus und sagte meiner Geschichtslehrerin, ich hätte üble Bauchschmerzen.

»Du siehst auch blass aus«, sagte sie besorgt. »Willst du ins Krankenzimmer gehen?«

»Nein, ich ruf lieber meine Mutter an und bitte sie, mich abzuholen.«

»In Ordnung. Dann gute Besserung.«

Ich nahm meinen Rucksack und meine Jacke, verließ das

Schulgebäude und überquerte den menschenleeren Schulhof. Natürlich rief ich nicht bei Mama an, sondern schleppte mich mit bleischweren Füßen zum Busbahnhof. Mittlerweile fühlte ich mich wirklich krank. Ich hatte das Gefühl, als ob mit jedem Schritt die Tränen in meinem Innern nach oben schwappten, jeden Moment hätten sie meine Augen erreicht und würden mir übers Gesicht laufen.

Mit zittrigen Fingern tippte ich Tims Nummer ein und wartete herzklopfend darauf, dass er sich meldete. Aber sein Handy war aus. Ich kämpfte gegen die Tränen. Tim meldete sich nicht und war auch nicht in der Schule. Ariane war nicht in der Schule. Waren sie vielleicht zusammen aufs Turnier gefahren? Tim bekam wie Christian gelegentlich frei, wenn ein Turnier schon am Freitag begann. Aber er hatte mir nichts davon gesagt, und das hätte er doch getan, denn Freitag war eigentlich unser Trainingstag!

Am Busbahnhof stieg ich in den nächsten Bus, der nach Steinau fuhr. Eine Viertelstunde später stand ich vor dem Rathaus und überlegte, was ich machen sollte. Wenn ich jetzt nach Hause fuhr, musste ich mir lauter blöde Fragen anhören. Aber ich hatte auch keine Lust, anderthalb Stunden in der Kälte herumzusitzen und zu riskieren, von irgendwem zufällig gesehen zu werden. Da fiel mir Lajos ein. Ich schloss mein Fahrrad auf und radelte los.

Er war gerade damit beschäftigt, hinten im Hof Holz zu hacken, und blickte überrascht auf, als ich mit dem Fahrrad um die Ecke bog.

»Elena! Was machst du denn hier?« Er ließ die Axt sinken und fuhr sich mit dem Arm über die Stirn. »Hast du nicht eigentlich Schule?«

»Mir ging's nicht gut«, erwiderte ich und lehnte mein Fahrrad an die Hauswand. »Kann ich Ihnen was helfen?«

Halb erwartete ich einen moralischen Vortrag, wie Erwachsene sie gern halten, aber er sagte nur: »Klar. Kannst du die Holzscheite in den Korb packen? Gleich regnet's sicher wieder und ich brauche das Holz für den Ofen.«

Er hatte schon eine ziemliche Menge Holz gehackt und ich machte mich an die Arbeit. Dann half ich ihm, die Körbe auf die Veranda zu schleppen, wo er das Holz unter dem Vordach aufschichtete.

»So«, sagte er nach einer Weile und betrachtete zufrieden den ansehnlichen Stapel, »das reicht erst mal. Jetzt haben wir eine Pause verdient. Ich habe eben frisches Brot gebacken, vielleicht magst du es mal probieren?«

Ich nickte stumm und folgte ihm ins Haus. Auf dem Tisch, auf dem neulich Friedrich Gottschalk gelegen hatte, stand ein aufgeklapptes Notebook, daneben stapelten sich Bücher, Zeitschriften und Berge von Papier.

»Setz dich doch.« Lajos hängte seine Jacke an die Garderobe neben der Tür. »Was magst du trinken? Cola? Wasser?«

»Eine Cola wäre prima.«

Ich setzte mich an den Tisch und schaute die Bücher und Zeitschriften an. Zu meiner Überraschung waren sie alle auf Englisch. *American Journal of Veterinary Research*, las ich. *Equine Veterinary Journal, Osteopathy for horses – Fundamental and practical aspects.*

Lajos kam mit zwei Gläsern Cola und einem Teller herein. Er schob mit dem Ellbogen einen Stapel Bücher zur Seite, stellte Gläser und Teller ab und setzte sich mir gegenüber an den Tisch.

»Zum Wohl!«, sagte er und lächelte. »Danke für deine Hilfe.«

»Kein Problem«, erwiderte ich und trank einen Schluck. Das Brot, das er dick mit Butter bestrichen hatte, duftete verführerisch und mein Magen knurrte. Ich nahm also eine Scheibe und biss hinein. Es schmeckte köstlich, viel besser als das Brot vom Bäcker in Steinau.

Eine Weile war es ganz still. Irgendwo tickte eine Uhr, ein Holzbalken knarrte. Lajos betrachtete mich.

»Möchtest du drüber reden?«, fragte er.

Ich starrte ihn verblüfft an. War er etwa auch noch ein Hellseher?

»Nein«, beeilte ich mich zu sagen. Bloß nicht! Was sollte ich ihm auch sagen? Ich treffe mich heimlich mit dem Todfeind meiner Familie und jetzt meldet er sich nicht mehr? Albern.

»Na gut.« Er ließ mich nicht aus den Augen, stellte sein Glas ab und verschränkte die Arme hinter dem Kopf. »Vor ein paar Jahren habe ich in Amerika einen indianischen Medizinmann kennengelernt. Der konnte dasselbe, was du kannst.«

»Was?« Ich lief rot an. Wollte er mich auf den Arm nehmen? Was konnte ich denn schon?

»Er konnte mit seinen Händen die Stellen erfühlen, an denen Menschen oder Tiere Schmerzen oder Blockaden hatten«, fuhr Lajos fort. »Das ist auf den ersten Blick nicht so ungewöhnlich. Es gibt viele Osteopathen und Chiropraktiker, die das können. Eigentlich ist es sogar Voraussetzung dafür, dass man Tiere oder Menschen richtig behandeln kann. Ungewöhnlich war allerdings, dass er auch Krankheiten erfühlen konnte, von denen man vorher nichts wusste.

Ich war selbst dabei, als er bei einer Frau einen Tumor erspürt hat. Und er reagierte so ähnlich wie du gestern – er zuckte zusammen, als ob er einen Stromschlag bekommen hätte.«

Ich starrte Lajos kauend an. Das Brot schmeckte super, ich konnte nicht widerstehen und nahm eine zweite Scheibe.

»Ich zum Beispiel«, sagte er dann, »kann das nicht fühlen. Ich habe viel Erfahrung im Behandeln von Pferden. In den USA habe ich eine Ausbildung zum Pferdeosteopathen gemacht und vorher hatte ich ja schon Tiermedizin studiert. Ich weiß, auf was es ankommt und wie ich es behandeln kann. Was weißt du über Osteopathie und Chiropraktik?«

»Nichts«, gab ich mit vollem Mund zu.

»Also«, Lajos richtete sich auf und räusperte sich, »die Tradition des Heilens mit den Händen ist uralt. Es gibt sanfte Anwendungen, wie eine Massage zum Beispiel, es gibt aber auch ziemlich derbe Praktiken wie das Einrenken. Vielleicht hast du schon mal den Ausdruck ›Knochenbrecher‹ gehört? Na ja. Sehr lange bestand der Hauptunterschied darin, dass die Chiropraktiker sich eher mit dem direkten Mobilisieren und Manipulieren der Gelenke beschäftigten und die Osteopathen mehr mit dem indirekten Mobilisieren der Gelenke über die Muskeln und Bänder. Verstehst du das?«

Ich hatte ihm aufmerksam zugehört und nickte.

»Wie bei allem im Leben gibt es Menschen, die begabt sind, und solche, die es nicht sind«, sagte Lajos. »Ich habe schon ziemlich früh erkannt, dass ich eine Begabung für diese Art der Behandlung habe. Und gerade wenn die Schulmedizin am Ende ihrer Möglichkeiten ist, suchen die Leute nach einer Alternative. In den letzten Jahren habe ich mich intensiv mit diesem Thema beschäftigt und habe mich fortgebildet. Ich habe sogar ein paar Bücher darüber geschrieben.«

Er grinste und tippte auf eines, das direkt neben dem Notebook lag.

»Immer wieder bin ich Menschen mit außergewöhnlichen Begabungen begegnet und habe versucht, von ihnen zu lernen, um ihre Techniken, ihre Methoden zu begreifen. Mittlerweile bin ich selbst ein Spezialist auf diesem Gebiet geworden. Ein Tierarzt betrachtet ein Problem meistens nur aus einem einzigen Blickwinkel, ich versuche aber, ein krankes Pferd als Ganzes zu sehen und es dementsprechend ganzheitlich zu behandeln, vorzugsweise ohne Chemie und Operationen.«

Er machte eine Pause, fuhr sich mit der Hand durch sein kurz geschnittenes Haar.

»Bei alldem spielen Anamnese und Diagnostik eine wichtige Rolle. Wo tut es weh, seit wann, was ist passiert, wo kommt der ursprüngliche Schmerz her? Woran kann es noch liegen, wenn ein Pferd lahmt, nicht mehr springen will, widersetzlich wird, nicht frisst? Das ist spannend und manchmal mühselig, denn ein Pferd kann mir nicht sagen, was mit ihm los ist.«

Ich war fasziniert von dem, was er erzählte, aber vor allen Dingen, wie er es sagte. Er sprach mit mir wie mit einem Erwachsenen.

»Die Schulmedizin verlässt sich auf Röntgen, Kernspin, Szintigrafien, Computertomografien, Blutanalysen. Was daraus nicht zu erkennen ist, wird einfach ignoriert und es wird munter drauflosgespritzt. Oft raten die Tierärzte den Leuten, wenn sie mit ihrem Latein am Ende sind, ihre Pferde einschläfern zu lassen. Und dann komme ich ins Spiel. Ich habe schon viele Pferde wieder heilen können, aber dahinter steckt keine Magie, sondern ein Wissen, das ich mir über Jahre hinweg angeeignet habe.«

Ich nickte wieder und fragte mich, auf was er hinauswollte. Genau in diesem Moment schlug er den Bogen.

»Tja, Elena. Und dann begegnest du mir.« Er lächelte und legte den Kopf schief. »Auf den ersten Blick hast du gestern dasselbe gemacht wie der alte Sioux-Indianer in South Dakota.«

Ganz unvermittelt sprang er auf und begann, in dem kleinen Zimmer hin und her zu gehen.

»Unglaublich! Ich habe die ganze Nacht darüber nachgedacht, habe mir überlegt, ob du mir nicht vielleicht etwas vorgespielt hast, aber dann dachte ich mir: Warum? Warum solltest du das tun?«

Lajos blieb stehen und blickte mich an. »Ich hab da draußen ein Pferd im Stall stehen, mit dem ich einfach nicht weiterkomme. Die Tierärzte haben es längst aufgegeben und jetzt müsste eigentlich auch ich den Besitzer anrufen und sagen, dass ich nicht weiß, was seinem Pferd fehlt.«

Er zögerte, kratzte sich am Kopf und holte tief Luft.

»Würdest du dir das Pferd wohl mal ansehen, Elena?«

Ich saß wie festgenagelt auf dem Stuhl und konnte nicht verhindern, dass mir die Kinnlade hinuntersackte. Lajos fragte mich allen Ernstes, ob ich ihm bei der Behandlung eines Pferdes helfen könnte!

»Na… natürlich«, stotterte ich. »Aber … aber ich … ich kann doch gar nichts … ich meine … ich …« Ich verstummte.

»Schaden kann es ja nichts«, erwiderte Lajos. »Oder?«

Nein, schaden konnte es nichts. Ich konnte mich vielleicht lächerlich machen, aber daran war ich gewöhnt.

Die Fuchsstute spitzte die Ohren, als wir wenig später ihre Box betraten.

»Das ist Blue Fire Lady«, stellte Lajos mir die Stute vor. Mehr sagte er nicht.

»Was soll ich jetzt machen?«, fragte ich unsicher.

»Das, was du gestern beim Pferd von deiner Freundin gemacht hast«, erwiderte Lajos.

Ah ja.

»Und was ... was hat sie?«

»Keine Ahnung, wie gesagt.« Er zuckte mit den Schultern, verschränkte die Arme vor der Brust und lehnte sich an die Wand. Blue Fire Lady war eine Fuchsstute ohne Abzeichen, etwa eins siebzig hoch. Sie betrachtete mich neugierig und kam zu mir.

»Na du«, sagte ich leise, hob die Hand und berührte ihre Nase.

Sie schnaubte und schien – genau wie Lajos – darauf zu warten, was ich als Nächstes tun würde. Ich fand es ein bisschen unfair, dass er mir so gar nichts über das Pferd gesagt hatte. Wenn der Tierarzt zu einem unserer Pferde kam, erzählte Papa ihm immer alles Mögliche: seit wann das Problem aufgetreten war, wie, wo, wann, warum. Ich wusste nichts. Wollte Lajos mich auf die Probe stellen? Ach, es war auch egal.

Ich legte meine Hände an den Hals der Stute und konzentrierte mich. Meine Hände glitten über das seidige, kupferfarbene Fell, über den Widerrist, den Rücken, die Kruppe, die Beine bis hinab zu den Hufen. Ich fuhr unter ihrem Bauch entlang, von der Gurtlage bis zum Euter – nichts. Dann ging ich auf die andere Seite und machte dort dasselbe. Zum Schluss berührte ich den Kopf der Stute. Zuerst das Maul, dann strich ich sanft mit den Händen über beide Seiten des Kopfes, bis hoch über die Augen, die Stirn, umfasste ihre Ohren und ließ meine Hände über die Ganaschen wieder hinabgleiten. Und plötzlich durchzuckte es mich wie ein Stromschlag.

»Au!«, stieß ich hervor und machte einen Schritt zurück.

»Was ist?« Lajos stand sofort neben mir und schien ganz aufgeregt. Ich deutete auf die Stelle zwischen dem linken Ohr und der Ganasche.

»Da ist irgendetwas«, sagte ich.

Kein vernünftiger Mensch greift freiwillig ein zweites Mal an einen Elektrozaun, aber ich legte meine Hand wieder an die Stelle. Zuck! Sofort spürte ich dieses Kribbeln und zog die Hand wieder weg, als hätte ich sie mir verbrannt.

»Bist du dir sicher?«, fragte Lajos.

»Ja«, antwortete ich. »Was ist an der Stelle?«

»Die Ohrspeicheldrüse. Und darunter das *Diverticulum tubae auditivae*, der sogenannte Luftsack, durch den die innere Kopfarterie verläuft.« Er betrachtete die Stute nachdenklich und kaute auf seiner Unterlippe. »Das wäre ja ein Ding. An so etwas hätte ich überhaupt nicht gedacht.«

»An was? Was ist überhaupt mit dem Pferd? Jetzt können Sie es mir doch sagen, oder?«

Lajos wandte sich zu mir um. »Ich wollte dich nicht nervös machen«, sagte er leise, aber seine Stimme klang angespannt. »Blue Fire Lady war vor vier Jahren eines der besten Rennpferde Europas. Sie hat eine großartige Abstammung und wurde als Jährling auf der Auktion in Newmarket für umgerechnet siebenhunderttausend Euro versteigert. Dreijährig hat sie alle wichtigen Rennen gewonnen, im Jahr drauf sogar den Prix de l'Arc de Triomphe in Paris, aber danach kam sie jedes Mal als Letzte durchs Ziel. Die Besitzer nahmen sie in die Zucht und ließen sie von den besten Zuchthengsten decken. Das hat ein Vermögen gekostet, aber die Stute nahm nicht auf. Während der letzten zwei Jahre war sie in wohl jeder Klinik der Welt gewesen und seit sechs Wochen steht sie nun hier bei mir.«

Ich blickte das Pferd ehrfürchtig an. Diese Fuchsstute hatte mehr gekostet, als Opa Schulden auf den Amselhof angehäuft hatte!

Plötzlich schien Lajos es ziemlich eilig zu haben.

»Komm«, sagte er zu mir und rannte fast hinüber ins Haus. Er hatte schon das Handy in der Hand, als ich durch die Tür kam. Ungeduldig ging er mit dem Telefon am Ohr hin und her.

»Hallo, Peter. Hier ist Lajos«, sagte Lajos nach ein paar Sekunden. »Du erinnerst dich an die Vollblutstute, die bei dir in der Klinik gewesen ist. Blue Fire Lady … ja … ja, genau die. Sie steht seit ein paar Wochen bei mir, als letzte Hoffnung sozusagen. Aber ich finde einfach nichts. Und jetzt hatte ich so eine Idee. Sag mal, habt ihr damals eine CT vom Kopf gemacht?«

Er lächelte mir kurz zu, war aber sofort wieder ernst.

»Nicht? Könntest du eine machen, wenn ich dir das Pferd schicke? Ja? Wann? Okay, ich kümmere mich drum. Ich rufe dich wieder an, wenn ich weiß … ja, natürlich. Ich kann sie auch selbst bringen, wäre mir sogar ganz recht …«

Das Handy in meiner Jackentasche meldete sich mit dem

SMS-Ton. Ich zuckte zusammen. Lajos und die Stute waren plötzlich vergessen. Ich kramte das Handy hervor, klappte es auf. Mein Herz klopfte wild, doch dann die Enttäuschung. Nicht Tim hatte mir geschrieben, sondern Melike.

Wo bist du???? Echt krank???

Sie würde stinkwütend sein, wenn sie erfuhr, dass ich allein zu ihrem tollen Lajos gefahren war, aber lügen wollte ich auch nicht.

Bin auf dem Weg zur Wiese. Hab kurz bei L reingeschaut, schrieb ich zurück. Das war nicht ganz gelogen. Und zur Wiese wollte ich sowieso. Vielleicht kam Tim ja dahin. Vielleicht war nur sein Handy kaputt oder er hatte es verloren. Vielleicht …

»Elena!« Lajos war ganz außer sich. »Ich fahre nächste Woche mit der Stute in die Klinik von Professor Pelzer! Du hast mich auf eine Idee gebracht. Es ist nur eine Vermutung, mehr nicht, aber wenn es so wäre …«

»Ich muss jetzt leider weg«, unterbrach ich seine Begeisterung.

Es war Viertel vor drei! Eigentlich hätte ich längst zu Hause sein müssen, aber das war mir völlig egal. Um drei Uhr musste ich unbedingt oben auf der Wiese sein. Irgendwie hatte ich das Gefühl, dass Tim dort auf mich wartete. Und bevor Lajos noch etwas sagen konnte, rannte ich hinaus zu meinem Fahrrad.

27. Kapitel

Ich schwitzte und war völlig außer Atem, als ich am Waldrand stoppte. Vor mir lag unsere Trainingswiese. Die Hindernisse standen unverändert so, wie ich sie vorgestern mit Fritzi gesprungen war, aber von Tim war nichts zu sehen. Ich ließ mein Fahrrad fallen und ging zu dem Baumstamm hinüber, auf dem wir noch vor zwei Tagen gesessen und geredet hatten. Hier hatte er mich umarmt.

»Tim.« Ich flüsterte seinen Namen wie eine Beschwörungsformel. »Tim. Tim. Tim.«

Punkt drei Uhr. Angestrengt lauschte ich auf das vertraute Knattern von Tims Mofa, doch das Einzige, was ich hörte, war das Rauschen des Windes in den kahlen Ästen der Bäume. Ich fühlte mich mit einem Mal entsetzlich einsam. Ohne Tim und Melike kam mir die Wiese fremd und fast unheimlich vor.

Zehn nach drei. Der Wind wurde stärker, es begann wieder zu regnen. Ich setzte die Kapuze auf und hauchte meine steif gefrorenen Finger an. Was war nur passiert? Am Donnerstagmorgen hatte er doch noch im Bus gesessen und ganz normal mit mir geredet!

Halb vier. Tim, Tim, Tim – bitte, bitte komm! Eine Träne

lief mir über die Wange. Dann noch eine. Er kam nicht. Er rief nicht an. Er schickte keine SMS.

Um zehn vor vier schleppte ich mich zum Waldrand, hob mein Fahrrad auf und fuhr los. Ich fühlte mich so elend und verlassen, als sei ich der letzte Mensch auf dieser Welt. Tim wollte nichts mehr von mir wissen. Das war mir jetzt klar. Und es war entsetzlich.

Als ich auf dem Amselhof ankam, war Papas Auto weg. Ich stellte mein Fahrrad ab und ließ Twix aus dem Flur von Opa und Oma.

Unten in unserem Haus war alles dunkel, nur von oben aus Christians Zimmer erklangen gedämpft die Geräusche eines Computerspiels. Mamas Büro war leer. Offenbar hatte mich niemand vermisst. Ja, ich hätte tot irgendwo herumliegen können und sie lebten alle ganz normal weiter!

Deprimiert schleppte ich mich die Treppe hoch. Christian saß mit konzentrierter Miene und halb geöffnetem Mund vor seinem Computer und ballerte auf irgendwelche Monster. Den Verlust von Ariane schien er locker verschmerzt zu haben.

»Wo sind Mama und Papa?«, fragte ich.

»Beim Steuerberater, glaube ich. Und danach gehen sie noch mit irgendwem essen«, entgegnete mein Bruder, ohne den Blick vom Bildschirm zu wenden.

Da er sonst nichts mehr von sich gab, ging ich hinüber in mein Zimmer und kroch in mein Bett. Twix schlüpfte sofort unter die Bettdecke, ich spürte seine tröstliche Wärme an meinen eiskalten Beinen.

Mein Handy meldete sich wieder. Melike. Ich seufzte und tippte ihre Nummer ein. Sie meldete sich sofort.

»Was ist denn los mit dir?«, schrie sie in mein Ohr. »Mann, ich hab mir Sorgen um dich gemacht, Elena!«

»Tim hat sich nicht ein einziges Mal bei mir gemeldet«, schluchzte ich los. »Sein Handy ist aus. Und Ariane war heute auch nicht in der Schule.«

»Aber das hat doch nichts zu sagen«, versuchte Melike mich zu beruhigen.

»Ich hab an der Wiese eine Stunde auf ihn gewartet, ich bin fast erfroren. Papa und Mama sind nicht da. Ich bin allen egal!«, sagte ich verzweifelt.

»*Mir* bist du nicht egal«, widersprach Melike mir energisch. »Ich ruf jetzt bei Tims Mutter an, ja? Ich meld mich gleich wieder.«

Und damit beendete sie das Gespräch. Das war typisch für Melike, die liebste und beste Freundin, die man haben konnte. Wie hypnotisiert starrte ich mein Handy an und wartete auf Melikes Rückruf.

»Und?«, rief ich aufgeregt, als sie endlich anrief.

»Was für eine komische Kuh«, erwiderte Melike. »Tim ist angeblich übers Wochenende mit seinem Vater unterwegs. Mehr hat sie nicht gesagt. Also, vielleicht hat er sein Handy zu Hause vergessen oder er hat seine Karte nicht aufgeladen und kann sich deshalb nicht bei dir melden. Jetzt bleib mal ganz locker, okay?«

»Meinst du echt?«, fragte ich zittrig.

»Ja, klar. Und nun erzähl mir von Lajos.«

Ach ja, Lajos! Über meinen Kummer hatte ich den Besuch bei ihm fast vergessen. Ich berichtete Melike also haarklein von Blue Fire Lady, wiederholte auf ihr Drängen hin beinahe jedes Wörtchen, das Lajos von sich gegeben hatte, nur die lateinischen Ausdrücke ließ ich weg, weil ich sie nicht aussprechen konnte. Als ich fertig war, stieß Melike einen abgrundtiefen Seufzer aus.

»Lajos Kertészy. Er ist sooooo süß«, sagte sie verträumt.

»Spinnst du?«, antwortete ich. »Er ist doch nicht *süß*! Der ist mindestens so alt wie ... wie mein Vater.«

»Na und? Er ist trotzdem süß. Schon dieser Name! Lajos ... Lajos ... wow! Und er schreibt Bücher ...«

»Melike, du hast echt ein Rad ab.« Ich schüttelte den Kopf. Süß! Ich fand Lajos auch okay. Er war anders als die meisten Erwachsenen, und dazu war ich tief beeindruckt von seinem Wissen über Pferde. Er war mit Professor Pelzer, dem Mannschaftstierarzt der Olympiareiter, per Du! Unglaublich! Aber bei dem Wort »süß« konnte ich nur an zwei blaue Augen denken.

Wir telefonierten noch eine Weile, dann verabredeten wir uns für den nächsten Tag zum Reiten. Die Vorstellung, dass Tim vielleicht echt nur vergessen hatte, sein Handy aufzuladen, hatte mich tatsächlich ein wenig getröstet.

28. Kapitel

Das Wochenende ging herum, ohne dass Tim sich rührte. Ich klammerte mich an die Hoffnung, er hätte wirklich sein Handy vergessen. Melike und ich ritten zur Wiese hoch, doch er kam nicht.

Den Samstagnachmittag verbrachten wir bei Lajos. Erst halfen wir ihm im Stall, dann gingen wir ins Haus, saßen am Küchentisch, tranken Tee und lauschten den aufregenden Geschichten, die er erlebt hatte, während er um die halbe Welt gereist war.

Melike interessierte sich null für die Behandlung von Pferdekrankheiten, aber wahrscheinlich hätte er auch über die Folgen der Klimaerwärmung im Himalaja oder das Kanalsystem in Bagdad-Süd reden können, es wäre ihr egal gewesen. Sie schmachtete ihn an wie einen Popstar, saugte jedes seiner Worte derart auf, dass es schon peinlich war.

Lajos schien das allerdings nicht zu bemerken. Irgendwann stand er auf, zog eine Schublade auf und holte einen Beutel heraus. Ohne mit dem Reden aufzuhören, häufte er bräunliches Kraut auf ein Stück Papier, drehte es zwischen den Fingern zu einer Art Zigarette und zündete sie an.

»Was ist?«, erkundigte er sich nach zwei Zügen. Melike und ich starrten ihn nur an. »Habt ihr noch nie jemanden rauchen sehen?«

»Schon, aber nicht so etwas«, flüsterte Melike mit großen Augen. »Das … das ist doch … Haschisch, oder?«

Lajos hob überrascht die Augenbrauen, betrachtete kurz die eigentümliche Zigarette zwischen seinen Fingern und war seinerseits kurzzeitig sprachlos.

»Da habe ich wohl einen richtig schlechten Eindruck auf euch gemacht, was?« Er warf Melike einen amüsiert zerknirschten Blick zu, der zugegebenermaßen tatsächlich in die Kategorie »süß« fiel. Melike wurde auch prompt tomatenrot. »Das ist kein Haschisch, sondern ganz normaler Tabak. Ich drehe mir öfter selbst Zigaretten. Ist billiger und schmeckt besser.« Er zuckte mit den Schultern und grinste.

Draußen fuhr ein Auto vor. Melike guckte aus dem Fenster.

»Ich glaube, da kommt Tims Opa«, stellte sie fest.

»Wer?«, fragte Lajos.

»Herr Gottschalk ist der Opa von Tim Jungblut«, erklärte Melike. »Das müsstest du doch wissen.«

Sie sagte unverfroren Du zu Lajos, und da er nichts dagegen zu haben schien, tat ich das auch.

Eine Autotür schlug zu und Friedrich Gottschalk kam über den Hof. Und dann plapperte Melike unser größtes Geheimnis aus.

»Tim trainiert heimlich mit Elena und Fritzi auf der Wiese am steinernen Kreuz, aber das darf keiner wissen, weil Elenas Eltern Tims Eltern nicht leiden können. Stimmt's, Elena?«

Ich nickte nur. Lajos würde schon nichts verraten. Wem auch? Er kannte offensichtlich weder die Jungbluts noch meine Eltern.

»Ach ja?«, sagte er auch nur und drückte die Zigarette im Aschenbecher aus. Und da fiel mir wieder ein, wie komisch er mich angeguckt hatte, als der Gottschalk neulich meinen Namen gesagt hatte.

Plötzlich machte es in meinem Gehirn »Klick, klick, klick« und ich bekam ein ganz komisches Gefühl. Irgendetwas stimmte nicht mit Lajos. War es nicht eigenartig, dass er kaum etwas von sich erzählte? Alle seine Geschichten spielten in Amerika, England, Argentinien und Irland, aber er musste ziemlich lange in Deutschland gelebt haben, sonst würde er nicht so gut Deutsch sprechen.

Angestrengt versuchte ich mich an den Abend zu erinnern, als er mir den Fuß eingerenkt hatte. Irgendwo in meinem Kopf schwamm eine undeutliche Erinnerung herum, die sich aber nicht festhalten ließ.

Friedrich Gottschalk kam zur Tür hereingepoltert und brachte einen Schwall kalter feuchter Luft mit.

»Nanu, Lajos, du hast ja Damenbesuch«, stellte er fest und begrüßte Melike und mich.

Und da war es! *»Ich kenne Lajos von früher, als er noch hier gewohnt hat«*, das hatte Friedrich Gottschalk an jenem Abend gesagt! Er hatte ihm das Forsthaus vermietet, weil er ihn von früher kannte!

»Wir müssen jetzt los«, sagte ich und ergriff Melike, die sonst sicher bis um Mitternacht sitzen geblieben wäre, am Handgelenk. »Tschüss, Lajos, tschüss, Herr Gottschalk!«

»Grüß deinen Opa von mir«, erwiderte Tims Opa.

»Warum hast du es plötzlich so eilig?«, beschwerte meine

Freundin sich, als wir in den Stall gingen, um unsere Pferde zu holen.

»Es wird schon dunkel«, erwiderte ich. »Ich hab keine Lust auf Krach.«

In Wirklichkeit hatte ich es eilig, nach Hause zu kommen, weil ich ganz plötzlich einen Verdacht hatte.

Meine Familie war wieder einmal ausgeflogen, als ich auf dem Amselhof eintraf. Im Stall war nichts los, aber die Gaststätte war schon geöffnet. Es war noch früh, alle Tische leer. Die ersten Gäste kamen normalerweise gegen halb sieben.

»Na, Elena.« Oma stand hinter dem Tresen und polierte Gläser. »Wo warst du denn den ganzen Nachmittag?«

»Ausreiten«, erwiderte ich und marschierte quer durch den Schankraum zu der großen Tafel, die an der Wand über dem Stammtisch hing. Seit 1978 wurden hier die Vereinsmeister verewigt, und genau hier glaubte ich, den Namen Lajos schon einmal gelesen zu haben.

»Was hast du denn?«, fragte Oma neugierig.

Ich antwortete nicht, studierte angestrengt die Namen auf den kleinen bronzefarbenen Plättchen, die Opa nach jeder Vereinsmeisterschaft anfertigen ließ und auf die Tafel klebte.

Plötzlich zuckte ich zusammen. Im Jahr 1986 war Lajos Kertészy mit Wotan Vereinsmeister der Klasse L gewesen! Und im Jahr 1987 wieder, diesmal mit einem Pferd namens Calico. Mein Herz klopfte mir bis zum Hals. Lajos hatte tatsächlich früher hier gelebt, aber nicht nur das: Er war auf dem Amselhof geritten, zusammen mit Papa und – ich traute meinen Augen kaum – Richard Jungblut! Auch der Name von Tims Vater fand sich ein paarmal auf der Tafel.

Ich ließ mich auf die Eckbank sinken und starrte vor mich hin. Warum hatte Lajos mir nicht gesagt, dass er Papa kannte? Ich verstand gar nichts mehr.

»Elena?«

Ich hob den Kopf und blickte in Omas besorgtes Gesicht.

»Was ist denn los?«

»Oma«, flüsterte ich. »Kennst du einen Lajos von früher?«

»Ja, natürlich«, erwiderte sie. »Das war der Sohn von Dr. Kertészy aus Königshofen. Er ist damals hier geritten, mit deinem Papa zusammen. Wieso willst du das wissen?«

»Ach, nur so.«

Ich stand auf und rang mir ein Lächeln ab. Mama hätte mich sicher nicht so schnell entkommen lassen, aber Oma wurde abgelenkt, weil die ersten Gäste des Abends eintrafen.

Ich lief durch den Flur, nahm Twix mit und schloss unsere Haustür auf. Papa, Lajos und Tims Vater waren früher alle zusammen hier auf dem Amselhof geritten. Sie hatten sich also gut gekannt, vielleicht waren sie sogar Freunde gewesen. Aber dann musste irgendetwas passiert sein, was diese Freundschaft zerstört und in Hass verwandelt hatte.

Ich streifte mir die Schuhe von den Füßen und ging in Mamas Büro. Einen Moment stand ich unschlüssig herum und betrachtete ihren Schreibtisch, die Schränke und vollgestopften Bücherregale, dann begann ich systematisch zu suchen. Wonach ich suchte, wusste ich nicht genau, bis ich es gefunden hatte: Ganz unten in einem der Wandschränke stand ein Karton, auf den Mama mit ihrer ordentlichen Handschrift »Alte Fotos« geschrieben hatte. Ich zog den Karton heraus, hob den Deckel ab und ergriff das erste

Fotoalbum. 1986. Da war Mama zwölf gewesen. Neugierig blätterte ich die Seiten durch. Es waren Schnappschüsse von Mama, ihren Eltern und ihrer älteren Schwester Viola, die ziemlich früh gestorben war. Urlaubsfotos, Fotos aus der Schule und – vom Reiten!

Urlaub auf dem Amselhof, Sommer 1986, las ich. Damals hatte es hier noch ganz anders ausgesehen, die Bäume waren klein gewesen, Oma und Opa viel jünger. *Viola, Micha, Lajos, Linda, Richie und ich*, stand unter einem Foto, das sechs Jugendliche auf Pferden zeigte. Das war ja der Hammer! Zuerst glaubte ich, Tim auf den Fotos zu sehen, so ähnlich sah er seinem Vater, als der noch jünger gewesen war.

Ich blätterte Album um Album durch. Mama und ihre Schwester mussten regelmäßig Ferien auf dem Amselhof gemacht haben, und ich sah, wie die sechs Freunde im Zeitraffer älter wurden. Zwischendrin klebten Zeitungsausschnitte, Berichte über Turniere, auf denen vor allen Dingen die drei Jungs und Mama sehr erfolgreich geritten waren.

Die Mannschaft des Reitvereins Amselhof Steinau nicht zu schlagen, lautete die Überschrift eines Artikels aus dem Jahr 1988. Papa, Lajos und Richard Jungblut hatten die hessischen Meisterschaften in der Vielseitigkeit gewonnen. Das Bild zeigte drei junge Männer auf dem obersten Treppchen des Siegerpodests, die sich lachend umarmten. Natürlich wusste ich aus Erzählungen, dass Papa und Mama sich schon als Jugendliche kennengelernt hatten, aber in diesen Geschichten fehlten immer die anderen, die offensichtlich über Jahre hinweg fest dazugehört hatten: Lajos, Viola, Linda und Richard Jungblut.

Die Zeitungsartikel der späteren Jahre überflog ich nur flüchtig, Lajos kam gar nicht mehr darin vor, Papa und

Richard Jungblut waren zwischendurch auf der Bundeswehrsportschule in Warendorf gewesen und ein paarmal in Uniform auf dem Pferd zu sehen. Schließlich blieb nur noch ein Album übrig, aber ich war dem Geheimnis noch nicht viel näher gekommen.

1992. Mama musste damals gerade achtzehn gewesen sein, Papa fünfundzwanzig. Es gab ein Foto, das Mama und Papa sowie Lajos und Linda zusammen bei einer Party zeigte. Und erst jetzt kapierte ich, dass Linda Tims Mutter war. Linda Gottschalk! Natürlich! War sie damals Lajos' Freundin gewesen? Ich blätterte weiter, aber die letzten Seiten waren leer.

»Mist«, flüsterte ich. Gerade, als ich das Album zurück in den Karton stecken wollte, rutschten ein paar zusammengefaltete Zeitungsartikel heraus und fielen auf den Boden.

Verkehrsunfall mit tödlichem Ausgang, las ich. *Für vier junge Leute aus Steinau endete am Pfingstwochenende der Ausflug auf ein Reitturnier in Zeiskam mit einem Todesopfer, drei Schwerverletzten und erheblichem Sachschaden. Fahrer Lajos K. (25) missachtete am unbeschrankten Bahnübergang zwischen Königshofen und Hettenbach das Haltesignal. Sein Fahrzeug kollidierte mit dem aus Königshofen kommenden Regionalzug und ging sofort in Flammen auf. Lajos K., Richard J. und Susanne K. kamen mit schweren Verletzungen davon, für die 21-jährige Viola K. kam jede ärztliche Hilfe zu spät. Sie erlag noch am Unfallort ihren Verletzungen. Die Staatsanwaltschaft erhob Anklage gegen den zum Zeitpunkt des Unfalls stark alkoholisierten Fahrer Lajos K. wegen fahrlässiger Tötung, schwerer Körperverletzung und gefährlichem Eingriff in den Straßenverkehr.*

Ich starrte fassungslos auf den Zeitungsartikel in meinen

Händen; die Gedanken wirbelten in meinem Kopf wie ein Karussell. So also war Mamas Schwester Viola gestorben! Mit zitternden Fingern faltete ich die anderen Zeitungsausschnitte auseinander; alle Zeitungen aus der Gegend hatten groß von dem schrecklichen Unfall berichtet. Lajos war stockbetrunken gewesen, man hatte ihm den Führerschein abgenommen und ihn später zu fünf Jahren Gefängnis wegen fahrlässiger Tötung verurteilt. Es war absolut schrecklich, der totale Horror! Aber jetzt kapierte ich alles. Kein Wunder, dachte ich bitter, dass Lajos nicht über seine Vergangenheit sprechen wollte. Er war nie mehr auf den Amselhof gekommen und versteckte sich im Wald, weil er der Mörder von Mamas Schwester war!

Ich hatte den Karton wieder in den Schrank zurückgestellt, nur den Zeitungsartikel über den Unfall behielt ich. Nie wieder, das schwor ich mir in dieser Nacht, würde ich mit Lajos reden. Meine Enttäuschung über ihn war umso schlimmer, weil ich ihn eigentlich mochte. Es machte mich echt fertig, dass mich dauernd alle Menschen enttäuschten: Corinna und Engelbert, die blöde Ariane, Tim, ja sogar Papa, der nur noch miese Laune hatte, wenn er denn überhaupt mal zu Hause war!

29. Kapitel

Am Sonntag saß ich trübsinnig in meinem Zimmer herum und redete mich bei Melike, die natürlich wieder zu Lajos reiten wollte, mit Kopfschmerzen und Schüttelfrost heraus.

Immer wieder versuchte ich, Tim zu erreichen, aber sein Handy war und blieb aus.

Die ständigen Streitereien zwischen Mama und Papa erreichten beim Mittagessen einen vorläufigen Höhepunkt und endeten wieder einmal damit, dass Papa wütend das Haus verließ und davonfuhr. Grund für seinen Zorn war der Scheck von Herrn Teichert, den ausgerechnet ich Tims Vater abgenommen hatte. Er war »geplatzt«, wie Mama erklärte. Das bedeutete, es gab für den Scheck kein Geld. Über sechstausend Euro, die Teicherts Papa für Boxenmiete, Beritt und anderes schuldeten, waren damit futsch. Und ich war schuld.

Am Montag wäre ich am liebsten einfach im Bett liegen geblieben, nichts zog mich in die Schule. Ich brachte es auch nicht über mich, Melike die Wahrheit über ihren angebeteten Lajos zu erzählen. Das war alles viel zu ungeheuerlich, um darüber zu reden.

Ariane war wieder da, mit neuer Frisur und neuen Klamotten, für die sie sich ordentlich bewundern ließ, und sie platzte nach der zweiten Stunde auf dem Weg in die große Pause mit den Neuigkeiten heraus, natürlich extra so laut, dass ich schon hätte taub sein müssen, um nichts mitzubekommen.

»Ich hatte sooo ein geniales Wochenende«, schwärmte sie Tessa und Ricky und allen, die es sonst noch hören wollten, vor. »Wir waren in der Schweiz auf einem Turnier, zusammen mit Jungbluts, und zwischendurch bei einem Pferdehändler, Pferde probieren.«

Deshalb waren Ariane und Tim am Freitag also nicht in der Schule gewesen! Ich war tief gekränkt und wütend.

»Mama und ich waren in Zürich shoppen und beim Friseur und dann hatten wir ein megageiles Hotel.« Sie kicherte blöd. »Da gab's ein Zimmer zu wenig, Tim und ich mussten im selben Zimmer schlafen. Der ist so süß, ich sag's euch! Ich glaube, er ist voll in mich verknallt.«

Da explodierte die Eifersucht in meinem Innern wie ein Silvesterfeuerwerk. Tim hatte also das ganze Wochenende mit dieser bescheuerten Kuh verbracht, während ich verzweifelt auf ein Lebenszeichen von ihm gewartet hatte.

»Tim reitet ja so göttlich!« Ariane rollte die Augen. »Er hat auf dem Turnier ein paar Pferde von dem Pferdehändler geritten und sogar ein Springen gewonnen. Da hat mein Vater gesagt, er kauft ihm ein Pferd, mit dem er richtig vorne mitreiten kann.«

Nun war es aus mit meiner Selbstbeherrschung.

»Na, hoffentlich bezahlt dein Vater wenigstens bei Jungbluts«, sagte ich laut und vernehmlich. »Bei uns hat er das nämlich nicht getan. Der Scheck, den er meinem Vater gegeben hat, ist geplatzt.«

Ariane musterte mich von oben herab. »Hat der Bauerntrampel eben was gesagt?« Sie lachte geringschätzig und ihre Freundinnen kicherten ebenfalls.

Ich biss mir auf die Lippen. Neben Ariane kam ich mir in meiner alten Daunenjacke und den klobigen Timberlands hoffnungslos unterlegen vor.

»Dein Vater hat uns um sechstausend Euro betrogen«, warf ich ihr vor. »Da könnt ihr natürlich leicht in Zürich *shoppen* gehen.«

»Pass bloß auf, was du sagst, du blöde Kuh!«, zischte Ariane.

»Lass Elena in Ruhe!«, mischte sich plötzlich jemand ein und ich fiel vor Schreck fast tot um.

Wie aus dem Boden gewachsen stand Tim neben mir, ich hatte ihn überhaupt nicht kommen sehen. Das Blut rauschte in meinen Ohren und ich bekam nichts von dem mit, was Tim noch zu Ariane sagte. Ich begriff nur, dass er mich in Schutz nahm und Ariane kühl abblitzen ließ. Angesichts dieses Verhaltens schien er wohl kaum in sie verliebt zu sein, selbst wenn er mit ihr in einem Zimmer im Hotel übernachtet hatte. Mir war ganz schwindelig vor Glück.

Ariane zog beleidigt mit ihren Getreuen ab und ich blickte Tim an.

»Es tut mir leid, dass ich mich nicht bei dir gemeldet habe, Elena«, sagte er leise. »Ich wusste am Donnerstag noch gar nicht, dass wir auf das Turnier beim Nötzli fahren würden, ehrlich.«

Er hatte tatsächlich vergessen, sein Handy aufzuladen, genau wie Melike es vermutet hatte. Aber das war mir jetzt auch egal. Er war da, er stand vor mir, er hatte Ariane eine fette Abfuhr erteilt und seine Augen leuchteten so blau wie der Waldsee im Sommer. Alles war wieder gut und wunderbar und toll! Vergessen die grässlichen Stunden des Zweifelns, meine Sorgen und meine Eifersucht. Mir fehlten die Worte, so überrascht und glücklich war ich. Und vor lauter Glück vergaß ich auch, dass ich mit Tim gar nicht reden durfte. Ich erzählte ihm aufgeregt von Lajos im Forsthaus, von dem geplatzten Scheck und Blue Fire Lady.

»Langsam, langsam! Ich verstehe kein Wort.« Tim bremste meinen Redefluss belustigt, und ich musste lachen, so froh war ich, ihn endlich wiederzusehen. Es kam mir so vor, als hätte ich ihn monatelang nicht gesehen.

Meine Freude machte mich unvorsichtig, deshalb bemerkte ich Christian nicht, bis er neben uns stand.

»Hey, Jungblut!« Die Stimme meines Bruders riss mich unsanft von meiner rosa Wolke. »Lass meine Schwester in Ruhe. Elena, komm sofort hierher!«

Christians hasserfülltes Gesicht duldete keinen Widerspruch. Er hatte seine Kumpel Felix, David und Yannick dabei, die sich nun drohend vor Tim aufbauten. Ich wollte Tim nicht im Stich lassen, aber auf der anderen Seite durfte ich meinen Bruder nicht noch mehr gegen ihn aufbringen.

»Bleib mal locker, Weiland«, erwiderte Tim. Er schien keine große Angst zu haben. »Ich tue deiner Schwester schon nichts.«

»Du atmest dieselbe Luft wie sie, das reicht schon.« Christian machte einen Schritt nach vorn und versetzte Tim einen Stoß gegen die Brust. »Was hast du hier überhaupt zu suchen? Bleib gefälligst in der Blödenabteilung, wo du hingehörst!«

Tim war in der Realschule, und auch wenn sich Gymnasium, Realschule und Berufsschule den einen Schulhof teilten, gab es doch ungeschriebene Gesetze, wer sich wo aufhalten sollte.

»Wenn ich dich noch mal in Elenas Nähe sehe, kriegst du einen Riesenärger, kapiert?«, setzte Christian nach.

»Ich verstehe Deutsch, auch wenn ich nur in der Realschule bin«, sagte Tim ganz cool und sah noch immer nicht so aus, als würde er sich in die Hose machen.

Es gongte, die Pause war vorbei. Christian war sichtlich enttäuscht, weil Tim sich nicht hatte provozieren lassen.

»Schlappschwanz!«, sagte er und packte meinen Arm.

Ich hatte keine Chance mehr, noch etwas zu Tim zu sagen, und musste mir bis vor die Tür unserer Klasse Christians Vorwürfe anhören.

Nach der Schule entkam ich meinem Bruder, weil der zwei Stunden später als ich aushatte.

Tim schrieb mir eine SMS, er wollte um drei auf der Wiese sein. Ich war happy, alles war wieder gut.

Zu Hause allerdings war leider nichts gut. Obwohl am Wochenende in Heidelberg ein richtig großes Turnier mit internationalen Prüfungen stattfand, bei dem Papa sich gute Chancen ausrechnete, und obwohl ihm der Bundestrainer am Wochenende mitgeteilt hatte, dass er mit Lagunas und Calvador im Februar bei den Weltcupturnieren in Bordeaux und Göteborg starten durfte, war Papa übel gelaunt. Zwar zankten meine Eltern sich beim Mittagessen ausnahmsweise mal nicht, dafür sprachen sie aber auch nicht miteinander. Die Spannung zwischen ihnen war fast unerträglich und Mama hatte rote Augen, als habe sie geweint. Papa stand auf und ging hinaus, als er aufgegessen hatte.

»Ist was passiert?«, fragte ich und half Mama, den Tisch abzuräumen.

»Nein«, antwortete sie wortkarg.

Schweigend räumten wir zusammen die Küche auf. Gerade als ich hoch in mein Zimmer gehen wollte, um mich umzuziehen, hielt Mama mich zurück.

»Elena, ich weiß, dass es ein schlechter Zeitpunkt ist«, sagte sie. »Aber ich werde heute für ein paar Tage … wegfahren.«

Ich war in Gedanken längst bei Tim auf der Wiese am steinernen Kreuz und hatte Mühe zu kapieren, wovon sie sprach.

»Aber warum?«, fragte ich. »Und wohin?«

»Ich muss einfach mal hier raus«, erwiderte Mama. Ihre Augen glänzten verdächtig. »So kann es nicht weitergehen, verstehst du das?«

Ich nickte langsam. Was war ich nur für ein Egoist, dass ich nur an mich und meine eigenen Sorgen dachte! Mama hatte viel größere Probleme als ich. Und Papa war ihr sicher keine große Hilfe, so wie er in den letzten Wochen drauf war.

»Hast du es Papa gesagt?«, flüsterte ich.

Mama schüttelte den Kopf und fuhr sich mit dem Handrücken über die Augen. Dann umarmte sie mich plötzlich.

»Du darfst mir nicht böse sein, Elena. Aber ich kann einfach nicht mehr. Ich fahre zu meinen Eltern nach Bonn und bleibe ein paar Tage dort. Du kannst mich immer anrufen, okay?«

»Ja, klar«, murmelte ich. »Du kommst aber wieder?«

»Natürlich.« Sie lachte ein bisschen und schluchzte

gleichzeitig. »Versprichst du mir, dass du brav bist und keinen Unsinn machst?«

»Ja, Mama«, sagte ich und drückte sie ganz fest.

»Ich schreibe deinem Vater einen Brief«, sagte Mama. »Bitte gib ihm den heute Abend, okay? Ich lege ihn in die oberste Schreibtischschublade.«

»Klar. Das mach ich.«

Das hatte Papa nun davon! Mama konnte ja auch nichts für Opas Schulden und dafür, dass die Leute mit ihren Pferden auszogen.

Nachdenklich ging ich nach oben ins Bad. Die Vorstellung, dass Tim ein ganzes Wochenende mit Ariane zusammen gewesen war, wurmte mich insgeheim doch etwas. Ich betrachtete mich kritisch im Spiegel und musste mir frustriert eingestehen, dass sie viel hübscher war als ich. Meine Haare hingen langweilig hinunter, ich war käseweiß im Gesicht. Und dazu noch die blöde Zahnspange! Aber ich wusste beim besten Willen nicht, wie ich etwas an mir verändern sollte.

Um kurz nach zwei ging ich hinüber in den Stall, sattelte Fritzi und gelangte ungesehen vom Hof. Die Abkürzung am Forsthaus vorbei vermied ich, ich hatte genug Zeit, außenherum zu reiten. Es war kalt und trocken und Fritzi war gut drauf, deshalb ließ ich ihn so flott traben, wie er wollte.

Tim wartete schon auf der Wiese. Er hatte den Parcours ein bisschen umgebaut und wir fingen gleich mit dem Training an. Noch vorgestern war mir die Wiese so fremd und leer erschienen, aber heute war alles wieder anders. Wenn nur die Sache mit Ariane nicht auf einmal so an mir nagen würde! Vielleicht konnte ich Tim später beiläufig darauf ansprechen.

Fritzi sprang richtig gut. Zum Schluss machte Tim die Hindernisse so hoch wie nie zuvor und war begeistert, als wir ohne einen Fehler den ganzen Parcours sprangen.

»Ihr seid echt fit fürs Turnier!«, rief er und grinste. »Das war eine 9,0!«

»Echt?« Ich parierte atemlos neben ihm durch. Eigentlich wollte ich jetzt nicht über Fritzi reden, viel mehr interessierte mich das Hotel in der Schweiz und Ariane. Nein, noch dringender wollte ich Tim von dem Zeitungsartikel erzählen und davon, dass unsere Eltern früher dicke Freunde gewesen waren.

Aber da klingelte Tims Handy. Er ging dran und seine Miene wurde finster.

»Mist, ich muss los«, sagte er bedauernd zu mir. »Das war mein Alter. Um vier kommt Kundschaft.«

»Stimmt es eigentlich, dass Arianes Vater ein Pferd für dich kaufen will?«, fragte ich, als ich neben ihm her zu seinem Mofa ritt.

»Keine Ahnung«, erwiderte Tim. »Der redet viel, wenn der Tag lang ist. Das war ein so ätzendes Wochenende, du glaubst es nicht. Dauernd hatte ich diese Leute an der Backe, furchtbar!«

Das klang allerdings total anders als heute Morgen bei Ariane! Ich frohlockte innerlich. »Ariane hat in der Schule rumerzählt, du wärst in sie verliebt und ihr hättet in einem Hotelzimmer geschlafen«, wagte ich zu sagen.

»Pah!« Tim rollte die Augen. »Das hätte sie wohl gern! Ich muss halt höflich sein, schließlich sind die Teicherts Kunden. Seitdem die bei uns im Stall sind, ist es tierisch anstrengend. Dauernd wollen die irgendwas und gehen einem auf den Geist!«

Das konnte ich mir lebhaft vorstellen. Um Tim tat es mir leid, aber seinem Vater geschah das nur recht.

Wir hatten Tims Mofa erreicht.

»Hattest du noch Ärger wegen heute Morgen?«, wollte er wissen.

»Bis jetzt noch nicht«, antwortete ich. »Christian hat heute lange Schule. Meinst du, du hast diese Woche noch mal Zeit?«

»Ich werd's versuchen.« Tim setzte den Helm auf. »Ich sag dir Bescheid, okay?«

Ich nickte.

Er wollte sein Mofa anlassen, aber da schien ihm noch etwas einzufallen. »Und, Elena?«

»Ja?«

»Mach dir bloß keine Gedanken wegen dieser blöden Ariane.«

Ich konnte nicht anders, ich musste vor lauter Erleichterung grinsen. Mit Donnergepolter fiel mir ein riesiger Stein vom Herzen. Genau das hatte ich hören wollen. Glücklich blickte ich Tim nach.

Als er verschwunden war, wendete ich Fritzi und ritt im Schritt über die Wiese. Hätte Fritzi nicht den Kopf gehoben und die Ohren gespitzt, hätte ich wohl die Gestalt übersehen, die am Waldrand an einem Baumstamm lehnte. Lajos! Was machte der denn hier?

»Hallo, Elena!«, rief er und kam auf mich zu.

Bei seinem Anblick kochte heiße Wut in mir hoch.

»Du reitest wirklich gut«, sagte er und blieb neben Fritzi stehen. »Das war Tim Jungblut, nicht wahr?«

»Warum sind Sie hier?«, erwiderte ich kühl. »Spionieren Sie mir nach?«

Ich wollte nicht länger Du zu ihm sagen. Er war ein Fremder, ein Verbrecher.

»Nein, ich war nur neugierig. Ich habe die Stute heute früh in die Klinik gefahren, und weil Melike erzählt hat, dass du hier auf der Wiese mit Fritzi trainierst, habe ich vermutet ...«

»Ich habe gedacht, wir wären so was wie Freunde«, unterbrach ich ihn unhöflich. »Sie müssen überhaupt nicht so scheißfreundlich tun!«

Lajos hörte auf zu lächeln und starrte mich erstaunt an.

»Warum bist du denn so feindselig?«, fragte er verständnislos. »Ist etwas passiert?«

»Ja, allerdings«, gab ich wütend zurück. »Vor achtzehn Jahren ist etwas passiert! Warum haben Sie mir nicht gesagt, dass Sie meine Eltern kennen? Und Tims Eltern auch! Ich habe Ihnen vertraut und gedacht, Sie wollen eben nicht über früher sprechen. Aber jetzt weiß ich, was damals passiert ist. Sie haben die Schwester von meiner Mutter umgebracht, weil Sie betrunken Auto gefahren sind! Sie waren deswegen sogar im Gefängnis!«

Lajos wurde totenbleich. »Elena, das ... das war ganz anders«, stammelte er. »Bitte lass mich dir erklären ...«

»Nein!«, rief ich, zornig über die Enttäuschung, die er mir zugefügt hatte. »Ich will nichts hören! Und ich will Sie nie mehr in meinem Leben sehen! Nie, nie mehr!«

Bevor er noch etwas sagen konnte, gab ich Fritzi die Sporen und galoppierte am Waldrand entlang. Es tat mir in der Seele weh, denn ich hatte Lajos echt gemocht.

30. Kapitel

Papa erschien in der Küchentür, als Twix und ich nichts ahnend zur Haustür hereinkamen. Es war ungewöhnlich, dass er um diese Uhrzeit zu Hause war.

»Wo kommst du jetzt her?«, fragte er mit einer Schärfe, die nichts Gutes verhieß.

»Ich war im Gelände«, erwiderte ich. Das war nicht gelogen.

»Dein Bruder hat mir erzählt, was heute in der Schule los war.«

Oh Mist! Daher wehte der Wind. Warum konnte mein blöder Bruder nicht einfach mal seine Klappe halten?

»Was hattest du mit Tim Jungblut zu reden?«, wollte Papa wissen.

»Es war wegen Ariane«, sagte ich schnell. »Sie hat rumgeprotzt, dass sie mit Jungbluts in der Schweiz waren und ihr Vater Tim ein Pferd kaufen will. Ich hab sie gefragt, ob ihr Vater denn bei Jungbluts wenigstens seine Boxenmiete bezahlt, weil er's bei uns nicht getan hat. Da hat Ariane mich total beschimpft und Tim hat nur zu ihr gesagt, sie soll mich in Ruhe lassen.«

»Und wie kommt Tim Jungblut dazu, Partei für dich zu ergreifen?«, fragte Papa eisig. »Doch wohl nicht etwa, weil du vor Monaten mal ein Pferd von ihm eingefangen hast?«

Warum hatte er nur so ein verdammt gutes Gedächtnis!

»Ich weiß nicht«, erwiderte ich unbehaglich und spürte, dass ich mich auf dünnes Eis begab.

»Guck mich an, Elena«, sagte Papa und ich gehorchte, auch wenn es mir schwerfiel. »Wenn ich noch ein einziges Mal höre, dass du mit diesem Jungen sprichst, dann hat das Konsequenzen. Und zwar sehr ernste. Ich verbiete – hörst du –, ich *verbiete* dir ein für alle Male, mit ihm zu reden. Geht das in deinen Kopf rein?«

»Ja«, flüsterte ich und kämpfte gegen die aufsteigenden Tränen. Papa war so fies, ich konnte ihn überhaupt nicht mehr leiden.

»Jetzt geh auf dein Zimmer. Und da bleibst du, bis ich dir wieder erlaube, herunterzukommen. Du hast bis auf Weiteres Hausarrest.«

Mir fiel Mamas Brief ein, den ich Papa geben sollte. Ich ging in ihr Büro und fand ihn tatsächlich in der obersten Schreibtischschublade, so wie sie es mir gesagt hatte. Mit dem Brief in der Hand lief ich zurück in die Küche, wo Papa gerade den Kühlschrank inspizierte.

»Was tust du noch hier?«, fuhr er mich an. »Hatte ich dir nicht gesagt, dass du auf dein Zimmer gehen sollst?«

»Mama ist weg«, sagte ich.

»Sie wird schon wiederkommen«, erwiderte er gereizt und klappte die Kühlschranktür zu.

»Das glaube ich nicht. Ich soll dir was von ihr geben.« Ich hielt ihm den Brief hin.

»Was ist das?«, fragte er und nahm ihn mir aus der Hand. Er riss den Umschlag auf und faltete den Brief auseinander.

Ich beobachtete, wie sich sein Gesicht verfinsterte, als er die wenigen Zeilen, die Mama ihm geschrieben hatte, überflog.

»Das hast du jetzt von deiner schlechten Laune«, warf ich ihm vor. »Du hast Mama aus dem Haus geekelt mit deiner Schreierei!«

Papa zerknüllte den Brief. »Meinst du etwa, ich habe keine Sorgen?«, erwiderte er heftig. »Und ich schmeiße nicht einfach den ganzen Kram hin und haue ab!«

»Tust du wohl!«, entgegnete ich furchtlos. »Du bist doch nie hier!«

»Was weißt du denn schon davon?« Papa starrte mich wütend an, aber ich starrte genauso wütend zurück.

»Ich weiß eine ganze Menge«, entgegnete ich. »Ich hab kapiert, um was es geht. Mama versucht hier alles zu retten, damit wir den Amselhof nicht verlieren, aber du kannst doch nur herumbrüllen! Du bist ganz allein schuld dran, dass Mama weg ist und dass hier alles kaputtgeht.«

Und plötzlich überkam mich eine wilde, hilflose Wut. Wut auf Christian, der mich verpetzt hatte, auf Lajos, der gelogen hatte, auf Mama, die mich im Stich gelassen hatte, und auf Papa, der ungerecht und gemein war. Tränen schossen mir in die Augen, ich konnte es nicht verhindern.

»Ich *hasse* dich!«, schrie ich meinen Vater an. »Ich hasse euch alle!«

Ich versetzte einem Küchenstuhl einen so heftigen Stoß, dass er umkippte und auf den Boden krachte.

»Heb den Stuhl auf«, sagte Papa, ungerührt von meinem Wutanfall.

»Nein!«, brüllte ich und die Zornestränen strömten mir über das Gesicht.

Ich rannte aus der Küche, schnappte meinen Hund, der den Streit mit eingekniffenem Schwanz vom Flur aus verfolgt hatte, und stampfte schluchzend die Treppe hoch. Wütend knallte ich die Tür hinter mir zu. Es war so ungerecht! Tim hatte niemandem etwas getan. Was auch immer damals dazu geführt hatte, dass meine Eltern die Jungbluts hassten, es war nicht unsere Schuld, ja wir waren noch nicht mal auf der Welt gewesen!

Keine fünf Sekunden später stand Papa in der Tür.

»Was fällt dir ein, hier so herumzuschreien und die Möbel umzuschmeißen?« Seine Stimme klang drohend. »Was glaubst du eigentlich, wer du bist? Du gehst auf der Stelle runter, stellst den verdammten Stuhl wieder hin und entschuldigst dich bei mir!«

»Ich denk nicht dran!«, schrie ich trotzig.

Papa machte einen Schritt auf mich zu, seine Augen flackerten, und mich durchzuckte für einen Moment die Befürchtung, dass ich jetzt eine Tracht Prügel abkriegen würde. Aber Papa blieb erstaunlich ruhig.

»Auch gut.« Mit zwei Schritten war er an meinem Schreibtisch und schnappte mein Handy, das ich dummerweise dort hingelegt hatte. Mit der anderen Hand beförderte er Twix hinaus in den Flur.

»Gib mir mein Handy wieder!«, kreischte ich und sprang auf.

»Ich denk nicht dran«, wiederholte er meine Worte und ging hinaus.

Fassungslos hörte ich, wie sich der Schlüssel im Schloss drehte. Er hatte mich in meinem Zimmer eingesperrt! Ich trommelte mit beiden Fäusten gegen die Tür und brüllte alle wüsten Flüche, die ich im Lauf der Jahre vom Aknefrosch aufgeschnappt hatte, aber mein Vater ließ sich nicht provozieren. Die Tür blieb zu und ich saß fest.

Ich heulte ohne Unterbrechung den Rest des Nachmittags, bis ich nicht mehr konnte und nur noch nach Luft schnappte wie ein Fisch auf dem Trockenen. Gott sei Dank hatte ich das Handy wenigstens ausgeschaltet, bevor Papa es einkassiert hatte, denn wenn er zufällig die SMS von Tim gelesen hätte, wäre mein Hausarrest wohl bis zu meinem achtzehnten Geburtstag verlängert worden.

Ich verkroch mich in meinem Bett, zog die Decke über den Kopf und schmiedete voller Zorn wilde Flucht- und Rachepläne. Allerdings gab es bei genauer Betrachtung nichts und niemanden, zu dem ich hätte flüchten können. Bei Melike würden sie mich innerhalb von Minuten finden; außerdem ging sie morgen für ein paar Tage auf Klassenfahrt. Lajos fiel ganz aus, der feige Lügner!

Es begann zu dämmern, dann wurde es dunkel. Mein Magen knurrte. Ich war zu stolz, um mich ans Fenster zu setzen und hinunter auf den Hof zu gucken. Papa hätte mich dort sehen können, und das wollte ich auf gar keinen Fall. Christian lärmte nebenan in seinem Zimmer herum und spielte dann wieder an seinem Computer. Dieser Mistkerl! Ihm war es bei dem Streit mit Tim doch überhaupt nicht um mich gegangen. Er hasste Tim vor allen Dingen deshalb, weil der besser reiten konnte, und suchte nur nach einer Gelegenheit, ihm deswegen eins auszuwischen. Nie wieder würde ich mit meinem Bruder reden! Und mit meinem Vater schon gar nicht.

Irgendwann war die Müdigkeit stärker als meine Rachegedanken und ich musste eingeschlafen sein, denn als ich plötzlich erschrocken hochfuhr, zeigte mein Wecker 1:26 an. Erstaunt stellte ich fest, dass Twix bei mir im Bett lag. Er knurrte behaglich vor sich hin, als ich ihn zur Seite schob, um das Licht anzumachen. Ich stand auf und ging zur Tür. Papa hatte wohl ein schlechtes Gewissen bekommen, denn sie war offen.

Ich ging aufs Klo und stand dann eine Weile unentschlossen im dunklen Flur herum. Wo mochte Papa wohl mein Handy hingetan haben? Ich hielt ihn für nicht so raffiniert, es zu verstecken, deshalb schlich ich auf Zehenspitzen die Treppe hinunter und warf einen Blick ins Elternschlafzimmer.

Das Bett war unberührt. Papa war auch weg! Na toll. Er lag auch nicht auf der Couch im Wohnzimmer und nicht im Gästezimmer. Dafür fand ich auf dem Küchentisch mein Handy. Super!

Ich schaltete es an, gab meine Geheimzahl ein. Sekunden später piepste es leise. Sechs Nachrichten, alle von Melike. Ich schrieb ihr zurück, was vorgefallen war.

Dann tippte ich eine SMS an Tim. *Riesenärger!*, schrieb ich. *Mein Bruder hat meinem Vater alles erzählt. Und der hat mir dann das Handy abgenommen. Melde mich!*

Die Versuchung, das Handy einfach mit nach oben zu nehmen, war groß, aber ich widerstand, schaltete es ab und legte es wieder auf den Küchentisch.

Mein Magen knurrte vernehmlich. Seit dem Mittagessen hatte ich nichts mehr zwischen die Zähne gekriegt. Im Fach über dem Kühlschrank fand ich eine Packung Salzbrezeln. Ich mampfte die Hälfte weg, dann ging ich ins Wohnzimmer und legte mich dort auf die Couch.

Was würde passieren, wenn Mama nicht mehr zurückkam? Sie hatte es mir zwar versprochen, aber meiner Erfahrung nach sagten Erwachsene viel, wenn der Tag lang war, und hielten ihre Versprechungen meistens nicht ein.

Twix kam angetapst, sprang auf die Couch und rollte sich in meinen Kniekehlen zusammen. Ich gähnte und schloss die Augen. Zwei Minuten, dachte ich, dann gehe ich wieder hoch ins Bett.

Die Deckenstrahler flammten auf, ich blinzelte verschlafen in das helle Licht.

»Ach«, sagte Papa, »kaum ist die Katze aus dem Haus, tanzen die Mäuse auf dem Tisch. Hast du mal auf die Uhr geguckt?«

»Ich hatte so einen Hunger.« Ich gähnte und setzte mich auf. »Du hast mich ja ohne Abendessen eingesperrt.«

»Weil du meine Möbel zertrümmert und mich angeschrien hast«, entgegnete Papa und setzte sich auf die kleine Couch.

Unsere Blicke trafen sich. Dunkle Schatten lagen unter seinen Augen und ich fand, dass er nur noch erschöpft und überhaupt nicht mehr wütend aussah. Er roch nach Alkohol und Zigaretten, so als ob er den ganzen Abend in einer Kneipe gesessen habe.

»Sag mal«, begann Papa nun zögernd. »Was hast du denn vorhin damit gemeint, als du gesagt hast, ich hätte Mama aus dem Haus geekelt?«

»Du schreist Mama dauernd an und machst ihr Vorwürfe.« Ich zuckte mit den Schultern. »Dabei kann sie doch auch nichts dafür, dass wir Probleme haben. Sie kriegt immer alles ab.«

Papa starrte gedankenversunken auf seine Knie. Wahrscheinlich würde er mich gleich anmeckern, weil ich mich in Dinge einmischte, die mich nichts angingen.

»Ich gehe jetzt ins Bett«, sagte ich. »Ich muss morgen in die Schule. Gute Nacht.«

Ich wollte an ihm vorbeigehen, da ergriff er mein Handgelenk. »Warte«, sagte er leise. »Bitte …«

Ich sah in seine müden Augen und auf einmal fiel mir ein, was Mama neulich gesagt hatte. *Er hat Angst. Angst, dass er hier alles verliert.*

»Kleine Elena.« Papas Stimme klang traurig. »Manchmal vergesse ich, dass du gar kein kleines Mädchen mehr bist. Du kriegst eine Menge mit, nicht wahr?«

»Ich bin ja nicht blöd«, erwiderte ich.

»Komm.« Er ließ mich los und klopfte neben sich auf das Polster der Couch. »Setz dich noch einen Augenblick zu mir.« Ich gehorchte und sah ihn abwartend an. Früher war alles so anders gewesen. Ich hatte ihn angebetet, meinen Vater! Er hatte mich auf dem Arm herumgetragen und mit mir gespielt, mich vor sich auf sein Pferd gesetzt und war mit mir zusammen geritten. Doch je älter ich wurde, desto weniger Zeit hatte er für mich gehabt. Und seit einigen Monaten sprach er eigentlich nur noch mit mir, wenn ich etwas falsch gemacht hatte. Das letzte Mal, dass wir uns unterhalten hatten, ohne zu schreien, lag Wochen zurück. Es war an Weihnachten gewesen, als ich morgens früh die Pferde gefüttert und getränkt hatte.

»Weißt du, wo Mama ist?«, fragte er schließlich.

»Ja.«

»Sagst du es mir oder hat sie dir das verboten?«

»Quatsch! Wieso sollte sie das verbieten? Sie ist bei Opa und Oma in Bonn.«

»So. Hm.« Er starrte vor sich hin. »Hat sie noch irgendetwas zu dir gesagt, bevor sie weggefahren ist?«

»Nur, dass sie es hier nicht mehr aushält und mal für ein paar Tage rausmuss.«

Papa seufzte und rieb sich mit beiden Händen sein müdes Gesicht.

»Papa?«

»Hm?«

»Meinst du, wir werden irgendwann wieder eine richtige Familie?«

»Sind wir das denn nicht mehr?«, fragte er dumpf, ohne mich anzusehen.

»Du bist doch sowieso nur noch unterwegs. Mama ist jetzt auch weg. Und wenn ihr mal zusammen seid, dann streitet ihr oder keiner sagt einen Ton. Das ist doch wohl keine Familie mehr!«

Papa schwieg.

»Auch wenn wir Schulden haben …« Ich wählte meine Worte vorsichtig, um Papa nicht wieder aufzubringen. »Und auch wenn die blöden Teicherts ihre Pferde weggeholt haben und die Corinna, der Engelbert, die Kaisers und die Zicke Laura ausgezogen sind, muss deshalb doch nicht unsere Familie kaputtgehen, oder? Mama hat ja nur noch Angst davor, dass du wieder rumbrüllst, und sitzt hier und weint.«

»Stimmt das?« Papa blickte auf und ich sah etwas Neues in seinen Augen: Kummer.

Ich nickte. »Mama ist den ganzen Tag hinter den Leuten her, damit sie ihre Stallmiete bezahlen«, fuhr ich fort, immer darauf gefasst, dass er wütend werden konnte. »Gleichzeitig hat sie Angst, dass noch weitere Einsteller ausziehen könnten. Und dann wartet hier im Büro wieder nur ein neuer Stapel Rechnungen auf sie und du willst nie etwas davon hören.«

Papa stieß einen Seufzer aus. Eine ganze Weile sagte niemand von uns beiden etwas.

»Mama kommt doch wieder, oder?«, fragte ich leise.

»Ganz sicher tut sie das«, erwiderte er, aber es klang eher so, als ob er sich selbst davon überzeugen wollte. »Geh jetzt ins Bett. Du hast doch morgen Schule.«

Auf einmal tat Papa mir sehr leid. Ich hatte mich in der letzten Zeit oft über ihn geärgert, ihn manchmal regelrecht gehasst, wenn er Mama so ungerecht behandelt und angebrüllt hatte. Aber wie er jetzt dasaß, so bedrückt und niedergeschlagen, kam mir der Gedanke, dass er vielleicht gar nicht mit Absicht so gemein gewesen war. Ich schlang meine Arme um seinen Hals und schmiegte mein Gesicht an seine raue Wange.

»Ich hab dich lieb, Papa«, flüsterte ich. »Und als ich gestern gesagt habe, dass ich dich hasse, da hab ich das nicht so gemeint. Du bist doch nicht böse auf mich, oder?«

Papa legte unbeholfen die Arme um mich.

»Nein, das bin ich nicht.« Seine Stimme klang heiser. »Ich hab dich auch sehr lieb, meine Kleine. Mach dir keine Sorgen, es wird alles wieder gut.«

31. Kapitel

Es hatte in den letzten zwei Tagen heftig geschneit und an den Straßenrändern türmten sich die Schneeberge. Papa, Jens und Christian waren am Morgen nach Heidelberg aufs Turnier gefahren und auch Tim war deswegen heute nicht in der Schule gewesen. Mama war noch immer bei ihren Eltern, deshalb hatte ich keinen Grund, nach Hause zu fahren.

Schon seit Tagen ging mir etwas im Kopf herum, eigentlich seit letztem Montag, als Ariane mit ihrer Shoppingtour in Zürich geprahlt hatte. Es war schon eine Weile her, dass ich mit Papa mal bei Herrn Teichert in dessen Büro gewesen war, und ich erinnerte mich nur noch dunkel daran, wo es war, deshalb musste ich auf gut Glück durch das Gewerbegebiet von Königshofen laufen.

Meine Füße waren bereits zu Eisblöcken gefroren, als ich endlich vor einem mehrstöckigen grauen Geschäftshaus das Schild »Teichert Finance – Vermögensberatung« las. Ich drückte die Glastür auf und marschierte durch die große Eingangshalle bis zu den Aufzügen. Auf dem goldenen Schild im Aufzug war ein Hinweis zu den verschiedenen Firmen angebracht, die in diesem Gebäude ihren Sitz hatten. Teicherts Büro war im dritten Stock. Der Aufzug hielt mit einem leisen Läuten, die Türen glitten zur Seite und ich stand auf einem Flur, direkt vor der Glastür, auf der »Teichert Finance« stand.

Ich klingelte. Wenig später sprang die Tür mit einem Summen auf. Hinter einem schneeweißen Tresen thronte eine aufgedonnerte Frau, die ich zuerst für Frau Teichert hielt. Sie sah ihr zum Verwechseln ähnlich, war bei genauerem Hinsehen aber höchstens halb so alt. Die Telefone auf ihrem Schreibtisch klingelten.

»Guten Tag«, grüßte ich. »Ich möchte zu Herrn Teichert.«

»Ach ja? Hast du einen Termin?« Sie musterte mich überheblich, dann blickte sie missbilligend auf die schmutzigen Fußspuren, die meine durchnässten Schuhe auf dem schicken hellgrauen Teppichboden hinterlassen hatten.

»Ich hab zwar keinen Termin«, erwiderte ich, »aber ich will trotzdem mit ihm reden.«

»Er hat Besuch. Das kann dauern.«

»Ist mir egal. Dann warte ich.« Ich hatte nicht vor, mich von dieser arroganten Schnepfe abwimmeln zu lassen.

»Das bedeutet: Herr Teichert hat keine Zeit«, sagte sie genervt.

»Ich bin eine Klassenkameradin von Ariane«, entgegnete ich, als wäre das eine Begründung dafür, weshalb ich mit ihrem Vater sprechen wollte.

»Ach so.« Die Schnepfe griff zum Telefon und tippte eine Nummer ein, ohne mich aus den Augen zu lassen. »Herr Teichert, hier steht ein Mädchen vor mir, das mit Ihnen sprechen will. Sie behauptet, sie sei eine Klassenkameradin von Ariane … Ah ja. Okay. Ich frage sie.«

Sie legte eine Hand über die Muschel des Hörers.

»Um was geht es?«

»Das möchte ich schon selbst mit Herrn Teichert besprechen«, antwortete ich so überheblich, wie sonst nur Ariane sein konnte.

Aber diesen Ton schien die Schnepfe zu verstehen. Sie hob die Augenbrauen und richtete ihrem Chef meine Worte aus.

»Herr Teichert erwartet dich«, sagte sie dann kühl. »Die Tür am Ende des Ganges.«

»Vielen Dank.« Ich lächelte zuckersüß.

Als ich auf die Tür zuging, sackte mir das Herz mehr und mehr in die Kniekehlen. Aber ich hatte nicht vor, umzukehren. Ich holte tief Luft, straffte die Schultern und klopfte an.

»Herein!«, klang es dumpf durch die Tür.

Ich betrat den Raum – und hätte am liebsten auf dem Absatz wieder kehrtgemacht. Denn der Mann, der Herrn Teichert gegenübersaß, war Tims Vater Richard Jungblut.

»Ach, schau an!« Herr Teichert schien erstaunt. »Die kleine Elena! Das ist aber schön, dass du mich besuchen kommst! Es ist doch nichts passiert?«

»Hallo, Herr Teichert«, erwiderte ich, so gelassen wie möglich. »Kommt drauf an, wie man's sieht.«

»Wie meinst du das?« Er betrachtete mich neugierig über seine Lesebrille hinweg. Tims Vater grinste nur.

»Sie schulden uns noch 6570 Euro«, sagte ich. »Der Scheck, den Sie uns gegeben haben, ist nämlich geplatzt.«

Für einen Moment herrschte absolute Stille. Herr Teichert, der sonst nie um Worte verlegen war, starrte mich sprachlos an. Er schluckte und ich sah, wie ihm das Blut ins Gesicht stieg.

»Ist ja schon ein Ding, dass Micha seine kleine Tochter jetzt auch noch als Geldeintreiberin schickt«, bemerkte Richard Jungblut spöttisch.

»Mein Vater weiß nicht, dass ich hier bin«, entgegnete ich kühl und blickte ihn an. Er hatte blaue Augen wie Tim, aber seine waren so kalt wie Gletschereis. Mit seiner Hakennase und dem vorspringenden Kinn sah er irgendwie brutal aus. Ich wandte mich wieder Arianes Vater zu, dem das alles oberpeinlich zu sein schien.

»Das war wohl ein Versehen«, murmelte er. »Ich schreibe dir natürlich sofort einen neuen Scheck aus.«

»Ich hätte lieber Bargeld«, erwiderte ich. »So, wie Sie's meinem Vater am Telefon versprochen haben, als Herr Jungblut Ihre Pferde bei uns abgeholt hat.«

»Mädchen, du hast Mumm!«, rief Tims Vater und lachte dröhnend. »Das gefällt mir! Na, komm schon, Hans, gib dem Mädchen das Geld.«

Arianes Vater saß hinter seinem Schreibtisch mit einem Kopf, der so rot war wie eine Tomate. An seiner Stirn pulsierte eine Ader und ich hoffte, dass sie nicht platzen würde, bevor ich mein Geld hatte. Dann stand er auf, ging quer durch sein riesiges Protzbüro zu einem Tresor. Ich hätte es nicht für möglich gehalten, aber er kehrte tatsächlich mit einem Packen Geld zurück.

»Hier«, sagte er und drückte mir das Bündel mit Fünfhundert-Euro-Scheinen in die Hand, »aber du unterschreibst mir dafür eine Quittung.«

»Wenn Sie erlauben, will ich es vorher zählen«, antwortete ich.

»Es sind siebentausend Euro«, blaffte Herr Teichert mich an. »Das stimmt schon so. Der Rest sind Zinsen.«

Tims Vater konnte sich noch immer nicht einkriegen. Wäre er nicht dabei gewesen, hätte ich das Geld sicher nicht gekriegt. Aber vor ihm wollte sich der blöde Teichert wohl nicht blamieren.

»Hier, komm her!« Er kritzelte etwas auf ein Stück Papier. »Unterschreib das!«

»Moment.« Ich ließ mich nicht aus der Ruhe bringen und zählte die Scheine nach. Vierzehn Scheine à fünfhundert Euro. Er hatte nicht gelogen, ich hielt siebentausend Euro in meinen Händen. Unglaublich. Ich verstaute das Geld in meinem Rucksack, trat an den Schreibtisch und unterschrieb das Stück Papier.

»Vielen Dank auch, Herr Teichert«, sagte ich artig. »Und noch einen schönen Tag.«

»Soll ich dich nach Hause fahren?«, bot mir Tims Vater spöttisch an. »Nicht, dass dich noch jemand überfällt, wo du jetzt so viel Geld mit dir herumträgst.«

»Wer sollte mich wohl überfallen?«, erwiderte ich kühl. »Sie sitzen ja hier im Büro.«

Das Lächeln erstarb auf Richard Jungbluts Gesicht, dafür lachte Herr Teichert amüsiert.

Alles kam mir irgendwie unwirklich vor, als ich das Bürogebäude verließ und durch den Schneematsch zurück in Richtung Stadtmitte stapfte. In meinem Rucksack steckten unfassbare siebentausend Euro! Noch immer konnte ich nicht richtig glauben, dass Herr Teichert mir tatsächlich das Geld gegeben hatte. Ob er es wohl seiner Frau und Ariane erzählte? Wohl kaum! Es war ihm superpeinlich gewesen. Ich grinste vor mich hin.

Am Busbahnhof erwischte ich einen Bus nach Steinau

und radelte eine halbe Stunde später bei uns auf den Hof. Oma hatte Mittagessen für mich warm gestellt – Lasagne, lecker! Ich aß bei ihr in der Küche. Sie hatte ihre Brille aufgesetzt und machte ein Kreuzworträtsel in der Bauernzeitung.

»Oma«, fragte ich nach einer Weile, »warum können Papa und Mama die Jungbluts nicht leiden?«

Oma hob den Kopf und zögerte.

»Und sag jetzt bitte nicht: Das ist eine lange Geschichte«, fügte ich hinzu.

»Das wollte ich wirklich gerade sagen«, erwiderte Oma und lächelte ein bisschen.

Ich legte mein Besteck hin und schob den Teller weg.

»Ich weiß, dass sie früher Freunde waren, Papa, Mama, Richard Jungblut und Lajos«, platzte es aus mir heraus. »Ich hab Fotos gesehen und die Zeitungsausschnitte über den Unfall gefunden, bei Mama im Schrank.«

»Ach Elena.« Oma hörte auf zu lächeln und setzte ihre Brille ab. »Ich weiß nicht, ob ich dir das erzählen darf. Es war eine ganz schlimme Sache, die alles verändert hat. Lajos war wie ein Sohn für deinen Opa und mich, der beste Freund von deinem Vater. Ein anständiger Junge und ein sehr guter Reiter. Michael, er und Richard waren die allerbesten Freunde. Niemand von uns konnte sich je erklären, warum das alles so kommen musste.«

»Warum Lajos betrunken einen Unfall gebaut hat, bei dem Mamas Schwester gestorben ist?«, fragte ich bitter.

»Lajos ist an diesem Abend nicht gefahren«, ertönte plötzlich Opas Stimme von der Tür aus. Ich fuhr herum. »Er hat nur den Kopf für seinen Freund hingehalten. Und der hat ihm das nicht gedankt. Im Gegenteil.«

Ich starrte Opa an. Er war so ernst, wie ich ihn noch nie gesehen hatte. Ein fürchterlicher Verdacht stieg in mir auf. Lajos war der beste Freund von Papa gewesen.

»Etwa für Papa?«, hauchte ich entsetzt.

»Nein«, antwortete Opa. »Für Richard. Der ist an diesem Abend gefahren, obwohl er den ganzen Nachmittag über sehr viel getrunken hatte. Ich selbst habe die vier in Zeiskam in den BMW steigen sehen. Michael hatte das Springen gewonnen und musste noch bis zur Siegerehrung warten, aber Viola und Susanne wollten nach Hause, weil ihr Vater Geburtstag hatte. Lajos ist mit eingestiegen, um aufzupassen, dass Richard nicht wie ein Verrückter fährt.« Opa stieß einen Seufzer aus. »Lajos hatte später keine Erinnerung an den Unfall. Er war ja selbst schwer verletzt. Das Gutachten vom Gericht konnte nicht klären, wer tatsächlich hinter dem Steuer gesessen hatte, und Richard hat steif und fest behauptet, Lajos wäre gefahren.«

»Lajos musste deshalb ins Gefängnis«, flüsterte ich.

»Ja, und nicht nur das.« Opa nickte traurig. »Richard hat auch noch Lajos' Freundin geheiratet und vom Schmerzensgeld, das Lajos ihm zahlen musste, die Anzahlung für den Sonnenhof gemacht. Weil Lajos auch Alkohol im Blut gehabt hatte, zahlte die Versicherung nicht. Seine Mutter musste alles verkaufen, was sie besaß, um die Strafe und das Schmerzensgeld aufbringen zu können, zu dem das Gericht Lajos verurteilt hatte.«

»Wissen Papa und Mama das?«, fragte ich.

»Nein. Mit Gewissheit weiß das niemand, außer Richard Jungblut. Er hat es mir gesagt, später aber alles bestritten. Der Grund für die Feindschaft ist auch nicht in erster Linie der Unfall, sondern die Art und Weise, wie Richard seinen Freund Lajos in den Ruin getrieben und ihm seine Freundin ausgespannt hat. Auch Linda hat das alles geschehen lassen. Deshalb wollen deine Eltern nichts mit der Familie Jungblut zu tun haben.«

Ich stand wie unter Schock, als ich später in den Stall hinüberging, um Fritzi zu reiten. Wieder einmal hatte ich alles missverstanden und die falschen Schlüsse gezogen. Ich hatte Lajos schrecklich unrecht getan!

Wenn es nicht immer noch so stark geschneit hätte, wäre ich auf der Stelle zum Forsthaus geritten, um mich bei ihm zu entschuldigen.

Ich war ganz allein im Stall, deshalb ging ich mit Fritzi in die große Halle, in der Papa den ganzen Parcours hatte stehen lassen. Ich baute die Sprünge etwas herunter, dann wärmte ich Fritzi im Trab und im Galopp auf. Zuerst wählte ich nur einzelne Hindernisse, aber schließlich ließ ich Fritzi den ganzen Parcours springen.

Ich zuckte erschrocken zusammen, als jemand applaudierte. Und dann bekam ich einen noch größeren Schrecken. Auf der Tribüne stand Herr Nötzli. Ich hatte überhaupt nicht bemerkt, dass er in die Halle gekommen war.

»Papa ist schon nach Heidelberg aufs Turnier gefahren«, sagte ich, nachdem ich ihn begrüßt hatte.

»Ach so.« Herr Nötzli betrachtete Fritzi neugierig von Kopf bis Fuß. »Ich dachte, er könnte mir noch mal den Braunen vorreiten. Was ist das für ein Pferd, das du da reitest? Das kenne ich gar nicht.«

»Es gehört mir.«

»Aha. Ein Hengst, nicht wahr? Wie alt ist er?«

»Fünf.«

»Wie ist er gezogen?«

»For Pleasure aus einer Grannus-Mutter«, entgegnete ich widerwillig.

Wie nicht anders erwartet leuchteten die Augen des Pferdehändlers interessiert auf, als er Fritzis exzellente Abstammung hörte.

»Bist du mit ihm schon mal höher gesprungen?«, fragte er und kam in die Bahn.

»Ja, ein paar Mal«, gab ich zu.

Dann baute er die Hindernisse höher. Sogar ziemlich hoch. Ich ritt Fritzi wieder über den ganzen Parcours und wünschte, Tim wäre dabei. Fritzi sprang nämlich spitze! Endlich konnte er zeigen, was wirklich in ihm steckte. Je höher und breiter die Hindernisse waren, desto besser sprang er. Ich konnte nicht anders, ich musste einfach grinsen, als ich fertig war und meinem Hengst ausgiebig den Hals klopfte.

»Das ist das Fohlen, das sich damals so schwer verletzt hat, nicht wahr?«, fragte Herr Nötzli nun.

»Ja.« Ich wunderte mich über sein gutes Gedächtnis.

»Und dein Papa weiß nichts von ihm.«

Ich zuckte mit den Schultern. Das war nur zur Hälfte richtig. Im Prinzip wusste Papa ja von Fritzi.

»Na ja.« Herr Nötzli sah ziemlich zufrieden aus. »Könntest du mir noch schnell den Braunen vorreiten?«

»Wer? *Ich?*« Ich dachte daran, wie verrückt sich Quintano unter Papa, Jens und Christian gebärdet hatte, und bezweifelte, dass ich überhaupt galoppieren konnte, ohne mir das Genick zu brechen. Doch das Training mit Tim und der Sieg über Herrn Teichert hatten mich selbstbewusster gemacht, und so ließ ich mich darauf ein.

Herr Nötzli kam mit Fritzi und mir in die Scheune und trug sogar das Sattelzeug zurück. Er hielt den Braunen fest, als ich ihn sattelte und Gamaschen an die Beine schnallte.

Ich war ein bisschen aufgeregt, als ich in der Halle in den Sattel von Quintano kletterte. Er war schmaler und etwas größer als Fritzi, extrem sensibel im Maul und am Bein und er reagierte auf die kleinste Gewichtsverlagerung. Sein Trab war etwas hektisch, aber sein Galopp traumhaft zu sitzen. Quintano ging ganz leicht am Zügel und kaute entspannt auf dem Gebiss. Ich fühlte mich zu meinem Erstaunen richtig wohl auf ihm.

Herr Nötzli hatte ein kleines Kreuz aufgebaut, an das ich heranreiten sollte. Ich machte es so, wie Tim es mir beigebracht hatte: ganz ruhig sitzen, die Hand stehen lassen und nichts machen. Quintano spitzte die Ohren, zog von selbst hin und machte einen Riesensatz. Aus dem Kreuz wurde ein Steilsprung, dann ging es zu einem kleinen Oxer, schließlich ritt ich einen kurzen Parcours. Nach ein paar Sprüngen hatte ich mich an Quintanos Art zu springen gewöhnt, die ganz anders war als die von Fritzi. Es begann mir Spaß zu machen.

»Willst du es noch etwas höher versuchen?«, rief Herr Nötzli.

Aus unerfindlichen Gründen hatte ich Vertrauen zu Quintano und er offenbar auch zu mir. Das, was der Pferdehändler nun aufbaute, erschien mir allerdings doch sehr hoch!

»Reite einfach so, wie du es eben gemacht hast«, riet er mir. »Still sitzen, lass ihn nur machen!«

Ich nickte und ließ Quintano angaloppieren. So hoch war ich nicht einmal mit Calvador an Silvester gesprungen! Aber ich musste mir keine Sorgen machen, alles klappte wie am Schnürchen. Quintano flog wie eine Feder durch die dreifache Kombination, die aus zwei mächtigen Oxern und einem irrsinnig hohen Steilsprung bestand; er ließ sich mühelos wenden und ich bekam die Distanz zu dem letzten gewaltigen Oxer ideal hin.

»Das war toll!«, rief ich und lachte. »Er macht alles von allein!«

»Nun ja«, erwiderte Herr Nötzli. »Er ist auch schon sehr viel erfahrener als dein Hengst, aber so ganz von allein macht er das nicht. Du bist sehr gut geritten.«

Ich wurde bei dem Lob richtig rot. Herr Nötzli schien geradezu begeistert zu sein, was selten der Fall war. Normalerweise lächelte er nur still vor sich hin, aber jetzt war er richtig aus dem Häuschen. Er lief mit mir in den Stall zurück und half mir, Quintano abzusatteln.

»Hör mal, Elena, ich will dir einen Vorschlag machen«, sagte er. »Ich gebe Quintano zukünftig bei dir in Beritt. Ich bezahle die Box, den Tierarzt, Hufschmied, die Turnierkosten, und du bekommst von mir Berittgeld, sagen wir zweihundert Euro im Monat. Was hältst du davon?«

»Das … das hört sich gut an«, stotterte ich fassungslos.

»Wenn wir das Pferd verkaufen können, bekommst du allerdings nur zehn Prozent vom Verkaufspreis statt zwanzig, wie ich es üblicherweise mache, aber dafür übernehme ich auch alle Kosten.«

Das war unglaublich! Hatte Mama nicht neulich noch mit Papa gestritten, weil Herr Nötzli normalerweise gar nichts für seine Pferde bezahlte?

»A… aber ich … denken Sie denn, dass ich das kann? Ich meine, ich bin doch erst dreizehn.«

»Dein Vater wird dir schon helfen.« Herr Nötzli lächelte.

»Ach, apropos mein Vater«, sagte ich nun. »Bitte erzählen Sie ihm nichts von Fritzi. Er weiß nicht, wie gut er springt, und ich will auch erst mal nicht, dass er es erfährt. Sie sagen ihm nichts von Fritzi, okay?«

»Abgemacht. Du kriegst den Braunen in Beritt und ich sage deinem Vater nichts von deinem Hengst. Und wenn du jemals dran denkst, deinen Fritzi zu verkaufen, dann ruf als Erstes mich an. Hand drauf?«

Er hielt mir die Hand hin. Ich zögerte.

»Sie meinen, wenn ich jetzt einschlage, dann haben Sie das Vorkaufsrecht?«, vergewisserte ich mich.

»Du bist ein cleveres Mädchen.« Herr Nötzli lächelte amüsiert. »Ja, das meine ich ungefähr so.«

»Einverstanden«, sagte ich nach kurzem Überlegen. »Aber glauben Sie nicht, dass Sie ihn billig schnappen können, nur weil ich ein Mädchen bin. Und ich nehme auch kein Pferd in Zahlung.«

»Du sollst ihn nicht an mich verschenken«, erwiderte er ernst, nur seine Augen blitzten belustigt. »Ich weiß, was ein Qualitätspferd wert ist und werde dir zu gegebener Zeit ein faires Angebot machen. Natürlich nur, wenn du ihn überhaupt verkaufen willst.«

Das klang alles vernünftig. Ich schlug ein. Ich hatte ein Berittpferd! Und in meinem Rucksack lagen siebentausend Euro! Papa würde Augen machen …

32. Kapitel

Am Sonntagmittag fuhr ich mit Opa nach Heidelberg aufs Turnier, um den Großen Preis live anzuschauen. Im Fernsehen hatte ich am Freitag und Samstagabend gesehen, wie Papa mit Lagunas die beiden schwersten Springen gegen Konkurrenz aus dem In- und Ausland gewonnen hatte. Auch in den anderen Prüfungen hatten er, Jens und Christian gute Ergebnisse gehabt.

Von Tim wusste ich, dass er mit Flipper und seinem zweitbesten Pferd, Tanot de Chardin, beide Junioren-S für sich entschieden hatte. Damit hatte er insgesamt elf S-Springen gewonnen und würde das Goldene Reiterabzeichen verliehen bekommen. Christian kochte deswegen sicherlich vor Zorn!

Ich lief zuerst ins Stallzelt, um nach den Pferden zu gucken. Vor Lagunas Box traf ich Papa im Gespräch mit einem älteren weißhaarigen Mann, den ich noch nie gesehen hatte. Sie gaben sich die Hand, der Mann klopfte Papa auf die Schulter und ging weg.

»Hallo, Papa«, sagte ich.

Er drehte sich zu mir um. »Hallo, Elena.«

Er sah irgendwie nicht aus wie jemand, der die beiden schwersten Springen des Turniers gewonnen hatte.

»Ist was passiert?«, fragte ich deshalb besorgt.

Mit Mama war alles in Ordnung, das wusste ich, denn ich hatte erst heute Morgen mit ihr telefoniert. Also musste es etwas anderes sein.

»Eigentlich sollte ich mich freuen, denn ich kann jetzt wohl einen großen Teil unserer Schulden abzahlen«, sagte Papa und in seinen Augen blitzte es verdächtig. »Ich habe nämlich gerade Lagunas verkauft. An den Sponsor von Viktor Waluschenko.«

»*Was?*« Ich war sprachlos. Lagunas war Papas allerbestes Pferd. Mit ihm hatte er – die beiden Siege von gestern und vorgestern eingerechnet – ungefähr fünfzig S-Springen gewonnen.

»Ich wäre dumm gewesen, hätte ich sein Angebot abgelehnt. Lagunas wird nicht jünger, und wenn er sich morgen ein Bein brechen würde, wäre er nichts mehr wert.«

Lagunas schien zu wissen, dass über ihn gesprochen wurde. Er kam an das Quergitter der Box, legte den Kopf schief und knabberte an Papas Jacke. Papa streichelte gedankenverloren seine Nase.

»Ja, mein Junge«, sagte er leise zu dem braunen Wallach. »Sieht so aus, als ob du den Amselhof für uns rettest.«

Seine Stimme klang ganz eigenartig, und plötzlich verstand ich, wie weh es ihm tun musste, sein bestes Pferd hergeben zu müssen, nur weil er dringend Geld brauchte. Aus einem anderen Grund hätte er sich nie und nimmer von dem einzigen Pferd getrennt, an dem er wirklich hing. Es wäre dasselbe gewesen, hätte ich mich von Fritzi trennen müssen. Papa hatte Lagunas als Fohlen gekauft, ihn ausgebildet und zu einem der besten Springpferde Deutschlands gemacht.

Ich ergriff Papas Hand und er legte den Arm um meine Schulter. Eine Weile standen wir schweigend da und betrachteten Lagunas, der das Heu in seinem Heunetz interessanter fand als uns. Die Vorstellung, dass er bald nicht mehr in seiner Box, sondern in irgendeinem Stall in der Ukraine stehen und ich ihn nie wiedersehen würde, machte mich traurig.

Christian tauchte im Stallzelt auf, er hatte eine Starterliste dabei.

»Du bist letzter Starter«, sagte er und blickte von Papa zu mir.

»Geh bitte auf die Meldestelle und tausch Lagunas gegen Calvador.« Papa drehte sich nicht um.

»Wieso denn das?«, fragte Christian.

»Ich habe Lagunas eben verkauft und mit seinem neuen Besitzer ausgemacht, dass ich ihn hier nicht mehr reite«, erwiderte Papa. Er drückte mich noch einmal, dann ließ er mich los und verließ das Stallzelt.

»Was geht denn jetzt ab?«, regte sich mein Bruder auf. »Wie kann er denn Lagunas verkaufen? Er hat mir doch versprochen, dass ich ihn nächstes Jahr die Junioren-S reiten darf. Das ist ja wohl das Allerletzte!«

»Papa kriegt wahnsinnig viel Geld für Lagunas«, entgegnete ich und wischte mir verstohlen ein paar Tränen aus dem Gesicht. »Da konnte er nicht anders.«

»Klar kann er anders!« Christian war wütend. »So ein Scheiß! Das gibt's doch nicht!«

»Du bist echt der letzte Egoist!«, warf ich ihm vor. »Meinst du, Papa fällt es leicht, ausgerechnet sein bestes Pferd herzugeben? Aber mit dem Geld kann er die Schulden vom Hof bezahlen.«

»Hach, was weißt du denn schon?« Christian schnaubte verächtlich. »Pipi-Ponymädchen!«

Wenn du wüsstest, dachte ich bei mir, hielt aber die Klappe.

Christian rannte los, um Lagunas streichen zu lassen und Calvador einzutragen. Ich begrüßte unsere anderen Pferde, die in den Boxen nebenan und gegenüber standen. Sollte ich Mama anrufen? Nein, entschied ich. Papa würde ihr von seiner schweren und doch einzig richtigen Entscheidung sicher lieber selbst erzählen.

Bis zum Beginn des Großen Preises war noch etwas Zeit, deshalb streifte ich durch die Gänge der Stallzelte, in der Hoffnung, Tim irgendwo zu treffen. Überall herrschte schon Aufbruchsstimmung. Sattelschränke wurden beladen, Pferde zum Verladen nach draußen geführt. Nur die Pfleger, deren Chefs noch den Großen Preis reiten würden, putzten und sattelten ihre vierbeinigen Schützlinge. Im dritten Gang fand ich endlich Tim, der mit grimmiger Miene den fahrbaren Sattelschrank einräumte. Mein Herz begann sofort zu rasen und ich fragte mich, ob ich Tim jemals ansehen könnte, ohne jedes Mal fast einen Herzinfarkt zu kriegen.

»Hey«, raunte ich ihm zu.

Er zuckte herum, ein erfreutes Lächeln flog über sein Gesicht. Wir hatten täglich telefoniert, daher wusste er schon von meiner Aktion im Büro von Teichert. Davon hatte ihm sogar sein Vater erzählt. Allerdings hatte ich ihm noch nichts von meiner Abmachung mit Herrn Nötzli gesagt. Er hörte mir staunend zu, als ich ihm nun berichtete, was geschehen war.

»Ach, jetzt kapiere ich einiges.« Tim grinste. »Mein Alter

war total stinkig, weil der Nötzli am Freitag zu ihm gesagt hat, er würde Quintano jetzt doch nicht zu uns stellen, weil er eine ideale Reiterin gefunden habe. Damit hat er wohl dich gemeint. Ist ja cool!«

»Ich glaube, Herr Nötzli kam auf die Idee, weil er mich vorher mit Fritzi hat springen sehen«, sagte ich. »Oh Tim, du hättest dabei sein sollen! So hoch bin ich mit Fritzi noch nie gesprungen. Es war Wahnsinn!«

»Das hätte ich wirklich gern gesehen.« Ein Schatten huschte über sein Gesicht, doch er lächelte sofort wieder.

»Stell dir vor: Er wollte, dass ich ihm das Vorkaufsrecht gebe. Aber ich habe ihm gleich gesagt, dass ich auf keinen Fall ein Pferd in Zahlung nehmen würde und er war einverstanden.«

»Du willst Fritzi ja nicht verkaufen, oder?«

»Nee, natürlich nicht.« Ich schüttelte den Kopf und fragte mich, wie Papa sich jetzt wohl fühlen mochte. »Obwohl … ich hab schon überlegt, dass ich Fritzi verkaufen würde, wenn er richtig gut wird und ich genügend Geld für ihn kriegen würde, um Opas Schulden abzubezahlen. Aber das ist jetzt nicht mehr nötig.«

»Wieso?«, fragte Tim.

»Mein Vater hat heute Lagunas verkauft.«

»Was?« Tim riss erstaunt die Augen auf. »Wann denn das? Und an wen?«

»Eben gerade. An den Sponsor von diesem Ukrainer.«

»Ach komm!«

Auf einmal stand Richard Jungblut hinter uns. »Du sollst hier nicht Maulaffen feilhalten!«, blaffte er Tim an. »Sieh zu, dass du fertig wirst! Ich will in einer Viertelstunde losfahren.«

Er erkannte mich und hob die Augenbrauen. »Was hast du denn hier zu suchen?«

Das klang ziemlich unfreundlich. Ich wollte nicht, dass Tim wegen mir Ärger mit seinem Vater bekam, und nach allem, was ich von Opa und Oma erfahren hatte, war ich auch nicht besonders scharf darauf, mich länger mit Richard Jungblut abzugeben.

Er wartete nicht mal, bis ich außer Hörweite war. »Wieso quatschst du mit einer von denen?«, fuhr er Tim an.

Ich verstand nicht, was Tim erwiderte, aber seine Antwort schien seinem Vater nicht zu gefallen, denn er holte aus und versetzte Tim eine so heftige Ohrfeige, dass es richtig klatschte.

»Pass auf, was du sagst, Bürschchen!«, sagte er. »Und jetzt mach voran, sonst setzt es noch was!« Damit verließ er das Stallzelt.

Ich war so entsetzt, dass es mir die Sprache verschlagen hatte. Tim presste die Lippen aufeinander und stopfte das Sattelzeug, die Gamaschen, Sporen und anderen Kram achtlos in den Sattelschrank.

»Oh Gott, Tim, das … das wollte ich nicht«, flüsterte ich schockiert und kämpfte mit den Tränen. Tim tat mir schrecklich leid mit so einem fürchterlichen Vater.

»Liegt nicht an dir«, erwiderte Tim und wandte mir den Rücken zu. »Mach dir keine Sorgen deswegen. Mein Alter findet immer einen Grund, um mir eine zu kleben.«

Endlich drehte er sich zu mir um. Seine linke Wange war knallrot.

»Eines Tages«, sagte er bitter, »eines Tages kriegt er alles zurück. Doppelt und dreifach! Das schwöre ich dir.«

33. Kapitel

Christian und Jens fuhren gleich nach dem Stechen des Großen Preises nach Hause, aber ich beschloss, auf Papa zu warten. Er hatte mit Calvador noch einen guten dritten Platz erreicht und war anschließend als erfolgreichster Reiter des Turniers mit einem Sonderpreis geehrt worden: ein Gutschein für eine Flugreise nach Irland für zwei Personen.

Während er noch zur Meldestelle ging, um dort abzurechnen, setzte ich mich auf die Stufen der Tribüne, die nun menschenleer war. Die Zuschauer strömten aus der Halle zu den Parkplätzen; statt Pferden und Reitern hatten Scharen von Helfern die Regie übernommen, bauten die VIP-Logen, die Verkaufsstände und Scheinwerfer ab, rollten Kabel auf und luden mit großem Gepolter die Hindernisse und den Blumenschmuck auf Anhänger. Durch die weit geöffneten Tore drang kalte Luft in die Halle. Es roch nach Diesel und Abgasen und von der feierlichen Stimmung, die noch vor einer halben Stunde geherrscht hatte, war nichts mehr zu spüren.

Ich hatte mich über Papas gute Platzierung nicht richtig freuen können, ja ich hatte kaum etwas vom Springen mitbekommen, denn ich musste dauernd an Tim denken.

Hoffentlich bekam er zu Hause nicht wieder Prügel von seinem grässlichen Vater! Ich überlegte, ob ich ihm eine SMS schreiben sollte, aber das traute ich mich nicht. Wenn doch nur Melike da gewesen wäre! Morgen würde sie endlich von der Klassenfahrt zurückkommen und ich konnte kaum erwarten, ihr alles zu erzählen.

Papa kam aus der Tür der Meldestelle. Er sprach noch kurz mit zwei anderen Reitern, lächelte und sah von Weitem ganz normal aus. Aber als er dann näher kam, erkannte ich, wie unglücklich er war.

»Papa!« Ich sprang auf und lief zu ihm.

»Elena«, sagte er erstaunt. »Ich dachte, du wärst mit Jens und Christian gefahren.«

»Nein, ich hab auf dich gewartet.« Ich ging neben ihm her Richtung Ausgang. »Damit du nicht allein nach Hause fahren musst.«

»Das ist lieb von dir.« Er legte einen Arm um meine Schulter und seine Stimme klang ein bisschen so, als hätte er einen Frosch im Hals.

Draußen war es schon stockdunkel. Die Außenscheinwerfer waren abgeschaltet worden und auf dem Lkw-Parkplatz standen nur noch vereinzelt drei oder vier Lkws. Christian und Jens hatten schon Lagunas, Calvador und Cotopaxi verladen, für die auf dem kleinen Lkw kein Platz mehr gewesen war. Papa warf noch rasch einen Blick hinein, um zu kontrollieren, ob alles in Ordnung war, dann klappten wir zusammen die Verladerampe hoch und kletterten ins Fahrerhaus. Ich durfte auf den Beifahrersitz.

»Hast du Mama schon erzählt, dass du Lagunas verkauft hast?«, fragte ich, als wir die schmale asphaltierte Straße, die zur Hauptstraße führte, entlangfuhren. Die Pferde, die nach drei Tagen auf dem Turnier müde waren, standen mucksmäuschenstill und rührten sich nicht.

»Nein, noch nicht«, erwiderte Papa und blickte starr auf die Straße. Im Licht der Scheinwerfer eines entgegenkommenden Autos sah ich, wie traurig er aussah. Vielleicht war es besser, nicht mehr über dieses Thema zu sprechen.

Wenig später hatten wir die Autobahn erreicht. Ich überlegte, wie ich ihn von seinen trüben Gedanken ablenken konnte, und beschloss, ihm von Fritzi zu erzählen.

»Du, Papa«, begann ich. »Am Freitag war Herr Nötzli bei uns auf dem Hof.«

»Ach ja?«

Komisch – wusste er gar nichts davon? Ich hatte angenommen, Herr Nötzli hätte ihm von unserer Abmachung erzählt.

»Ja. Ich war gerade am Reiten, als er in die Halle kam«, erzählte ich weiter. »Und er war ganz schön beeindruckt.«

»Wieso beeindruckt?«

»Du hattest doch den Parcours stehen lassen. Und da bin ich ein bisschen gesprungen. Mit Fritzi.«

Jetzt endlich wandte Papa seinen Blick kurz von der Straße und schaute mich an. »Du bist mit Fritzi gesprungen?«

»Ja. Erst nur einen kleinen Parcours, aber Herr Nötzli ist in die Bahn gekommen und hat die Hindernisse hoch gemacht. Sogar ziemlich hoch.« Ich zögerte. »Und dann hat er mich gefragt, ob ich ihm nicht mal schnell Quintano vorreiten könne.«

»Wie bitte?« Jetzt war keine Spur von Trübsinn mehr auf Papas Gesicht zu erkennen. »Wie kann er denn so etwas von dir verlangen? Ich hoffe, das hast du nicht getan.«

»Du musst dich nicht aufregen«, sagte ich schnell. »Es hat super geklappt. Und Herr Nötzli hat gesagt, ich soll Quintano in Zukunft reiten. Er bezahlt die Box, den Schmied und den Tierarzt und gibt mir jeden Monat Berittgeld. Und wenn Quintano verkauft wird, kriege ich zehn Prozent. Außerdem wollte er das Vorkaufsrecht haben, falls ich Fritzi eines Tages mal verkaufen will. Ich hab ihm gleich gesagt, dass er nicht glauben soll, er könnte Fritzi billig haben, nur weil ich ein Mädchen bin, und da hat er gelacht und …«

»Moment mal«, unterbrach Papa mich leicht verwirrt. »Ein Vorkaufsrecht an Fritzi? Wieso das denn?«

»Na ja, weil er super springt.«

Papa guckte mich so lange an, dass ich schon befürchtete, er würde in die Leitplanken fahren. Und ganz plötzlich fing er an zu grinsen.

»Jetzt kapiere ich allmählich so einiges«, sagte er schließlich. »Das gibt's doch nicht.«

»Was meinst du?«, fragte ich neugierig.

»Nötzli kam am Freitagabend aufs Turnier«, erwiderte Papa. »Er hat ganz geheimnisvoll getan. Ich war sogar ein bisschen sauer auf ihn, weil er meinte, er hätte heute die richtige Reiterin für Quintano gefunden. Und dann hat er noch gesagt, auf dem Amselhof gebe es mindestens zwei ungeschliffene Diamanten und so etwas wie ›Der Apfel fällt halt nicht weit vom Stamm‹. Ich habe ihm nicht so richtig zugehört und dachte, er meint Christian. Aber …« Er guckte mich wieder an und diesmal war sein Lächeln leicht ungläubig. »… er hat offensichtlich von dir gesprochen.«

Mein Herz begann zu pochen und mein Gesicht wurde ganz heiß. Ein paar Kilometer lang sagte er nichts und ich schwieg auch.

»Fritzi«, sagte er plötzlich, »an den habe ich überhaupt nicht mehr gedacht. Du reitest ihn? Seit wann?«

»Seit letztem Sommer«, gestand ich. »Zuerst nur ohne Sattel oder im Gelände, aber seit Herbst reite ich ihn richtig. Und in vier Wochen habe ich ihn zum ersten Mal auf einem Turnier gemeldet.«

»Und warum habe ich dich nie mit ihm gesehen?«

Das war nun ein heikler Punkt, aber ich entschloss mich zur Ehrlichkeit.

»Ich hab ihn nur geritten, wenn du nicht da warst, weil ich dachte, dass du ihn mir vielleicht wegnimmst, wenn du siehst, wie gut er springt«, antwortete ich offen. »Ich meine, du warst nicht besonders nett in der letzten Zeit.«

Papa stieß einen tiefen Seufzer aus. »Damit hast du wohl recht«, gab er zu. »Und das tut mir ehrlich leid. Ich habe sogar eure Mutter in die Flucht geschlagen.«

Er dachte eine Weile nach, aber dann lächelte er wieder.

»Weißt du was? Jetzt bin ich richtig neugierig geworden«, sagte er. »Nötzli ist einer der besten Pferdekenner, die es gibt. Und wenn er so viel von deinem Fritzi hält, dann muss etwas dran sein.«

Ich dachte an Tim und an unsere heimlichen Trainingsstunden, aber Papa jetzt davon zu erzählen, wäre leider absolut unklug gewesen.

»Ich kann ihn dir gleich mal vorreiten«, schlug ich vor. Papa beugte sich zu mir herüber, legte seine Hand auf mein Knie und drückte es.

»Du *kannst* nicht, meine Kleine«, erwiderte er. »Du *musst*.«

Mein Bruder und Jens warteten schon, als wir auf dem Amselhof ankamen. Alles war dunkel, nur im Turnierstall brannte das Licht. Jens qualmte vor der Stalltür eine Zigarette, die er austrat, als Papa und ich ausstiegen.

»Na endlich«, sagte Christian ungeduldig.

»Kommt, Jungs, beeilen wir uns.« Papa war bester Laune. »Elena muss mir gleich noch ein Pferd vorreiten.«

Christian rempelte mich an, als ich an ihm vorbeiging.

»Na, hast du dich ordentlich eingeschleimt?«, zischte er boshaft.

»Gar nicht«, erwiderte ich. »Blödi!«

»Dumme Zicke!«

»Hört auf zu streiten!«, rief Papa. Er schob die Riegel der Verladeklappe auf und ließ die Rampe herunter.

Eines der Pferde wieherte, ein anderes antwortete aus dem Stall. Jens führte zuerst Calvador vom Lkw, Papa folgte mit Cotopaxi, und Christian schnappte sich Lagunas, der sich wie üblich wie ein Rennpferd auf dem Weg zum Start gebärdete. Er konnte es nicht erwarten, endlich in seine Box zu kommen, aber vorher musste er noch in die Waschbox, in der gerade Cotopaxi die Beine abgespritzt bekam.

Ich war innerlich ganz kribbelig. Gleich würde Papa Fritzi zum ersten Mal unter dem Sattel sehen! Ich war wahnsinnig gespannt auf sein Gesicht und hoffte, dass Fritzi mich nicht blamieren würde. Ganz kurz erinnerte ich mich an meinen Albtraum.

Lagunas tänzelte in der Stallgasse. Er konnte es nicht leiden, warten zu müssen. Christian versetzte ihm gereizt einen derben Stoß mit dem Ellbogen und Lagunas antwortete, indem er mit angelegten Ohren nach ihm schnappte.

»Lass Christian vor«, sagte Papa zu Jens, als er Cotopaxi in seine Box führte. »Elena, hol doch schon mal Fritzi rüber.«

»Was ist denn mit Fritzi?«, wollte Christian wissen.

»Ich will mir mal anschauen, wie er springt.« Papa schloss die Boxentür. »Nachdem Nötzli am Freitag so begeistert war …«

»Von was war der begeistert?«, schnaubte Christian und führte Lagunas Richtung Waschbox. »Doch wohl nicht von dem lahmen Zossen.«

»Offensichtlich schon.« Papa zwinkerte mir zu. »Immerhin will er ihn Elena abkaufen.«

Das war für meinen Bruder eindeutig zu viel. Er wurde erst rot, dann blass. Lagunas passte einen günstigen Moment ab und zwickte ihn in den Arm.

»Aua, du blödes Viech!«, schrie Christian, holte aus und zog Lagunas das Ende des Führstricks über.

»Na!«, mahnte Papa, aber Christian war taub vor Zorn. Er zerrte am Strick, Lagunas riss den Kopf hoch und dann ging plötzlich alles rasend schnell. Der braune Wallach prallte mit dem Kopf so heftig gegen das Solarium, das über der Waschbox angebracht war, dass es scheppernd gegen die Wand schlug. Lagunas erschrak, wollte zur Seite springen, aber der Boden war nass und er glitt mit den Hufeisen weg wie auf Glatteis. Es war ein mörderischer Krach, Funken stoben, als Lagunas' Eisen über die Wand schabten. Die anderen Pferde sprangen in ihren Boxen herum.

Starr vor Schreck sah ich ihn stürzen, wie in Zeitlupe. Ich hörte Papa schreien. Lagunas zappelte mit den Beinen und lag auf einmal ganz ruhig da, ohne sich zu rühren. Für ein paar Sekunden herrschte entsetzte Stille.

Papa riss Christian, der hilflos dastand, den Führstrick aus der Hand.

»Hau ab!«, knurrte er ihn an. »Verschwinde! Aber sofort!«

Mein Bruder öffnete noch den Mund zu einer Antwort, doch Papa sah ihn so böse an, dass er lieber gehorchte und wegrannte. Lagunas stöhnte und versuchte vergeblich, wieder auf die Beine zu kommen, aber der Boden war zu glatt. Es war ein furchtbarer Anblick, das Pferd so hilflos daliegen zu sehen.

Erst dann fiel mir mit Schrecken ein, dass Lagunas genau genommen gar nicht mehr Papa gehörte. Was, wenn er sich jetzt ernsthaft verletzt hatte? Dann war der Verkauf geplatzt. Es würde kein Geld geben und Papa konnte nicht die Hälfte der Schulden bezahlen!

Mir wurde schwindelig, als ich begriff, welche Folgen Christians unbeherrschter Zorn haben konnte. Wie hatte mein Bruder das auch nur tun können? Immer und immer wieder hatte Papa uns eingetrichtert, im Umgang mit einem Pferd unter allen Umständen Ruhe zu bewahren, vor allen Dingen in kritischen Situationen. Und was gab es Kritischeres als eine Waschbox mit rutschigem Boden?

»Jens!«, befahl Papa gerade mit gedämpfter Stimme. »Hol einen Sack Späne. Beeil dich.«

Jens flitzte los. Lagunas stöhnte wieder und ruderte mit den Beinen.

»Ruhig, mein Junge.« Papa hockte neben dem Kopf des Pferdes. »Ganz ruhig liegen bleiben. Wir holen dich da raus.«

Jens kam mit dem Sack Sägespäne zurück, öffnete ihn

und streute den Inhalt auf den Boden der Waschbox. Aber noch immer bekam Lagunas keinen richtigen Halt.

»Elena, komm her«, sagte Papa mit halblauter Stimme.

Ich schluckte und ging zu ihm. Er gab mir den Strick, dann kletterte er über Lagunas' Rücken in die enge Waschbox. Das war lebensgefährlich! Wenn das sechshundert Kilo schwere Pferd jetzt Panik bekam, konnte es Papa an der Wand einquetschen! Aber Lagunas hatte wohl begriffen, dass wir ihm helfen wollten, und blieb regungslos liegen. Er starrte mich aus weit aufgerissenen Augen an. Ich streichelte vorsichtig sein Gesicht und betete stumm, dass ihm nichts Schlimmes passiert sei. Es gelang Papa und Jens, Lagunas so weit zu drehen, dass er auf dem Bauch lag.

»So.« Papa nahm mir den Führstrick wieder aus der Hand. »Und jetzt hoch mit dir, alter Junge. Na, komm schon! Hopp!«

Aber Lagunas machte keine Anstalten aufzustehen. Ganz im Gegenteil. Er grunzte und ließ sich wieder auf die Seite sinken.

»Scheiße«, flüsterte der Aknefrosch hinter mir. »Das sieht nicht gut aus.«

Papa versuchte mit allen Mitteln, das Pferd wieder auf die Beine zu bekommen. Er zog, er lockte ihn mit Hafer, er schrie ihn an – nichts nutzte. Jens holte Stroh und streute es unter Lagunas' Hufe; sie legten eine Longe um seine Hinterbeine und zogen, gemeinsam mit Opa, Stani und Heinrich, mit vereinten Kräften, aber das Pferd bewegte sich um keinen Millimeter. Um halb zehn Uhr gab Papa auf.

»Es hat keinen Sinn«, sagte er heiser. »Ich rufe jetzt den Tierarzt an.«

34. Kapitel

»Seine Beine sind in Ordnung, da ist nichts gebrochen.« Doktor Gregor Marquardt kletterte aus der Waschbox und betrachtete Lagunas ratlos. »Er muss sich am Rücken verletzt haben oder am Becken.«

»Das darf doch alles nicht wahr sein.« Papa saß auf einem Strohballen, direkt neben Lagunas und schüttelte verzweifelt den Kopf. »Wieso ausgerechnet heute? Jahrelang ist nichts passiert.«

Opa stand schweigend daneben. Weder er noch Jens oder der Tierarzt konnten wissen, welches Ausmaß die Tragödie hatte, die sich vor unseren Augen abspielte. Spätestens morgen früh musste Papa den Sponsor von Viktor Waluschenko anrufen und ihm mitteilen, dass aus dem Kauf nichts wurde.

Ich erinnerte mich an seine Worte von heute Mittag: *Wenn er sich morgen ein Bein brechen würde, wäre er nichts mehr wert.* Lagunas hatte sich wohl kein Bein gebrochen, aber es stand schlimm um ihn. Freiwillig blieb kein Pferd einfach so liegen.

Es war kalt im Stall, ich hatte mir eine Pferdedecke umgelegt und saß auf der Deckenkiste neben der Tür zur Sattelkammer. Jens und Heinrich standen in der offenen

Stalltür und rauchten schweigend. Papa und der Tierarzt besprachen sich halblaut.

»Irgendwie müssen wir ihn doch auf die Beine kriegen«, sagte Papa. »Wenn er noch lange so daliegt, sackt ihm der Kreislauf ab.«

»Wie wäre es denn, wenn wir ihn mit dem Frontlader aus der Waschbox ziehen?«, schlug Opa vor.

»Um Gottes willen!«, entgegnete der Tierarzt. »Falls er sich einen Wirbel ausgerenkt hat, können wir damit alles kaputt machen. Nein, ich gebe ihm jetzt eine Schmerzspritze. Vielleicht schafft er es dann von allein, auf die Beine zu kommen.«

Papa fuhr sich mit allen zehn Fingern durchs Haar und verschränkte die Hände im Genick. Er erhob sich von dem Strohballen und kniete sich neben Lagunas' Kopf hin.

»Na, komm schon, mein Junge«, murmelte er. »Du bist doch ein Kämpfer. Das schaffst du. Komm. Bitte.«

In den letzten drei Stunden war Papa um Jahre gealtert, unter seinen geröteten Augen lagen tiefe Schatten. In seinem Gesicht zuckte es, als ob er in Tränen ausbrechen wollte. Noch nie hatte er mir so schrecklich leidgetan. Sein Blick begegnete meinem.

»Geh ins Bett, Elena. Es ist gleich Mitternacht. Du musst dir das hier nicht angucken.«

Er stand mühsam auf. »Ihr auch«, sagte er zu Opa, Jens und Heinrich. »Wenn ich eure Hilfe brauche, sage ich Bescheid.«

»Ich bleib hier, Chef«, erwiderte der Aknefrosch.

Papa nickte nur.

Opa klopfte Papa stumm auf die Schulter, dann ging er. Heinrich folgte ihm, aber ich blieb sitzen. Helfen konnte ich hier nicht. Niemand konnte mehr helfen. Lagunas, der gestern und vorgestern noch so elegant und leichtfüßig über die hohen Hindernisse geflogen und vor allen anderen Pferden gewonnen hatte, lag wie ein unförmiger Berg in der engen Waschbox. Hin und wieder stöhnte er leise. Und in genau diesem Moment, in dieser Sekunde wusste ich, wer helfen konnte. *Falls er sich einen Wirbel ausgerenkt hat,* hatte der Tierarzt eben gesagt. Warum war es mir bloß nicht eher eingefallen? Ich musste Lajos holen. Und zwar sofort.

Der Wind hatte die Wolken vom Himmel gefegt, der Schnee reflektierte das helle Licht des fast vollen Mondes und machte die Nacht taghell. Fritzi trabte mit gespitzten Ohren den vertrauten Weg durch den Wald zum Forsthaus. Er hatte schon schlafend im Stroh gelegen, war aber sofort auf die Füße gesprungen, als ich mit der Trense in der Hand und dem Sattel über dem Arm in seine Box gestürzt war. In der Eile hatte ich meine Reitkappe vergessen, doch ich hatte keine Zeit mehr gehabt, ins Haus zu laufen, um sie zu holen. Hoffentlich war Lajos zu Hause! Und hoffentlich machte er mir überhaupt die Tür auf, nach allem, was ich ihm neulich auf der Wiese an den Kopf geworfen hatte. Ich würde es ihm erklären, mich entschuldigen, später.

Der Wind rauschte in den winterkahlen Bäumen, keine zehn Meter vor uns sprangen zwei Rehe erschrocken aus dem Unterholz auf. Fritzi machte einen Satz zur Seite und preschte im Galopp los. Ich verlor einen Steigbügel und klammerte mich in seiner Mähne fest. Der eisige Wind sang mir in den Ohren, trieb mir die Tränen in die Augen. Meine Hände waren so kalt, dass ich kaum noch die Zügel festhalten konnte.

Fritzi galoppierte durch den stockdüsteren Wald, ohne auch nur ein Mal zu straucheln, seine Hufe fanden sicheren Halt und ich vertraute darauf, dass er mit seinen Pferdeaugen mehr sah als ich. Was für ein wundervolles, furchtloses Pferd er war! Eigentlich hätte es heute Abend Fritzis großer Auftritt werden sollen, Papa war so guter Laune gewesen, so fröhlich wie lange nicht mehr. Wir hatten uns im Lkw unterhalten wie zwei Erwachsene. Und dann, ganz plötzlich und unerwartet, war alles so schrecklich, fürchterlich anders gekommen. Lagunas würde sterben, wenn er nicht bald auf die Beine kam, denn Pferde dürfen nicht lange liegen, sonst kann der Darm abgequetscht werden und absterben.

Endlich tauchte der Waldsee vor uns auf – tintenschwarz und unheimlich –, aber ich hatte keine Zeit, Angst zu haben. Viel mehr fürchtete ich mich davor, dass Lajos nicht daheim sein könnte.

Im Haus war alles dunkel, kein Licht brannte. Wie spät war es eigentlich? Fritzi fiel von selbst in Trab und dann in Schritt. Ich lenkte ihn zur Veranda und ließ mich aus dem Sattel rutschen. Meine Beine gaben beinahe unter mir nach, ich musste mich am Steigbügel festhalten, um nicht hinzufallen. Mit steifen Fingern schlang ich Fritzis Zügel um das Geländer, sein Fell dampfte in der kalten Luft. Atemlos stolperte ich die Stufen hoch und klopfte an die Haustür. Zweimal, dreimal.

»Lajos!«, rief ich. Meine Stimme klang schrill. »Lajos, bist du da?«

Nichts. Verdammt. Da verließ mich der Mut. Ich lehnte mich gegen den Türrahmen, ließ mich auf den Boden sinken und fing an zu weinen. Lagunas würde sterben. Mama war weg. Wir würden den Amselhof verlieren. Alles war vorbei.

Ein Lichtschein flammte auf, zeichnete ein helles Viereck vor mir auf den hölzernen Boden der Veranda. Die Haustür ging auf. Offenbar hatte ich Lajos geweckt. Seine Haare standen in alle Richtungen von seinem Kopf ab, er blinzelte verschlafen.

»Elena! Ist etwas passiert?«, fragte er erschrocken.

»Lajos!«, schluchzte ich erleichtert. »Bitte, du musst mir helfen!«

Er ging vor mir in die Hocke, nahm mein Gesicht in seine Hände und sah mich besorgt aus seinen dunklen Augen an.

»Großer Gott, Elena, was machst du denn hier um diese Uhrzeit?«

»Lagunas … er … er liegt in der Wa… Waschbox und kann nicht mehr aufstehen«, stammelte ich. »Und da habe ich gedacht, du bist der Einzige, der ihm helfen kann.«

»Steh erst mal auf. Du holst dir den Tod.«

Lajos stützte mich, aber meine Beine zitterten so stark, dass ich kaum stehen konnte. Mir war ganz schlecht vor Angst und Sorge um Lagunas und Papa.

»Komm rein und wärm dich etwas auf. Du bist ja total durchgefroren.«

»Ich kann nicht warten«, widersprach ich und brach wieder in Tränen aus. »Der Tierarzt hat gesagt, er stirbt, wenn er noch länger liegt. Und Papa ist total am Ende, weil er ihn doch gerade heute verkauft hat …«

»Warte einen Moment.«

Lajos verschwand in einem anderen Zimmer. Sekunden später kam er zurück. Er trug jetzt eine Jeans und zog sich einen Pullover über den Kopf. Dann schlüpfte er in seine

Schuhe und nahm eine Jacke von einem Haken neben der Haustür.

»Wir lassen Fritzi hier und fahren mit meinem Auto«, entschied er. »Komm.«

Mit mir war nicht mehr viel anzufangen, deshalb band er Fritzi vom Geländer los und führte ihn ums Haus herum in den Stall. Er nahm meinem Pferd Sattel und Trense ab und stellte ihn in eine leere Box.

»Setz dich schon mal ins Auto«, sagte er zu mir. »Ich komme sofort.«

Ich taumelte über den Hof zu dem silbernen Kombi, öffnete die Tür und ließ mich auf den Beifahrersitz fallen. Alles kam mir wie ein irrsinniger Albtraum vor. Wahrscheinlich würde ich gleich aufwachen, mit Twix neben mir, und feststellen, dass ich das alles nur geträumt hatte. Aber dann erinnerte ich mich daran, wie Richard Jungblut Tim geohrfeigt hatte und was Opa über Tims Vater und Lajos erzählt hatte.

Ich zuckte zusammen, als die Fahrertür aufging. Lajos stieg ein und startete den Motor. Er drehte die Heizung auf volle Touren und manövrierte das Auto rückwärts aus dem Hof.

»Wenn ich dich richtig verstanden habe, dann hat sich eines eurer Pferde in der Waschbox festgelegt und kann nicht mehr aufstehen«, sagte er. »Ist das richtig?«

»Ja.« Ich versuchte, ihm zu erklären, was geschehen war, aber alles, was ich hervorbrachte, war zusammenhangloses Gestammel: vom Turnier, von Lagunas und dem Sponsor, der ihn gekauft hatte, von Opas Schulden und dem Gerichtsvollzieher und von Christians Schuld an dem Unglück.

Lajos hörte mir zu, ruhig und freundlich, und das brachte mich dann total aus der Fassung. Er war so nett zu mir und hatte keine Sekunde gezögert, mit mir auf den Amselhof zu fahren, dabei hatte ich ihm lauter hässliche Sachen an den Kopf geworfen. Ich schluchzte hysterisch.

Lajos griff an mir vorbei, öffnete das Handschuhfach und zog eine Packung Taschentücher heraus. »Putz dir erst mal die Nase«, sagte er. »Und dann erzählst du mir alles der Reihe nach, okay?«

Ich nickte und schnaubte in ein Taschentuch. Er schien mir meine bösen Worte nicht nachzutragen, und das fand ich doppelt peinlich. Wir fuhren durch den Wald, das Radio lief leise.

»Bist du sauer auf mich?«, flüsterte ich mit Piepsstimme.

»Wieso sollte ich sauer sein?«, erwiderte er.

»Weil … weil ich so gemeine Sachen zu dir gesagt habe. Ich habe rausgefunden, dass ihr früher Freunde wart, Papa, Mama und du. Und dann habe ich in Mamas Schrank den Zeitungsbericht über den Unfall gefunden. Ich … ich hab alles total falsch verstanden. Aber dann hat Opa mir erzählt, was damals wirklich passiert ist und dass gar nicht du gefahren bist, sondern Tims Vater. Es tut mir leid, dass ich dich angeschrien habe.«

»Ach Elena.« Lajos schüttelte leicht den Kopf und klang plötzlich sehr traurig. »Ich hätte dir die Geschichte erzählen sollen. Ich wusste ja, dass du die Tochter von Micha und Susanne bist. Aber … ich hab mich nicht getraut. Es ist so lange her und es war die schlimmste Zeit meines Lebens. Ich rede nicht gern darüber, weißt du.«

Schon der zweite Erwachsene, der heute mit mir sprach,

als wäre auch ich erwachsen. Es war ein komisches Gefühl, aber auch ein schönes.

»Du bist wirklich kein kleines Mädchen mehr. Du hast Mumm«, sagte er etwas später und fügte hinzu: »Mehr als ich.«

»Dann bist du nicht böse auf mich?«

»Ganz sicher nicht.« Er lächelte kurz, wurde aber gleich wieder ernst, denn wir fuhren durch das Tor des Amselhofs.

35. Kapitel

Ich musste Lajos den Weg nicht erklären. Er fuhr direkt zum hinteren Stall, am Lkw vorbei, der noch immer mit heruntergelassener Rampe im Hof stand, und hielt hinter dem Auto des Tierarztes. Wir stiegen aus und betraten den Stall. Lagunas lag noch immer genauso in der Waschbox wie vorhin, jemand hatte das Solarium eingeschaltet. Papa saß auf dem Strohballen, das Gesicht in den Händen vergraben, und rührte sich nicht.

»Papa«, sagte ich leise.

Er hob den Kopf und starrte Lajos an, als wäre er ein Geist.

»Lajos! Was machst du denn hier?«, fragte er heiser. Sein verständnisloser Blick wanderte kurz zu mir.

»Hallo, Micha«, sagte Lajos leise. »Ich erkläre dir später alles. Was ist mit dem Pferd passiert?«

Papa stand auf. »Er … er ist ausgerutscht und kann nicht mehr aufstehen.«

»Was habt ihr mit ihm gemacht?« Lajos' Interesse wandte sich Lagunas zu, seine Stimme klang nüchtern und sachlich.

»Der Tierarzt hat ihm eine Schmerzspritze gegeben.« Papa zuckte mit den Schultern. »Aber es nützt nichts.«

Lajos ging in die Hocke, strich Lagunas über den Kopf. »Darf ich?«, fragte er.

»Bitte«, sagte Papa.

Ich sah zu, wie Lajos nun zu Lagunas in die Waschbox kletterte. Seine Hände glitten sanft über die Seite und den Rücken des Pferdes. Er beugte sich vor und tastete Lagunas' Wirbelsäule ab, angefangen vom Widerrist bis zur Kruppe. Plötzlich zuckte das Pferd zusammen, grunzte erstaunt und hob den Kopf.

»Ein Lendenwirbel ist herausgesprungen«, sagte Lajos leise. »Dadurch hat er womöglich kein Gefühl in den Hinterbeinen. Er liegt denkbar ungünstig. Hm.«

Er richtete sich auf und kratzte sich nachdenklich am Kopf. Schlagartig schien ihm etwas einzufallen.

»Sag mal, Micha, war hier nicht früher der Durchgang zum Misthaufen? Ist die Tür noch da?«

Papa blickte ihn erstaunt an, dann nickte er langsam. »Ja, die ist noch da. Wir haben nur eine Gummiwand davorgestellt.«

»Kannst du sie irgendwie wegkriegen, damit wir die Tür aufmachen können?«, fragte Lajos. »Ich muss von hinten an ihn ran.«

Schlagartig erwachte Papa aus seiner Lethargie. Er ging in Intermezzos Box, die direkt neben der Waschbox lag, und zog dem Pferd ein Halfter über.

»Stell ihn in die leere Box vorn links«, sagte er zu Lajos, und der nahm wie selbstverständlich das Pferd und tat, wie ihm geheißen.

Ich drückte mich in eine Ecke und sah zu, wie sich die beiden Männer an der hinteren Wand zu schaffen machten. Sie zogen die Gummiwand der Waschbox, die ich immer für eine feste Wand gehalten hatte, mit vereinten Kräften zur Seite, und tatsächlich kam dahinter eine Tür zum Vorschein, die ich noch nie bemerkt hatte. Die Riegel waren eingerostet, und es bedurfte einiger heftiger Schläge und Tritte, bis sie sich endlich öffnen ließ und mit einem Quietschen aufschwang. Die kalte Nachtluft strömte herein. Mit großen Augen verfolgte ich, wie Lajos und Papa Lagunas nun auf die Seite schoben, sodass er auf dem Bauch lag.

»Die Vorderbeine müssen nach vorn«, befahl Lajos. »Und jetzt nimm ihn am Kopf und pass auf, dass er sich nicht wieder zur Seite kippen lässt. Wenn ich dir sage, du sollst ziehen, dann zieh, so stark du kannst. Okay?«

Papa ergriff das Halfter des Pferdes. Lajos ging an Lagunas vorbei und trat hinter ihn. Ich beobachtete, wie er Lagunas' Schweif ergriff.

»Jetzt!«, sagte er leise. Papa zog an Lagunas' Kopf und Lajos am Schweif. Es schien anstrengender zu sein, als es aussah.

»Und jetzt hoch mit dir, Junge!«, keuchte Lajos. »Na los, hopp! Steh auf!«

Ich traute meinen Augen kaum, als Lagunas nun die Hinterbeine unter den Bauch zog und im nächsten Moment auf allen vieren stand. Er schwankte ein bisschen, schüttelte sich und blickte sich erstaunt um.

Lajos ließ den Schweif los, quetschte sich an Lagunas vorbei.

»Führ ihn auf die Stallgasse«, sagte er zu Papa. »Ich brauche mehr Platz.«

Atemlos sah ich zu, wie Lajos mit konzentrierter Miene Wirbel für Wirbel abtastete, dann Lagunas' linkes Hinterbein anhob und mit einem Ruck nach außen zog. Es knackte.

»Das war's.« Lajos richtete sich auf. »Der Wirbel ist wieder drin.«

Papa stand sprachlos da, den Führstrick des Pferdes in der Hand, und rührte sich nicht.

Lajos klopfte ihm auf die Schulter und grinste ein bisschen. »Willst du hier Wurzeln schlagen?«, fragte er.

In dem Augenblick kamen Dr. Marquardt und Jens in den Stall und guckten ungläubig.

Papa führte Lagunas in seine Box und das Pferd lief ganz normal neben ihm her, keine Spur von Lahmheit. Lajos hatte ihm nachgesehen, jetzt wandte er sich um.

»Ach«, sagte der Tierarzt säuerlich. »Doktor Kertészy, der Mann mit den goldenen Händen. Mir ist schon zu Ohren gekommen, dass Sie wieder in der Gegend sind. Dann kann ich jetzt ja wohl Feierabend machen.«

»Nehmen Sie es mir nicht übel«, erwiderte Lajos. »Aber manchmal ist die Schulmedizin eben nicht das letzte Mittel.«

»Ende gut, alles gut.« Der Aknefrosch gähnte. »Ich hau mich ins Bett. Oder brauchst du mich noch, Chef?«

»Nein, ich glaub nicht«, erwiderte Papa leise. »Danke, Jens.«

»Schon gut.«

Der Tierarzt verabschiedete sich und ging ebenfalls. Im Stall herrschte angespannte Stille.

»Ich fahre dann auch mal«, sagte Lajos schließlich. »Es ist schon spät.«

»Warte, Lajos«, bat ihn Papa.

Die beiden Männer sahen sich an, suchten wohl nach den

passenden Worten. Früher waren sie die besten Freunde gewesen, aber seitdem waren viele Jahre vergangen.

»Ich verstehe zwar nicht so ganz, was hier vor sich gegangen ist«, sagte Papa mit rauer Stimme, »aber ich freue mich, dich wiederzusehen. Ehrlich.«

Ein Lächeln glitt über Lajos' angespanntes Gesicht. »Ich freue mich auch«, erwiderte er leise.

Dann breitete Papa die Arme aus und umarmte seinen alten Freund herzlich. Mich beachteten sie nicht und das war mir ganz recht. Ich merkte, wie todmüde ich war, außerdem hatte ich keine Lust mehr, irgendwelche Fragen zu beantworten. Leise schob ich mich an der Wand entlang zur Tür und verschwand unbemerkt in die dunkle Stallgasse. Sicherlich hatten sie einiges zu reden nach so vielen Jahren. Für alles andere war auch morgen noch Zeit genug.

36. Kapitel

Als ich aufwachte, brauchte ich ein paar Sekunden, um mich an die aufregenden Ereignisse der vergangenen Nacht zu erinnern. Der Wecker zeigte Viertel nach sechs, höchste Zeit, um aufzustehen. Ich kroch aus dem Bett und taumelte verschlafen hinüber ins Badezimmer. Christian kam mir entgegen.

»Hallo«, sagte ich, bekam aber keine Antwort. Er drängte sich nur unsanft an mir vorbei und ging in sein Zimmer. Gab er etwa mir die Schuld an dem, was gestern passiert war? Egal.

Ich wusch mich schnell, bürstete meine Haare und machte mir einen Pferdeschwanz, dann zog ich mich schnell an und lief nach unten. In der Küche brannte Licht, aber der Tisch war nicht gedeckt. Stimmt, Mama war ja nicht da!

Bevor ich zur Bushaltestelle fuhr, wollte ich noch schnell bei Lagunas vorbeischauen und mich von ihm verabschieden, deshalb verzichtete ich auf ein Frühstück, ergriff meinen Rucksack und zog meine Jacke an. Twix zischte an mir vorbei. Ich nahm mein Fahrrad und radelte durch die Dunkelheit hinüber zum Stall, der schon hell erleuchtet war. Heinrich und Stani fütterten gerade Heu im langen Stall. Ich lehnte das Fahrrad in der Putzhalle gegen die Wand und lief in den hinteren Stall, der als einziger noch im Dunkeln lag.

»Lagunas!«, rief ich leise und drückte auf den Lichtschalter. Die Neonröhren an der Decke flackerten und gingen an. Ich trat an Lagunas' Box. Ihm schien es wieder gut zu gehen. Er hatte heute Nacht gelegen, sein Schweif war nämlich voller Stroh.

»Guten Morgen«, sagte jemand hinter mir. Ich fuhr erschrocken herum.

Papa saß auf einem Strohballen gegenüber von Lagunas' Box und blinzelte in das helle Licht. Scheinbar war er überhaupt nicht ins Bett gegangen, denn er war nicht rasiert und trug noch immer die weiße Reithose vom Turnier.

»Ich ... ich wollte Lagunas Tschüss sagen«, stotterte ich.

»Komm mal her.« Papa streckte die Hand nach mir aus.

Ich ging zu ihm hin. Er rückte ein Stück zur Seite und ich setzte mich neben ihn.

»Danke, Elena«, sagte er leise und legte den Arm um mich. »Dir habe ich es zu verdanken, dass ich Lagunas heute verkaufen kann. Wenn du Lajos nicht geholt hättest, wäre die ganze Sache wohl schlimm ausgegangen.«

Ich schluckte.

»Er hat mir gestern Abend alles erzählt. Woher ihr euch kennt.« Papa zog mich fester an sich. »Aber darüber, dass du immer heimlich in den Wald geritten bist, reden wir noch.«

Ich blickte ihn vorsichtig an und war erleichtert, als ich sah, dass er lächelte. Puh!

»Ich habe heute Nacht übrigens deinen Fritzi mit nach Hause gebracht«, sagte er.

»Ach! Wie denn das?«

»Na ja. Ich bin mit Lajos zum Forsthaus gefahren und dann zurückgeritten. Du hattest dir ja glücklicherweise die Zeit genommen, dein Pferd zu satteln.«

Eine Weile saßen wir schweigend nebeneinander. Dann fiel mir plötzlich etwas ein. Ich beugte mich vor, öffnete meinen Rucksack und nahm das Geld heraus.

»Hier. Das hätte ich fast vergessen.« Ich reichte Papa die vierzehn 500-Euro-Scheine.

Mit einem Schlag verschwand das Lächeln von seinem Gesicht. Er richtete sich auf. »Woher hast du das?«

»Vom Teichert«, erwiderte ich. »Ich war am Freitag bei ihm im Büro. Mama und du, ihr habt dauernd wegen des geplatzten Schecks gestritten, und da dachte ich, wenn ich das Geld hole, dann … dann kommt Mama vielleicht zurück. Er hat …«

Ich verstummte, als ich Papas Gesichtsausdruck sah. Er war ganz blass geworden und in seinen Augen standen plötzlich Tränen. Es war schon schlimm gewesen, Mama weinen zu sehen, aber ich wusste, dass ich es nicht ertragen konnte, wenn Papa jetzt auch noch heulte.

»War … war das falsch?«, fragte ich unsicher.

Statt zu antworten nahm Papa mich in die Arme und drückte mich so fest, dass mir die Luft wegblieb.

»Ach Elena, Elena«, flüsterte er. »Ich weiß echt nicht, was ich sagen soll. Lajos hat recht. Du hast wirklich Mumm.«

Ich schnappte nach Luft und Papa ließ mich los.

»Meinst du, dass Mama wiederkommt, jetzt, wo doch das Geld vom Teichert da ist?«

Papa seufzte und rieb sich mit Daumen und Zeigefinger die Augen. »Ich weiß nicht. Zu ihr war ich ja auch alles andere als nett.«

»Aber wenn du Lagunas heute weggebracht hast, dann kannst du doch zu Mama hinfahren und sagen, dass es dir leidtut, oder nicht?« Ich sah meinen Vater erwartungsvoll an.

»Du würdest das ganz sicher machen, nach allem, was ich in den letzten paar Stunden über dich erfahren habe.« Papa lächelte bekümmert und strich mir mit der Hand über die Wange. »Wenn es nur so einfach wäre.«

»Es *ist* einfach«, erwiderte ich überzeugt. »Ich habe neulich auch ganz schlimme Sachen zu Lajos gesagt, aber gestern im Auto habe ich mich entschuldigt und er war mir überhaupt nicht böse.«

»Was für schlimme Sachen hast du denn zu ihm gesagt?«

Ich biss mir auf die Lippen. Jetzt hatte ich wieder viel mehr verraten, als ich eigentlich wollte. Insgeheim hatte ich gehofft, Lajos hätte Papa gestern davon erzählt, doch er hatte es wohl nicht getan.

Ich druckste etwas herum, aber dann fiel mir ein, mit welchem Trick Erwachsene nur zu gern ein Gespräch beendeten, wenn es ihnen unangenehm wurde.

»Das ist eine lange Geschichte …«, sagte ich also.

Die Pferde wurden plötzlich unruhig und wieherten. Sekunden später ging die vordere Stalltür auf und Heinrich rollte den Rundballen Heu herein. Papa stand auf.

»Dann erzählst du sie mir später«, sagte er und grinste wieder. »Weißt du was? Ich würde jetzt wirklich gern sehen, wie du mit Fritzi springst.«

»Jetzt? Aber … aber ich muss doch in die Schule!«

»Ich fahre dich später hin und schreibe dir eine Entschuldigung für die erste Stunde«, schlug Papa vor. »Was hältst du davon?«

»Klingt cool.« Ich grinste breit. »Ich zieh mich schnell um. Fünf Minuten!«

Fritzi hatte unseren nächtlichen Ausflug gut überstanden. Er trabte frisch und voller Energie um die ganze Bahn, während Papa die Hindernisse, die noch immer so hoch waren, wie Herr Nötzli sie am Freitag gemacht hatte, herunterbaute. Er konnte kaum glauben, dass ich mit Quintano über diese Höhe gesprungen war. Jens kam in die Halle und blieb neugierig an der Bande stehen. Auch Heinrich und Stani tauchten auf, und schließlich kam Opa, der mir verschwörerisch zuzwinkerte, als ich an ihm vorbeigaloppierte.

»Komm mal hier über das Kreuz!«, rief Papa, als ich Fritzi ordentlich aufgewärmt hatte.

»So, Fritzi«, sagte ich leise und er drehte sofort die Ohren nach hinten. »Jetzt zeigen wir es denen aber mal.«

Ich machte ein paar Gymnastiksprünge, dann ging es an den ganzen Parcours. Fritzi zeigte sich von seiner allerbesten Seite, als wollte er Papa beweisen, dass dieser sich in ihm getäuscht hatte. Opa und Jens kamen in die Bahn und halfen Papa, die Hindernisse höher zu machen.

Der Gedanke an Tim zuckte durch meinen Kopf. Eigentlich hätte er auch dabei sein müssen, denn das, was Fritzi und ich konnten, war sein Verdienst.

»Okay«, sagte Papa.

Ich fasste die Zügel kürzer und ließ Fritzi angaloppieren. Er zog die Hindernisse mit gespitzten Ohren an und sprang so hoch in die Luft, dass ich hin und wieder Mühe hatte, im Sattel zu bleiben.

»Uiii!«, machte der Aknefrosch, als wir mühelos durch

die dreifache Kombination flogen. Gleich darauf folgte der Oxer mit der blauen Plane darunter, die viele Pferde irritierte. Nicht so Fritzi. Hindernisse konnten rosa oder gepunktet oder lila kariert sein – mein Pferd interessierte das alles nicht. Er sprang für sein Leben gern, je höher, desto besser! Als wir das letzte Hindernis überwunden hatten, parierte ich Fritzi durch und sah atemlos zu Papa hinüber, der mit verschränkten Armen neben einem Oxer stand und die ganze Zeit keinen Ton gesagt hatte.

»Und?«, erkundigte ich mich. »Wie fandest du's?«

Papa sagte lange gar nichts, betrachtete Fritzi und mich mit dieser ausdruckslosen Miene, die ich nur zu gut an ihm kannte.

»Von einem solchen Pferd haben deine Mutter und ich geträumt, als wir Gretna von For Pleasure haben decken lassen«, sagte er schließlich.

»Er gefällt dir also?«, bohrte ich.

Ich wollte Lob für meinen Fritzi hören, für das beste Pferd der Welt. Aber Papa ließ mich zappeln.

»Sag schon, Papa, findest du ihn gut?«, drängte ich.

Da schüttelte Papa langsam den Kopf. »Nein. Ich finde ihn nicht *gut*«, erwiderte er zu meiner abgrundtiefen Enttäuschung.

Konnten Tim und ich, konnte sich Herr Nötzli denn so sehr in Fritzi getäuscht haben? Ich musste mich mit aller Kraft beherrschen und senkte den Kopf, um nicht loszuheulen wie ein Baby. All die Arbeit, die Träume, die Hoffnung, die ich in Fritzi gesteckt hatte – war das alles umsonst gewesen?

»Elena«, riss Papas Stimme mich aus meinen Gedanken, »ich finde Fritzi nicht gut, ich finde ihn sensationell! Mir fehlen die Worte! Es ist einfach unglaublich, was du aus ihm gemacht hast!«

Mein Kopf zuckte hoch und nun war ich sprachlos. Papa stand da und grinste begeistert, schüttelte immer wieder ungläubig den Kopf.

»Wie hast du das nur gemacht? Und vor allen Dingen: wann? Warum habe ich dich nie mit diesem Pferd gesehen?«

Papa legte die Hand auf meine Wade, seine Augen leuchteten wieder.

»Weil ich aufgepasst habe, dass du Fritzi nicht siehst«, gab ich zu. »Ich hatte doch Angst, dass du ihn mir wegnimmst, wenn du merkst, wie gut er ist.«

Papa hörte auf zu lächeln. Er drückte meine Wade so fest, dass es wehtat.

»Du hast wirklich geglaubt, ich würde dein Pferd verkaufen, nur weil ich Geld brauche?«, fragte er mit gepresster Stimme.

Ich nickte verlegen.

Papa nahm seine Hand weg und atmete tief aus.

»Eigentlich sollte ich jetzt eingeschnappt sein«, sagte er deprimiert. »Aber ich bin wohl selbst schuld dran, dass du so schlecht von mir denkst.«

Verdammt, jetzt hatte ich alles kaputtgemacht! Ich hatte Papa mit meinen Worten gekränkt, weil ich mal wieder losgequatscht hatte, ohne vorher nachzudenken. Wie konnte ich ihm nur erklären, dass jetzt alles anders war?

Spätestens seit gestern, seitdem er mir im Stallzelt von Lagunas' Verkauf erzählt hatte, sah ich meinen Vater mit ganz anderen Augen. Oft hatte ich ihn für herzlos und gemein gehalten, wenn ich seine Entscheidungen nicht verstand, so wie beim Vereinsturnier, als er Phönix an Teicherts verkauft hatte, ohne mir vorher etwas zu sagen. Oder als er so sauer auf mich gewesen war, weil ich mit Tim gesprochen hatte. Jetzt verstand ich alles, weil ich die Vorgeschichte kannte. Und ich hatte seinen Kummer gespürt, seine Trauer um sein liebstes und bestes Pferd, das er hergeben musste, weil er das Geld so dringend brauchte und dieses Angebot nicht ablehnen konnte.

Die ganze Nacht hatte er bei Lagunas im Stall gesessen, er hatte nicht geschlafen, weil er unglücklich war. Weil er ein Herz hatte. Das hatte mich tief berührt. Nun stand er da, versuchte zu lächeln, aber in seinen Augen sah ich, wie sehr ich ihn verletzt hatte.

Ich sprang aus dem Sattel und ergriff Papas Arm.

»Es tut mir leid, dass ich das von dir gedacht habe, Papa«, sagte ich.

»Das muss es nicht«, antwortete er und schnappte schnell nach Fritzis Zügel, bevor der sich aus dem Staub machen konnte. »Vielleicht habe ich genau das gebraucht. Ich habe mich viel zu wenig um dich gekümmert. Das war nicht fair von mir. Heute Nacht habe ich viel nachgedacht. Was du für mich getan hast, war großartig, Elena. Du bist ein ganz tolles Mädchen. Genau wie deine Mutter. »

Ich wurde bei seinen Worten ganz rot vor Stolz. Ein tolles Mädchen! Wow!

Papa und ich frühstückten noch zusammen, dabei erzählte er mir von früher. Von Lajos und Richard Jungblut, von Mamas Schwester Viola, von Tims Mutter Linda, von Mama und sich selbst. Dann schrieb er mir eine Entschuldigung für die ersten vier Stunden und fuhr mich nach Königshofen zur Schule.

»Ich bringe Lagunas jetzt in die Klinik von Dr. Sänger nach Köln«, sagte er, als er vor der Schule anhielt. »Wenn mit der Ankaufsuntersuchung alles klargeht, nimmt Viktor ihn gleich von dort aus mit. Und ich habe mir überlegt, dass dein Vorschlag eigentlich ganz gut ist.«

»Welcher Vorschlag?«

»Ich fahre von dort aus bei Opa und Oma König in Bonn vorbei. Vielleicht kann ich Mama überreden, mit nach Hause zu kommen.«

»Oh Papa, das wäre super!«, jubelte ich und fiel ihm um den Hals.

»Na ja, mal schauen.« Er grinste mir zu, dann schien ihm noch etwas einzufallen. »Ach, Elena, ich soll dir von Lajos etwas ausrichten. Ich verstehe es zwar nicht, aber das ist mir ja in der letzten Zeit öfter so ergangen.«

»Was denn?«, fragte ich neugierig.

»Er sagt, du hättest recht gehabt bei der Stute«, sagte Papa. »Sie hatte einen Tumor an der Ohrspeicheldrüse und ist gestern operiert worden.«

»Ach was!« Erst jetzt fiel mir wieder Blue Fire Lady ein, die Fuchsstute in Lajos' Stall. Durch die ganze Aufregung hatte ich sie völlig vergessen.

»Das erklärst du mir sicher auch noch, oder?« Papa zwinkerte mir zu. »Und jetzt sieh zu, dass du in die Schule kommst, sonst muss ich dir eine neue Entschuldigung schreiben.«

Ich grinste, stieg aus und winkte seinem Auto nach. Der Gong, der das Ende der vierten Stunde verkündete, klang über den Schulhof zu mir herüber, und ich rannte los. Ich musste unbedingt Melike finden! Die Pause würde allerdings kaum ausreichen, um ihr alles zu erzählen.

In dem Moment summte mein Handy in der Jackentasche. Ich zog es hervor und klappte es auf. Eine neue Nachricht! Und sie war von Tim!

Heute Nachmittag um drei auf der Wiese?, schrieb er. *Hast du Zeit? Muss dir was sagen!*

Mein Herz schlug einen Salto.

Klar, tippte ich ein.

Muss dir auch jede Menge erzählen!

37. Kapitel

Melike konnte nicht mit zum Training kommen, weil sie am Nachmittag noch Klavierstunde hatte, und ich war deswegen nicht einmal unglücklich. Ich konnte es kaum erwarten, Tim wiederzusehen, denn ich hatte ihm so viel zu erzählen! Meine Vorfreude war allerdings getrübt, denn jetzt, wo Papa von Fritzi wusste, gab es keinen Grund mehr, heimlich mit Tim zu trainieren.

Während ich Fritzi putzte und sattelte, zermarterte ich mir das Gehirn nach einer Möglichkeit, wie und wo ich Tim in Zukunft sehen konnte.

Ich zog gerade den Sattelgurt an, als mir ein absolut furchtbarer Gedanke durch den Kopf schoss. Was, wenn Tim mich überhaupt nicht mehr sehen wollte, nachdem sein Vater ihm wegen mir eine Ohrfeige verpasst hatte? Vielleicht war er sogar froh, dass es mit Fritzis Training vorbei war und er sich keine Ausreden mehr ausdenken musste, um zur Wiese fahren zu müssen.

Plötzlich kam ich mir schrecklich dumm vor. Auf dem Sonnenhof gab es massenhaft Mädchen, die dauernd um Tim herum waren und ihn garantiert genauso anhimmelten, wie es die Mädchen auf dem Amselhof mit Christian machten. Und in der Schule war er sowieso der Mädchenschwarm. Sicher war eine dabei, die ihm gut gefiel, eine, die hübscher war als ich und mit der er sich nicht heimlich treffen musste, so wie mit mir! Ich ließ die Hände sinken.

Muss dir was sagen, hatte er geschrieben. Was hatte das zu bedeuten? Was musste er mir sagen? Dass er mich nicht mehr sehen wollte, weil er keinen Bock mehr darauf hatte, von Christian bedroht und von seinem Vater geschlagen zu werden? Warum musste das Leben nur so kompliziert sein? Wieso konnte man nicht einfach immer glücklich sein?

Fritzi trat unruhig hin und her und schaute mich an, als wollte er fragen, wann es denn nun endlich losging.

Ich erwachte aus meiner Erstarrung. Rasch streifte ich Fritzi die Trense über und setzte meine Reitkappe auf. Es war halb drei, höchste Zeit, loszureiten.

Mit einem unbehaglichen Gefühl im Magen machte ich mich auf den Weg. Der Himmel war düster, es sah nach neuem Schnee aus. Scharf und kalt wehte mir der Wind ins Gesicht. Ich zog mir den Schal bis über die Nasenspitze. Die Befürchtung, dass Tim mir gleich sagen würde, er wolle mich nicht mehr sehen, war schlimmer als alles, was ich bisher erlebt hatte. Trotzdem kehrte ich nicht um. Ich musste wissen, was Sache war, sonst würde ich verrückt werden.

Tim wartete schon, als ich aus dem Wald auf die Wiese ritt. Er hatte auf dem Baumstamm gesessen und sprang nun auf. Mit pochendem Herzen ritt ich zu ihm hin und saß ab. Der stürmische Wind zerzauste sein dunkelblondes Haar und er sah so süß aus, dass es wehtat.

Welche Chance hatte ich schon gegen Ariane & Co.? Jetzt gleich würde er es mir gestehen. Ich wollte es schnell hinter mich bringen.

»Was willst du mir denn sagen?«, fragte ich deshalb.

»Erst du«, antwortete Tim und lächelte. »Oder wollen wir zuerst etwas trainieren?«

Plötzlich war ich total nervös. Ich holte tief Luft. »Mein Vater hat Fritzi springen sehen. Heute Morgen. Er wollte, dass ich ihm Fritzi vorreite.«

»Ach komm! Und? Wie fand er ihn? Erzähl schon!« Tim schien sich für mich zu freuen.

»Er war völlig begeistert und wollte wissen, wie ich das hingekriegt habe, ohne dass er Fritzi jemals gesehen hat. Ich hab kurz überlegt, ob ich ihm die Wahrheit sage, aber dann habe ich es doch nicht getan.«

Erst jetzt wurde mir bewusst, wie feige ich war. Ich hätte zu Tim stehen sollen, egal, was passierte. Aber Tim schien das zu meiner Überraschung anders zu sehen.

»Das ist auch besser so«, sagte er nämlich. »Ich glaube, sonst hätte es nur Zoff gegeben. Aber wie kam dein Vater denn darauf, Fritzi sehen zu wollen? Hat der Nötzli ihm was erzählt?«

Ich schüttelte den Kopf. »Gestern ist so wahnsinnig viel passiert, ich weiß gar nicht, wo ich anfangen soll.«

Wir gingen über die Wiese zu der Hütte und setzten uns auf der anderen Seite im Windschatten auf die alte Bank, die dort stand. Und dann berichtete ich Tim alles, angefangen von Lagunas' Unfall durch Christians Verschulden über meinen Ritt durch den Wald zum Forsthaus und wie Lajos Lagunas auf die Beine bekommen und geheilt hatte.

»Wow!«, sagte Tim beeindruckt. »Das ist echt krass. Du hast wirklich vor nichts Angst.«

Ach, wenn er wüsste! Eigentlich hatte ich vor allem

Angst, am meisten allerdings vor dem, was er mir gleich sagen würde.

»Wer ist eigentlich dieser Lajos?«, wollte er nun wissen.

Ich zögerte kurz, aber dann erzählte ich ihm, was ich über die gemeinsame Vergangenheit unserer Eltern herausgefunden hatte. Tim hörte mir aufmerksam und mit wachsendem Entsetzen zu.

»Sie waren die besten Freunde, bis zu dem Unfall«, schloss ich schließlich. »Dein Vater ist gefahren, aber später, bei der Polizei, hat er gesagt, Lajos hätte am Steuer gesessen. Der konnte sich an den Unfall nicht mehr erinnern, genau wie meine Eltern. Lajos wurde verurteilt, kam ins Gefängnis, und dein Vater hat deine Mutter geheiratet, die eigentlich Lajos' Freundin gewesen ist. Lajos' Mutter musste ihr Haus verkaufen, um das Geld für die Strafe aufzubringen. Und diese Geschichte ist der Grund, weshalb sich unsere Familien hassen.« Ich verstummte.

Tim war ganz blass im Gesicht, stützte die Ellbogen auf die Knie und starrte vor sich hin.

»Tim«, flüsterte ich zaghaft. »Das alles hat doch nichts mit uns zu tun, oder?«

Er blickte auf. Seine blauen Augen waren ganz dunkel, zwischen seinen Augenbrauen stand eine steile Falte.

»Nein«, murmelte er unglücklich. »Nein, das hat nichts mit uns zu tun. Wir können schließlich gar nichts dafür.«

Ich überlegte, was ich als Nächstes sagen konnte, welche Worte ich wählen musste, um das Thema anzuschneiden, vor dem ich mich so sehr fürchtete.

»Wenn wir jetzt nicht mehr mit Fritzi trainieren«, sagte ich leise, »dann könnten wir uns zum Beispiel bei Lajos treffen. Er würde uns nie verraten.«

»Unmöglich«, sagte Tim düster und senkte wieder den Kopf. »Lajos hat wegen meines Vaters im Gefängnis gesessen. Er wird mich hassen.«

»Nein, wird er nicht. Lajos ist nicht so«, entgegnete ich voller Überzeugung. »Er ist ein Freund von deinem Opa. Und er weiß doch, dass du nichts mit der ganzen Sache zu tun hast. Du kannst so wenig was für deine Eltern wie ich für meine.«

Tim schaute mich an. In seinem Blick glänzte ein leichter Hoffnungsschimmer.

»Ich hatte nie viele Freunde«, sagte er plötzlich und guckte unter sich. »Seitdem ich denken kann, sind wir jedes Wochenende auf dem Turnier. Und unter der Woche muss ich im Stall helfen. Ich bin schon früher nie auf einen Kindergeburtstag eingeladen oder gefragt worden, ob ich mit ins Schwimmbad will. Das hat mich eigentlich nie gestört. Ich fand die Leute in der Schule eh immer blöd und auf den Turnieren hatte ich meine Kumpel. Bei uns auf dem Hof war immer was los, mir hat nie was gefehlt. Aber jetzt … jetzt ist alles irgendwie anders.«

Er brach ab und es war ganz still, bis auf das Rauschen des Windes. Ich wartete gespannt darauf, dass er weitersprach.

»Unser Training mit Fritzi …« Tim suchte nach den passenden Worten. »Die Zeit mit dir und mit Melike … wir hatten so einen Spaß … und es war total aufregend … Ich hab mich jedes Mal echt drauf gefreut, hierherzukommen und … und …«

Jetzt würde er es sagen! Jetzt würde er mir sagen, dass es vorbei war. Für immer. Dass wir uns nicht mehr sehen konnten. Ich wappnete mich innerlich und nahm mir vor, stark zu sein und nicht in Tränen auszubrechen, egal, was er sagen würde.

»… und dich zu sehen«, vervollständigte er den Satz. Er holte tief Luft, hob den Kopf, und plötzlich sprudelte es aus ihm heraus: »Ich hab noch nie ein Mädchen wie dich getroffen, Elena. Du bist … du bist irgendwie … so … so … süß. Ach, ich weiß nicht, wie ich's sagen soll, aber das ganze Leben wäre total scheiße, wenn wir uns nicht mehr sehen könnten, nur weil dein Vater jetzt von Fritzi weiß und weil dein Bruder mir aufs Maul hauen will und mein Alter deine Eltern hasst. Und … ich meine, ich … ich … also … ach, verdammt, Elena, ich liebe dich!«

Ich starrte ihn verständnislos an und vergaß fast zu atmen. Im nächsten Moment zog er mich in seine Arme und drückte seinen Mund auf meine Lippen. Die Welt hörte auf, sich zu drehen. Der Wind hielt den Atem an. Die Zeit blieb stehen. Er nahm seinen Mund von meinem, schmiegte sein Gesicht an meins. Ich ließ die Augen geschlossen und saß da wie versteinert.

»Ich weiß ja nicht, ob du mich auch gern hast«, flüsterte Tim. »Es ist voll schrecklich, dass wir uns immer nur heimlich treffen können, aber mir wär's egal. Ich hab nur Angst, dass du mich jetzt nicht mehr sehen willst. Elena, nun sag doch auch mal was!«

Ich schlug benommen die Augen auf. Sein Gesicht war direkt vor meinem. Ich sah die süße Narbe an seiner Oberlippe, das Grübchen in seinem Kinn und die Zweifel in seinen Augen. Konnte es wirklich sein, dass *er* Angst gehabt hatte, *ich* wollte ihn nicht mehr sehen? Träumte ich das hier alles etwa?

»Elena! Was hast du denn?«

Er schüttelte mich besorgt, und mit einem Ruck setzte sich die Welt wieder in Bewegung. Ich konnte ihm nicht antworten, mir hatte es die Sprache verschlagen. Deshalb schlang ich meine Arme um seinen Hals und fing an zu heulen, weil ich so erleichtert und glücklich war.

»Oh Tim«, flüsterte ich. »Ich mag dich auch so gern. Ich habe gedacht, du würdest mir heute sagen, dass wir uns nicht mehr sehen können. Es ist mir total egal, wenn wir uns nur heimlich treffen können.«

Da zuckte ein leichtes Lächeln über sein Gesicht. »Echt?«, vergewisserte er sich.

»Ja, echt.« Ich lachte und schluchzte und lachte, und er lachte auch.

»Cool«, sagte er schließlich. »Ich hab auch noch was für dich dabei.«

Er ließ mich los, kramte in den Taschen seiner Jacke und hielt mir ein kleines Päckchen hin, das mit Tesafilm umwickelt war.

»Ich bin nicht so gut im Geschenke-Einpacken«, gestand er und grinste verlegen. »Soll ich's aufmachen?«

»Das schaffe ich schon«, versicherte ich und fummelte mit klopfendem Herzen Tesafilm und Geschenkpapier ab. Ich hielt ein kleines Kästchen in der Hand und darin lag eine dünne goldene Kette mit einem Anhänger in Herzform.

»Die ist für mich?«, fragte ich ungläubig.

»Ja, klar.« Tim rutschte ungeduldig auf der Bank hin und her. »Guck's dir mal genauer an. Ich hab den Anhänger extra gravieren lassen.«

Tatsächlich! Auf der Rückseite des Herzanhängers stand in winzigen Buchstaben *Projekt Fritzi*.

»Ich dachte mir, das ist unauffälliger, als wenn ich unsere Anfangsbuchstaben eingravieren lasse und dein Bruder oder deine Eltern sehen das«, sagte Tim unsicher. »Oder? Hättest du es lieber mit *T* und *E*?«

»Nein«, flüsterte ich, tief beeindruckt von seiner Weitsicht, und wieder verschwamm alles vor meinen Augen. Meine Stimme klang piepsig. »Nein. Genau so ist es absolut … super. Danke, Tim! Das ist echt das tollste Geschenk, das ich je gekriegt habe!«

Er strahlte, nahm mir die Kette aus der Hand und legte sie mir um den Hals. Dann ergriff er meine Hand und wir saßen eine ganze Weile nebeneinander auf der Bank und lächelten uns an.

»Sind wir jetzt zusammen?«, wagte ich zu fragen.

»Das hoffe ich doch«, erwiderte Tim rau und küsste mich. Das zweite Mal an diesem Nachmittag.

38. Kapitel

Fritzi hatte es eilig, nach Hause zu kommen, und ich ließ ihn so schnell galoppieren, wie er wollte. Auf dem Weg zur Wiese hatte ich mit allem gerechnet, aber garantiert nicht damit. War es wirklich erst anderthalb Stunden her, dass ich hier entlanggeritten war und geglaubt hatte, Tim wollte mich nicht mehr sehen? Jetzt war alles anders. Mein Herz sang vor Freude, ich fühlte mich ganz leicht und so wahnsinnig glücklich, wie ich es noch nie in meinem Leben gewesen war. Tim liebte mich! Er hatte mich zwei Mal geküsst! Er hatte eine Kette für mich gekauft, den Anhänger gravieren lassen und alles extra eingepackt! Es war einfach wundervoll.

Melike fiel mir ein. Ich musste sie gleich anrufen und ihr alles erzählen. Oder vielleicht *fast* alles.

Viel schneller als erwartet hatte ich den Amselhof erreicht. Es wurde schon dunkel, als ich den Weg zwischen Spring- und Dressurplatz Richtung Stall entlangtrabte. Und dann machte mein Herz einen Satz. Am hinteren Stall stand der kleine Lkw, mit dem Papa heute Lagunas weggebracht hatte, und dahinter stand Mamas Golf. Ich parierte durch und saß ab. Papa hatte mich wohl kommen sehen, denn er kam aus dem Stall.

»Elena!«, rief er. »Komm mal her!«

»Ich bringe Fritzi noch schnell weg«, erwiderte ich.

»Wohin denn?« Papa grinste. »Er steht doch jetzt in Lagunas' Box.«

Er schob das Stalltor weit auf und ich führte Fritzi hinein.

Und da war auch Mama! Sie lächelte. Ich ließ Fritzis Zügel los und warf mich überglücklich in ihre Arme.

Papa brachte Fritzi in die große Box, in der bis heute Morgen Lagunas gestanden hatte.

»Ich freu mich so, dass du wieder da bist, Mama«, flüsterte ich. »Es war ganz schrecklich ohne dich!«

Mama umarmte mich ganz fest. »Ich freue mich auch«, antwortete sie leise. »Papa hat mir erzählt, was du alles zu ihm gesagt und was du getan hast. Ich bin so stolz auf dich, mein Schatz.«

Sie ließ mich los und strich mir über die Haare. Obwohl sie lächelte, glänzten ihre Augen feucht.

Mein Blick fiel auf Christian, der mit mürrischem Gesicht und verschränkten Armen an der Tür der Sattelkammer lehnte.

»Habt ihr's bald?«, fragte er nur.

Ich wusste, dass ihm das, was in den letzten Tagen geschehen war, absolut nicht passte. In seinen Augen war ich eine talentfreie Ponyreiterin und urplötzlich hatte ich sogar ein Berittpferd und auch noch Fritzi, den er immer einen lahmen Zossen genannt hatte.

»So«, sagte Papa, der mit Fritzis Sattel und Trense aus der Box kam. »Den Rest kannst du machen.«

»Klar.« Ich strahlte.

Papa ging zu Mama und legte ihr einen Arm um die

Schulter. Er gab ihr einen Kuss und mein Herz machte einen Satz. Ich hatte schon oft gesehen, wie meine Eltern sich küssten, aber seit heute Nachmittag wusste ich auch, wie sich das anfühlte.

»Beeilt euch ein bisschen«, sagte Papa im Weggehen zu Christian und mir. »Lajos kommt später zum Abendessen.«

Papa und Mama verschwanden händchenhaltend.

»Lajos«, schnaubte Christian verächtlich. »Pah!«

»Du kannst doch froh sein, dass Lajos Lagunas gestern Abend wieder hingekriegt hat«, sagte ich.

»Halt bloß die Klappe!« Christian trat mir in den Weg, als ich mit dem Sattelzeug in die Sattelkammer gehen wollte. »Macht dir Spaß, dass die Alten so ein Geschiss um dich und deinen lahmen Gaul machen, was?«

»Lass mich durch«, sagte ich nur und er machte Platz.

Aber dann stellte er sich in die Tür und breitete die Arme aus. Seine Augen funkelten böse. »Du bist eine ganz miese kleine Schleimkuh!«, zischte er grimmig.

»Und du«, entgegnete ich, »bist eine blöde Petze! Du bist doch nur sauer, weil du was falsch gemacht hast und ausnahmsweise mal nicht im Mittelpunkt stehst.«

Da verzerrte sich sein Gesicht. Er packte meinen Arm und verdrehte ihn. Ich trat nach ihm und traf ihn am Knie. Sekunden später wälzten wir uns auf dem Boden der Sattelkammer. Der Sattelhalter kippte mit Donnergepolter um. Wir kämpften verbissen, ich trat und kratzte, Christian drehte mir den Arm um.

»Aua!«, knirschte ich. »Lass mich los!«

Ich war nicht empfindlich, aber das tat echt weh. Christian ließ nicht los und jetzt begriff ich erst, wie ungeheuer wütend er wirklich war. Mir sprangen die Tränen in die Augen, ich biss die Zähne zusammen und wehrte mich nach Kräften.

»Hey! Bist du bescheuert? Hör sofort auf damit!«

Jemand kam in die Sattelkammer und zerrte Christian von mir weg. Mein Bruder ließ mich los, versetzte mir aber noch einen Tritt gegen den Oberschenkel, bevor er das Feld räumte und wegrannte.

Ich richtete mich auf und drehte mich um. Da erst erkannte ich, wer mich gerettet hatte: ausgerechnet Jens, von dem ich geglaubt hatte, er würde mich mit Freude unterm Misthaufen beerdigen!

»Tut's sehr weh?«, erkundigte er sich erstaunlich mitfühlend.

»Geht schon«, murmelte ich und rieb mir den Arm.

Ich musste Fritzi die Decke draufmachen und Melike anrufen, bevor Lajos zu Besuch kam.

»Nur die Harten kommen in den Garten.« Jens streckte die Hand aus, um mir beim Aufstehen zu helfen.

Ich ergriff sie. »Danke«, sagte ich und klopfte den Dreck von meiner Jacke.

»Schon gut«, meinte Jens. »Denk dran, das Licht auszumachen, wenn du fertig bist, dummes Kind.«

»Mach ich, du blöder Aknefrosch«, erwiderte ich freundlich.

Jens grinste und ging.

Ich wartete, bis er weg war, und rannte dann hinüber zur Scheune, um Fritzis Stalldecke zu holen.

Was für ein Tag! Endlich musste ich Fritzi nicht mehr verstecken. Ich konnte ihn in Zukunft hier putzen und satteln und ihn reiten, wann immer ich wollte.

Mama war wieder da und meine Eltern konnten mit dem Geld, das sie für Lagunas bekommen hatten, einen großen Teil von Opas Schulden abbezahlen. Wir konnten auf dem Amselhof bleiben.

In drei Wochen war das erste Turnier für Fritzi und mich und ab morgen würde ich Quintano reiten.

Ich kannte das Geheimnis der Feindschaft mit den Jungbluts, aber Tim und ich hatten nichts damit zu tun.

Ich betrat den Stall und ging zu Fritzi, der sich in seiner neuen Box ausgesprochen wohlzufühlen schien.

Schnell legte ich ihm seine Decke auf und schloss die Schnallen.

Fritzi schnaubte und rieb seine Nase an meiner Schulter.

»Ach, mein Fritzi«, flüsterte ich, schlang meine Arme um seinen Hals und drückte mein Gesicht an sein weiches Fell.

Mein Handy piepste. Das war sicher Melike, die wissen wollte, wie es heute Nachmittag gelaufen war. Ich ließ Fritzi los und kramte das Handy aus meiner Tasche. Aber nicht Melike, sondern Tim hatte mir eine SMS geschrieben.

War echt schön heute mit dir, las ich. *Fahre morgen früh übrigens mit dem Bus. Du auch??? Hdgdl. Dein T.*

Mein Herz hüpfte vor Freude. Ich hob die Hand und berührte den Anhänger der Kette, die Tim mir geschenkt hatte.

Seit heute waren Tim und ich wirklich und richtig zusammen. Und egal, wie sehr Christian ihn auch hasste und wie schwierig es auch werden würde, nichts konnte uns davon abhalten, uns weiterhin zu treffen. Vielleicht bei Lajos. Oder irgendwo anders. Und vielleicht, ganz vielleicht, würde eines Tages alles doch noch gut werden.

»*Ida*«, schrieb ich zurück und lächelte dabei wie ein Honigkuchenpferd. *Sehen uns morgen im Bus. Freue mich! E.*

Nele Neuhaus

Elena – Ein Leben für Pferde
Sommer der Entscheidung

272 Seiten · Gebunden
ISBN 978 3 522 50572 7

Ein Leben ohne Pferde kann sich Elena nicht vorstellen. Wenn sie reitet, vergisst sie alles um sich herum. Eigentlich könnte sie glücklich sein auf dem Pferdehof ihrer Eltern, wäre da nicht die erbitterte Feindschaft zwischen ihrer Familie und der von Tim. Noch immer zwingt ein dunkles Familiengeheimnis die beiden, ihre Beziehung vor den anderen zu verbergen. Und dann werfen schlimme Ereignisse ihre Schatten über die Höfe der Gegend. Als Elenas Pferd Fritzi eines Nachts verschwindet, machen sie und Tim eine gefährliche Entdeckung und es stellt sich die Frage, was stärker ist: ihre Liebe oder der alte Hass?

LESEPROBE ZUM 2. BAND DER Elena-REIHE

1. Kapitel

»Hoho, Fritzi! Jetzt bleib doch mal eine Sekunde stehen!«

Ich hatte den linken Fuß schon im Steigbügel und hüpfte atemlos auf einem Bein neben meinem Pferd her, das es nicht abwarten konnte, endlich wieder einmal ins Gelände zu kommen, und sich aufgeregt im Kreis drehte. Twix, mein braun-weißer Jack-Russell-Terrier, schoss kläffend um uns herum, denn er war genauso wild auf einen Ausritt wie Fritzi. Nach ein paar vergeblichen Versuchen schaffte ich es endlich aufzusitzen und angelte mit dem rechten Fuß noch nach dem Steigbügel, als Fritzi schon antrabte. Er kannte den Weg Richtung Wald und wusste genau, dass er gleich nach Herzenslust galoppieren durfte.

Seitdem er auf dem Amselhof trainiert wurde, war meistens disziplinierte Arbeit in der Reithalle angesagt und höchstens ein- oder zweimal pro Woche gab es eine kurze Schrittrunde rings um den Hof. Ostern hatte es sogar noch einmal mächtig geschneit, doch nun war der letzte Spätwinterschnee geschmolzen und der Frühling hielt Einzug. Der Himmel war hellblau, die milde Luft voller Düfte und die Sonnenstrahlen wärmten und zauberten das erste blasse Grün auf Wiesen und Felder. Auch in die kahlen Bäume im Wald kehrte das Leben zurück, überall zeigten sich zaghaft winzige grüne Tupfer, die sich bald in dichtes Laub verwandeln würden.

Ich lenkte Fritzi den sandigen Weg Richtung Waldrand entlang und fasste die Zügel kürzer, denn er bog angeberisch seinen Hals, stellte den Schweif auf, tänzelte und wieherte. Fast hätte man denken können, er wollte Frau Griese und ihrer alten Stute, die auf dem Dressurplatz herumtrabten, imponieren. Er tat so, als würde er sich vor Twix erschrecken, bockte ein bisschen, und ich hatte alle Mühe, ihn manierlich im Schritt zu halten.

Fritzi hatte sich in den letzten Wochen völlig verändert. Zwar war er immer noch brav und anständig, doch er hatte jede Menge Kraft bekommen und mit seinen fünf Jahren mittlerweile begriffen, dass er ein Hengst war. Heute hatte ich das Gefühl, auf einem Pulverfass zu sitzen.

»Ist ja gut«, sagte ich zu meinem Pferd. »Gleich darfst du galoppieren.«

Fritzi klappte ein Ohr nach hinten. Er verstand genau, was ich gesagt hatte.

Wir hatten den Wald erreicht. Ein leichter Wind rauschte in den blattlosen Baumkronen und ich ließ Fritzi direkt hinter der ersten Wegkreuzung antraben, sonst wäre er wahrscheinlich auf der Stelle explodiert. Der Weg, den Melike und ich »die Autobahn« nannten, weil er schnurgerade quer durch den Wald verlief, war ideal für einen ersten stürmischen Galopp, denn er führte über ein paar Kilometer leicht bergauf. Fritzi schoss los wie eine Kanonenkugel, aber da ich darauf gefasst war, brachte es mich nicht in Schwierigkeiten. Ich konnte mein Pferd nur zu gut verstehen, auch ich fand es öde, jeden Tag Dressurlektionen in der Reithalle zu üben.

Nach ein paar Metern ging ich in den leichten Sitz, ließ

die Zügel etwas länger und Fritzi streckte sich. Seine Hufe trommelten dumpf auf dem aufgeweichten Boden. Twix bellte irgendwo hinter uns empört, weil er mit seinen kurzen Beinchen nicht mithalten konnte. Papa würde sicher schimpfen, wenn er wüsste, dass ich Fritzi in Endgeschwindigkeit durch den Wald rasen ließ, aber der junge Hengst brauchte das hin und wieder, um zufrieden zu sein.

Noch vor ein paar Wochen hatte es Papa herzlich wenig interessiert, was ich mit Fritzi so anstellte, aber das hatte sich mittlerweile geändert. Seitdem ich ihm gezeigt hatte, wie gut Fritzi springen konnte, setzte Papa wieder große Hoffnungen in meinen jungen Hengst, obwohl er die damals, nach Fritzis schwerem Unfall, aufgegeben hatte. Fritzi hatte nämlich trotz seiner jungen Jahre eine dramatische Lebensgeschichte.

Er war an meinem achten Geburtstag geboren, und Papa hatte ihn mir am selben Tag geschenkt, weil mein Geburtstag durch dieses aufregende Erlebnis viel zu kurz gekommen war. Ungefähr ein Jahr später war Fritzi als Jährling mit seinen gleichaltrigen Pferdekumpel aus der Koppel ausgebrochen und irgendwie auf die Bundesstraße geraten, wo er von einem Auto angefahren worden war. Seine Verletzungen waren so schlimm gewesen, dass man angenommen hatte, er wäre nie mehr als Reitpferd zu gebrauchen. Aber mich hatte seine Lahmheit nicht gestört, ich hatte ihn gepflegt und später, als er alt genug war, auch geritten.

Im vergangenen Sommer war von den Folgen des Unfalls nichts mehr zu sehen gewesen – Fritzi trabte und galoppierte, als wäre er nie verletzt gewesen. Meine beste

Freundin Melike und ich waren fast jeden Tag zusammen ausgeritten und hatten dabei festgestellt, dass Fritzi super springen konnte. Wir hatten überlegt, wie wir es anstellen konnten, Fritzi zu trainieren, ohne dass mein Vater das mitbekam, und da war Tim ins Spiel gekommen. Beim Gedanken an ihn musste ich unwillkürlich lächeln. Nicht, dass ich eine Sekunde mal nicht an ihn dachte, aber meistens geschah das eher unbewusst. Tim Jungblut war zweifellos der tollste Junge der ganzen Welt mit der süßen Narbe an seiner Oberlippe und dem Grübchen im Kinn, doch er war leider auch der Sohn von Richard Jungblut, dem Feind meiner Eltern.

Viel zu schnell hatten wir das Ende der Galoppstrecke erreicht und ich musste Fritzi durchparieren. Der junge Hengst gehorchte sofort. Der Galopp hatte ihm gutgetan, er schnaubte ein paarmal und ging danach entspannt im Schritt. Twix holte uns ein, seine Zunge hing fast bis auf den Boden, er war über und über mit Schlamm bedeckt, aber er war glücklich.

Meine Gedanken wanderten zurück zum vergangenen Sommer, und ich schauderte bei der Erinnerung an die Zeit, in der sich mein ganzes Leben mit einem Schlag verändert hatte. Mein älterer Bruder Christian und ich waren auf dem Amselhof, der meinen Großeltern gehörte, in der Nähe des Städtchens Steinau, aufgewachsen; das Leben mit den Pferden war für uns eine Selbstverständlichkeit. Papa war einer der erfolgreichsten Springreiter ganz Deutschlands und beinahe jedes Wochenende auf irgendwelchen Turnieren unterwegs.

Ganz plötzlich hatte meine heile Welt Risse bekommen, denn mein Opa hatte, ohne dass jemand davon wusste, hohe

Schulden bei der Bank gemacht, und eines Tages war der Gerichtsvollzieher auf dem Amselhof aufgetaucht und hatte damit gedroht, der Hof müsse zwangsversteigert werden, sollte Opa seine Schulden nicht zurückbezahlen. Nach zähen Verhandlungen mit der Bank und dem Steuerberater hatten Papa und Mama den Amselhof mitsamt Opas Schulden übernehmen müssen, sonst hätten wir den Hof verloren.

Von einem Tag auf den anderen war die Stimmung angespannt gewesen. Meine Eltern hatten große Sorgen und stritten dauernd. Viele Einsteller verließen den Amselhof und Papa hatte nach einem heftigen Streit mit Opa kein Wort mehr mit ihm gewechselt. Ja, es war sogar so schlimm geworden, dass Mama ihren Koffer gepackt hatte und zu ihren Eltern nach Bonn gefahren war.

Fritzi war in dieser düsteren Zeit mein einziger Trost gewesen, aber ich hatte befürchtet, dass Papa ihn verkaufen könnte, wenn er erst erkannte, was für ein gutes Springpferd Fritzi war. Deshalb hatte ich ihn immer nur in der Halle geritten, wenn ich sicher sein konnte, dass Papa nicht auf dem Hof war.

Doch dann war Tim am Nachmittag des Vereinsturniers auf dem Amselhof aufgetaucht, er hatte sogar riskiert, von meinem Bruder, der Tim zutiefst hasste, gesehen zu werden. Ich hatte ihm Fritzi gezeigt, und Tim war auf die großartige Idee gekommen, mich und mein Pferd heimlich zu trainieren. Er hatte auf dem ehemaligen Hundeübungsplatz am Waldrand eine ideale Trainingswiese gefunden, eine Menge alter Hindernisse vom Sonnenhof seines Vaters dorthin transportiert und mit Melikes und meiner Hilfe einen Parcours aufgebaut. Seitdem hatten wir uns mindestens einmal pro Woche dort getroffen und Fritzi hatte dank Tims Unterricht unglaubliche Fortschritte gemacht.

Mein Herz wurde schwer bei dem Gedanken daran, dass es nun vorbei war mit dem gemeinsamen Training. Vor ein paar Wochen hatte Papa auf dem Turnier in Heidelberg Lagunas, sein allerbestes Pferd, für sehr viel Geld verkaufen können. Zwar hatte das die Rettung für den Amselhof bedeutet, aber Papa war trotzdem schrecklich traurig gewesen, denn Lagunas war sein Lieblingspferd.

Noch am gleichen Abend hatte es durch Christians Schuld einen dramatischen Unfall gegeben. Lagunas war in der Waschbox gestürzt und hatte nicht mehr aus eigener Kraft aufstehen können. Nachdem alle verzweifelten Versuche, ihm zu helfen, gescheitert waren, war ich mit Fritzi durch den dunklen Wald zum Forsthaus geritten, um Papas alten Freund Dr. Lajos Kertéczy zu holen, der Lagunas das Leben und damit den Amselhof gerettet hatte.

Nicht zuletzt dadurch hatte ich erfahren, weshalb wir mit den Jungbluts verfeindet waren, aber ich hatte auch begreifen müssen, dass die Kluft zwischen den Familien von Tim und mir nahezu unüberwindlich war. In der Schule passte Christian wie ein Schießhund auf, dass ich nicht mit Tim sprach, und Tim selbst, der bei seinem Vater auf dem Sonnenhof nach der Schule mitarbeiten musste, hatte an den Nachmittagen überhaupt keine Zeit mehr. Nicht einmal in den Osterferien hatte es eine Gelegenheit gegeben, Tim zu sehen.

Ich seufzte tief. Fritzi stellte sofort die Ohren nach hinten und wartete auf mein Signal, anzutraben.

Eine Viertelstunde später hatten wir unsere Trainingswiese erreicht. Die Hindernisse standen noch genauso da, wie Fritzi und ich sie vor ein paar Wochen gesprungen waren, bevor der Schnee unseren Trainingsstunden ein vorläufiges Ende bereitet hatte. Und nun war es ganz vorbei. Am Morgen nach Lagunas' Unfall und Rettung nämlich hatte ich Papa Fritzi vorgesprungen, und damit war das Kapitel Training mit Tim hinfällig geworden, denn Papa hatte voller Begeisterung beschlossen, mein Pferd nun selbst zu trainieren. Das war auf der einen Seite toll, auf der anderen Seite bedeutete es jedoch, dass es keinen Vorwand mehr gab, mich mit Tim allein zu treffen.

Neuhaus, Nele:
Elena – Ein Leben für Pferde
Gegen alle Hindernisse
ISBN 978 3 522 50571 0

Umschlaggestaltung: Johannes Wiebel | punchdesign, München
unter Verwendung von Motiven von Shutterstock.com (shutterstock_210501397/Carlos Amarillo; shutterstock_148131185/horsemen)
Vor- und Nachsatz: Tamara Lang
Innentypografie: Kadja Gericke
Reproduktion: Medienfabrik GmbH, Stuttgart
Druck und Bindung: GGP Media GmbH, Pößneck

FSC www.fsc.org
MIX
Papier aus verantwortungsvollen Quellen
FSC® C014496

10. Auflage 2018

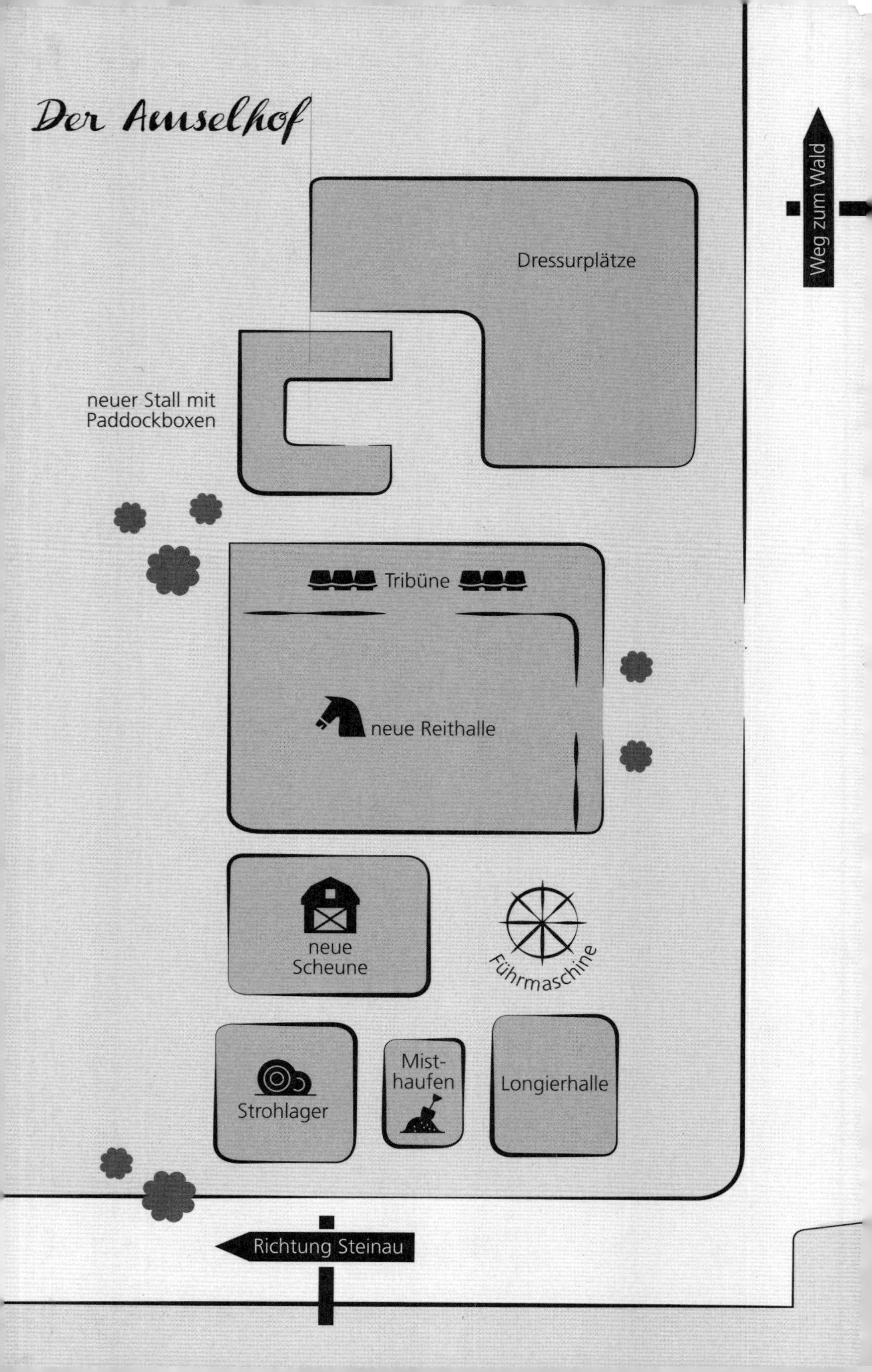
Der Amselhof
Dressurplätze
Weg zum Wald
neuer Stall mit
Paddockboxen
Tribüne
neue Reithalle
neue
Scheune
Führmaschine
Strohlager
Mist-
haufen
Longierhalle
Richtung Steinau